Piper Rayne

The One Right Man

Aus dem Amerikanischen
von Cherokee Moon Agnew

FOREVER

Forever by Ullstein
forever.ullstein.de

MIX Papier FSC® C083411

Deutsche Erstausgabe bei Forever
Forever ist ein Verlag der Ullstein Buchverlage GmbH, Berlin Mai 2019 (1)

Titel der amerikanischen Originalausgabe: Afternoon Delight

Umschlaggestaltung: zero-media.net, München
Titelabbildung: © FinePic®
Übersetzung: Cherokee Moon Agnew
Innengestaltung: deblik Berlin
Gesetzt aus der Quadraat Pro powered by pepyrus.com
Druck- und Bindearbeiten: CPI books GmbH, Leck

ISBN 978-3-95818-339-1

Kapitel 1

»Addison and Clark.« Ich blicke von meinem Smartphone auf und versuche, dem Taxifahrer über den Rückspiegel die Wegbeschreibung durchzugeben. Er nickt und sagt etwas, das ich nicht verstehe, weil er nicht mit mir redet, sondern mit seinem Bluetooth.

Ich zucke mit den Schultern und hämmere weiter mit den Daumen auf das Display ein, um die Nachricht zu Ende zu schreiben.

Ich: *Komme ungefähr zehn Minuten zu spät.*

Die drei Punkte erscheinen, und ich stelle mir vor, wie mein Date in der Bar sitzt und auf mich wartet.

Glen: *Okay.*

Ich: *Gefällt dir die Bar?*

Die drei Punkte tauchen auf und verschwinden wieder. Ein paar Minuten lang halte ich das Telefon noch in der Hand, doch anscheinend warte ich vergebens auf eine Antwort, also lasse ich es in den Schoß fallen.

Unter meiner Handtasche auf dem Rücksitz liegt eine Aktenmappe, die ich noch abgeben muss, bevor ich endlich ins Wochenende starten kann. Ich lasse den Blick aus dem Fenster schweifen und beobachte die vorbeieilenden Menschen, die bestimmt alle ihren Freitagabendplänen nachgehen. Eigentlich sollte ich eine von ihnen sein.

Als Glen mich über die Dating-App *Coffee Meets Bagel* kontaktiert hat, war ich zuerst skeptisch. CMB ist eher was für Männer, die auf der Suche nach etwas Festem sind. Als Profilbild hat er ein Fitnessstudio-Selfie hochgeladen. Auch wenn meine weiblichen Körperteile durchaus angetan sind, versuche ich neuerdings, eher mit dem Kopf zu denken. Mein Gehirn hat mir sofort gesagt, dass der Kerl geradezu nach Ärger riecht – vor allem nachdem sich der Typ mit dem sexy Strandfoto als dicker Wels entpuppt hat.

Als ich nicht sofort auf seine Nachricht reagiert habe, hat er noch eine hinterhergeschickt. Er schrieb, er wüsste, sein Profilfoto wäre öde, aber seine Kumpels hätten ihm dazu geraten. Ich fragte ihn, ob es wirklich sein Bild sei, und er antwortete, ich müsse mich mit ihm treffen, dann würde ich das schon herausfinden. Er war charmant und witzig, das gefiel mir. Und jetzt habe ich angeboten, dieses dumme Paket abzuliefern und möglicherweise etwas zu ruinieren, wovon man noch seinen Enkeln erzählt. Ich muss für meine Chefin noch Unterlagen zum Steuerberater bringen.

Das Taxi hält, ohne dass der Fahrer etwas sagt. Also bezahle ich, springe aus dem Auto und befinde mich wieder auf den Straßen Chicagos.

»Und der arbeitet umsonst für uns?«, murmle ich vor mich hin und starre an dem Hochhaus hinauf.

Ich gehe durch die Drehtür und muss zuerst durch eine Sicherheitskontrolle, bevor ich in den Aufzug steigen kann. *Scheiße*. Ich sollte Glen besser noch mal schreiben und ihm sagen, dass ich noch später komme als erwartet.

Ich gehe auf den großen Mann zu, der genauso verärgert darüber zu sein scheint wie ich, dass er an einem Freitagabend hier sein muss. »Hallo, ich muss zur …«, ich werfe einen Blick auf den Umschlag, »… Anwaltskanzlei Heiberman & Lipe.«

Er tippt auf seiner Tastatur herum. »Ich glaube, die haben schon geschlossen.« Auf seinem Gesicht zeichnet sich nicht die kleinste Gefühlsregung ab.

»Können Sie mir sagen, ob es dort einen gewissen ...« Wieder spicke ich auf die Mappe. »... Mr. Bennett gibt?« Als ich den Namen ausspreche, beginnt mein Magen zu rumoren.

»Warten Sie, ich rufe an.« Er drückt ein paar Knöpfe auf dem Telefon, wartet kurz und legt wieder auf. »Geht keiner ran.«

Ich beuge mich über den Tresen und setze mein freundlichstes Bitte-friss-mir-aus-der-Hand-Lächeln auf. »Es ist Freitag. Sie wollen bestimmt nach Hause gehen. Und ich will auch nach Hause. Aber ich habe meiner Chefin versprochen, das hier bei Mr. Bennett abzugeben.« Ich muss husten, weil mir fast die Galle hochkommt. In Zukunft wird sich Victoria darum kümmern müssen. »Kann ich bitte nach oben fahren und nachsehen, ob die Tür zum Büro offen ist?«

Er schüttelt den Kopf und sieht mich auf eine Art an, die ich nur zu gut kenne. Schweigend fragt er mich, ob ich komplett verrückt geworden bin.

»Was kann ich tun?«, frage ich. »Geld? Ein Date?« Ich blicke auf seine linke Hand. »Eher nicht. Mögen Sie Wintersport?« Jetzt ziehe ich auch noch Skylar in die Sache hinein. »Meine Cousine ist Sportlerin bei den Winter Classics, und ihr Verlobter ...« Eine große Hand landet vor meinem Gesicht.

»Wie heißen Sie?« Er legt die Hände auf die Tastatur.

»Chelsea ... Chelsea Walsh.«

Er tippt meinen Namen ein. Als er mir einen Besucherausweis reicht, lächle ich ihn dankbar an.

»Danke, danke, danke.« Ich nehme den Ausweis entgegen und ziehe das Band über meinen Kopf.

»Neben der Tür ist ein Briefkasten, falls niemand da ist. Sie können den Umschlag dort einwerfen.«

Ich bedanke mich noch mal und gehe zum Aufzug, weiche Menschen aus, die es kaum erwarten können, endlich ins Wochenende zu starten.

Ganz allein fahre ich nach oben in den dreiunddreißigsten Stock. Mit einem *Bing* gleiten die Aufzugtüren auf, und ich steige aus, drehe den Kopf zuerst nach rechts, dann nach links. Als ich die Tür mit dem »Heiberman & Lipe«-Schild entdecke, gehe ich hinüber und begutachte die Liste mit den Namen aller Partner. Zum Glück ist Mr. Bennett der Zweite von oben.

Warte Glen, ich bin fast da.

Ich ziehe am Griff der Milchglastür. Muss wohl mein Glückstag sein – sie ist tatsächlich offen.

Ich betrete den dunklen Empfangsbereich, sehe mich um, doch es ist niemand hier. Ich gehe den Flur hinab, inspiziere die Namensschilder an den Türen und werfe einen Blick in die offen stehenden Büros. Nachdem ich den Konferenzraum passiert habe, entdecke ich endlich den Namen Bennett. Ich stecke den Kopf durch die offene Bürotür, das Licht ist zwar an, aber es ist keiner da. Hoffentlich ist er gerade auf der Toilette oder so.

Als ich mein Handy hervorziehe, sehe ich, dass Glen geschrieben hat, doch statt ihm zu antworten, schreibe ich meiner Chefin Hannah eine Nachricht.

> **Ich:** *Mr. Bennett ist nicht da. Kann ich ihm den Umschlag auf den Schreibtisch legen?*

Wie immer antwortet Hannah umgehend.

> **Hannah:** *Klar. Leg ihn so hin, dass er ihn Montagmorgen sofort entdeckt.*

> **Ich:** *Alles klar.*

Ich stecke das Smartphone zurück in die Handtasche, durchquere langsam das Büro und lege den Umschlag auf den Schreibtischstuhl. Als ich mich aufrichte, entdecke ich direkt neben der Tastatur einen Baseball. Als hätte gerade jemand damit herumgespielt und ihn beiseitegelegt.

Mir klappt die Kinnlade herunter. Wild lasse ich den Blick durch den Raum wandern, wirble herum und inspiziere jedes Kunstwerk, jedes Foto, alles, nur um sicherzugehen, dass er nicht …

Als hätte ich die ganze Zeit die Luft angehalten, steigt mir plötzlich *sein* Duft in die Nase. Der Duft einer Meeresbrise, der mir früher so vertraut war, sein Deo und der Geruch seiner frisch gewaschenen Kleidung. Parfum hat er nie getragen.

Abgesehen von einem Hundefoto ist der Tisch hinter seinem Schreibtisch mit Autogrammen und Erinnerungsstücken der Chicago Cubs übersät. Sogar ein eingerahmtes Fan-Zertifikat steht da, damit auch jeder sieht, dass er nicht erst vor zwei Jahren auf den Zug aufgesprungen ist, als sie die Baseball-Weltmeisterschaft gewonnen haben. Das Cubbie-Fieber wird in seiner Familie seit Generationen weitergetragen.

»Schnüffeln Sie gern in fremden Büros herum?« Seine Stimme klingt neckend und flirtend.

Ich kneife die Augen zu und halte mich an der Tischkante fest, bevor meine Knie nachgeben. Schauer jagen mir über den Rücken.

Der Verrückten-Zug ist da. Bitte alle einsteigen!

»Sie könnten mir wenigstens Ihr Gesicht zeigen«, fährt er fort, spielerisch wie immer. »Ich verspreche Ihnen, ich beiße nicht.«

»Es sei denn, ich will es.« Ich drehe mich um und klammere mich so fest an den Tisch, dass meine Fingerknöchel weiß hervortreten.

Nun ist *er* derjenige, dem die Kinnlade herunterfällt, als er merkt, dass es seine Ex-Frau ist, die mitten in seinem Büro steht.

Kapitel 2

»Chelsea?«, fragt er, als wäre er sich nicht sicher, ob ich es wirklich bin. Es ist nicht so, als hätten wir uns fünfundzwanzig Jahre nicht gesehen. Es ist erst fünf Jahre her. Fünf Jahre, seit ich die schokobraunen Augen das letzte Mal gesehen habe, das unordentliche braune Haar. Er ist noch attraktiver geworden. Erwachsener. Männlicher. Mit dem Unterzeichnen der Scheidungspapiere hat er auch den netten Jungen von nebenan hinter sich gelassen.

»Dean.« Irgendwie schaffe ich es, meine Stimme kühl klingen zu lassen. Er soll bloß nicht merken, wie sehr er mich aus dem Konzept bringt.

Er lässt den Blick über meinen Körper schweifen, und ich schlucke schwer und versuche, die Hitze zu ignorieren, die sich wie Lava auf meiner Haut ausbreitet.

Ich danke Gott für die Spinning- und Yogakurse, für gegrilltes Hühnchen und Gemüse. Erblasse vor Neid, Arschloch. Sieh dir ruhig an, was dir entgangen ist.

»Du siehst umwerfend aus.« Deans Augen haben schon immer die Wahrheit gesagt, sein Kompliment ist ernst gemeint.

»Ich wünschte, ich könnte das Gleiche sagen.« Ich verschränke die Arme vor der Brust, endlich habe ich meine innere Löwin gefunden.

Leise lachend verlagert er das Gewicht auf die Fersen und steckt die Hände in die Hosentaschen. Die Ärmel seines weißen Hemds sind hochgekrempelt, aber die Krawatte und die Weste sind noch immer ordentlich, an seinem Handgelenk prangt eine Silberuhr. Sein Anblick in dem grauen Anzug hat durchaus etwas Erregendes. Aber das muss er ja nicht wissen.

»Eigentlich hatte ich eine gewisse Victoria erwartet.« Er ignoriert meinen Kommentar einfach. Das ist das Problem, wenn man sich so gut kennt. Er weiß genau, wann ich die Wahrheit sage – und er weiß, dass ich Müll geredet habe.

»Da muss ich dich leider enttäuschen. Ich habe dir die Unterlagen auf den Stuhl gelegt.«

Ich will so schnell wie möglich hier weg, aber er versperrt die Tür, und ich kann ihm unmöglich noch näherkommen. Aus der Ferne kann ich vielleicht brüllen wie eine Löwin, aber in seiner Nähe würde ich mich eher wie ein tollpatschiges Löwenbaby benehmen.

»Du arbeitest also für Hannah Crowley?« Er lehnt sich gegen den Türrahmen, macht überhaupt keine Anstalten, sich von der Stelle zu rühren. Schon während unserer gesamten Beziehung hat mich dieser Kerl gequält – aber damals auf eine gute Art.

»Ja. Ich bin ihre Marketingmanagerin.«

»Ich mag die Idee, die hinter der Organisation steckt ... Mädchen Kraft zu geben, sie wissen zu lassen, dass sie eine Stimme haben.«

»Ja, Hannah hat eine tolle Sache auf die Beine gestellt.« Hoffentlich wirke ich entspannter, als ich mich fühle. Mein Herz trommelt wie ein ganzer Spielmannszug.

»Gefällt es dir dort?«, fragt er, ohne den Blick von mir zu nehmen.

Wie immer bleibt er ganz cool und ruhig, während ich alle Mühe habe, nicht die Fassung zu verlieren. Er ist der einzige Mann auf dem Planeten, der diese Macht über mich besitzt.

»Ja.« Ich sehe mich in seinem Büro um. »Du bist also Anwalt für Steuerrecht?«

Er lacht erneut, und seine starken, breiten Schultern heben und senken sich. »Verrückt, nicht wahr? Nachdem ich mich erholt und endlich mein Leben auf die Reihe gekriegt hatte, habe ich Jura studiert.«

»Und dann hast du dir den langweiligsten Fachbereich ausgesucht?« Ich hebe eine Braue.

Noch immer umspielt ein Lächeln seine Lippen. »Es ist interessanter, als du denkst.«

»Ich sollte besser gehen.« Ich mache einen Schritt vorwärts, bin an keinem Was-machst-du-so-Gespräch interessiert.

Er späht auf meine linke Hand und lächelt breit. »Wie wäre es mit Abendessen?«

Ich ziehe die Stirn kraus. Er ist noch genauso verrückt wie eh und je.

»Besser nicht.« Ich trete vom Schreibtisch zurück und hoffe, er kommt auf mich zu, damit ich mich an ihm vorbei durch die Tür quetschen kann.

»Warum nicht? Sieht nicht so aus, als wärst du in festen Händen. Es sei denn, dein Ehering ist gerade bei der Reparatur. Habe ich dir etwa alle anderen Männer madig gemacht?« Er lacht, um mir zu zeigen, dass er Witze macht, aber sein Kommentar schürt nur meinen Groll und meine Abneigung gegen ihn.

»Nur weil ich nicht verheiratet bin, heißt das nicht, dass ich nicht vergeben bin.«

So ist es richtig, Chels. Lüg einfach.

»Das heißt, es gibt da jemanden?« Er richtet sich ein wenig gerader auf, bleibt jedoch im Türrahmen stehen.

»Nun ja …«

»Ich habe sie dir tatsächlich madig gemacht.«

»Nein. Hast. Du. Nicht«, zische ich durch zusammengepresste Zähne.

»Entspann dich, Chels. Ist nur ein Scherz. Schön, dich zu sehen. Ich wollte mich schon ein paar Mal bei dir melden, wusste aber nicht, wie du es auffassen würdest.«

»Wie ich es auffassen würde?«

Er zuckt mit den Schultern. »Ja, schließlich hast *du* mich verlassen.«

»Wie bitte?« Jetzt kommt meine innere Furie zum Vorschein, und sie ist kampfeslustig. Schluss mit diesem höflichen Mist. Hannah wird es schon verstehen, wenn ich ihrem Steuerberater in die Eier trete.

»Wenn ich mich recht erinnere, bin ich eines Morgens in einem leeren Bett aufgewacht.« Mir entweicht ein zynisches Schnauben. »Gut zu wissen, dass dich das Jurastudium nicht verändert hat. Du bist noch immer der eingebildete Drecksack, der du schon immer gewesen bist.«

»Habe ich irgendwas verpasst?«, fragt er, und mein Blut brodelt so heiß, dass man darin einen Hummer kochen könnte.

Vergiss ihn. Ich werde ihn einfach beiseitestoßen, um hier rauszukommen.

Ich stapfe zur Tür. »Keine Ursache, Mr. Bennett. Ab jetzt wird Victoria Clarke Ihre Kontaktperson bei RISE sein.« Ich presche nach vorn, bin tatsächlich der Meinung, ich könnte ihn auf meinem Weg in die Freiheit einfach überrennen.

Er tritt in die Mitte des Türrahmens, sodass seine breiten Schultern und seine große Gestalt ihn komplett ausfüllen. Ich bleibe so abrupt stehen, dass ich fast mit ihm zusammenstoße.

»Ich mache nur Spaß, Chels«, flüstert er. Wieder sieht er mich mit diesen verdammten Schokoaugen an. »Es vergeht kein Tag, an dem ich nicht an dich denke.«

Immer noch kann ich ihn riechen, sein Duft erfüllt den Raum wie Rauch. Ich sollte das Gift nicht einatmen, aber ich tue es trotzdem, und mein Körper entspannt sich augenblicklich.

»Ich muss los.« Ich ignoriere seine Beichte. Eine Beichte, auf die ich seit fünf Jahren warte. Eine Beichte, von der ich gehofft hatte, ich würde sie spätestens einen Tag nachdem ich meine Sachen gepackt hatte und gegangen war zu hören bekommen. Aber er hat nie versucht, mich zurückzugewinnen. Er hat nicht um uns gekämpft.

»Wohin musst du so dringend?«, fragt er.

Ich blicke ihm geradewegs in die Augen und hoffe, er sieht nicht die Tränen, die hinter meinen Lidern brennen, seit ich vorhin zum ersten Mal seit langer Zeit seine Stimme gehört habe. »Ich habe ein Date.«

»Ein Date?« Er wirkt überrascht.

»Ist das so unvorstellbar?«, frage ich giftig.

Er schüttelt den Kopf. »Überhaupt nicht. Das heißt also, du bist gerade Single?«

Ich hasse es, ihm gegenüber zugeben zu müssen, dass ich den Richtigen noch nicht gefunden habe. »Ja.«

Er macht einen Schritt nach vorn, seine Brust ist nur noch Millimeter von meiner entfernt. Ich lege den Kopf in den Nacken und blicke zu ihm auf. »Sag ab und geh mit mir aus. Ich will wissen, was in deinem Leben vorgeht.«

Mein ganzer Körper brennt wie Feuer. Warum fühle ich mich immer noch zu diesem Mann hingezogen, obwohl ich schon lange keine Bennett mehr bin? Zwischen uns knistert es immer noch gewaltig.

»Wenn du glaubst, du könntest diesen Körper jemals wieder berühren, dann irrst du dich gewaltig.«

»Ich habe dich gefragt, ob wir zusammen ausgehen, nicht ob wir vögeln«, erwidert er trocken. Seine Augen wirken nun trüb, und ich weiß nicht, was er eigentlich von mir will.

»Deiner derben Ausdrucksweise konnte das Jurastudium wohl nichts anhaben.« Ich lege den Kopf schief, verlagere das Gewicht auf ein Bein und warte auf seine Reaktion.

»Keine Sorge, Chels. Mit meiner derben Ausdrucksweise könnte ich dich bestimmt immer noch auf Hochtouren bringen, während du mich reitest.« Er zwinkert, und meine Muschi schreit nach Aufmerksamkeit, will, dass er uns zeigt, wie toll er ist. Aber ich werde nicht nachgeben. Ich bin nicht mehr das blauäugige Mädchen, das ich mal war.

»Die Reiterstellung mochte ich nur so gern, weil dein Schwanz so klein ist, dass ich ihn nur so spüren konnte.«

Auf seinem Gesicht breitet sich ein Grinsen aus. »Red dir das nur weiter ein. Wir wissen beide, dass du meinen Schwanz nicht in den Mund nehmen konntest, ohne fast zu ersticken.«

Wie selbstgefällig er dreinblickt. Ich lege die Hände auf seine noch immer muskulöse Brust und schiebe ihn beiseite, damit ich endlich hier rauskomme. Lieber Gott, bitte hilf mir. Er taumelt rückwärts, und ich stürme aus dem Büro.

»Chels«, ruft er mir flehend nach, während ich strammen Schrittes zum Ausgang marschiere.

»Fick dich, Dean.« Ich zeige ihm den Mittelfinger, zum Glück kommt der Aufzug, bevor er mich erwischt. Aber warum sollte er mir jetzt nachrennen? Das hat er nicht mal getan, als es draufankam.

Die Aufzugtüren schließen sich. Ich muss mich zwingen, die Tränen zurückzuhalten, doch eine rinnt mir bereits über die Wange. Als ich im ersten Stock ankomme, die Lobby durchquere, um beim Securityschalter den Besucherausweis abzugeben, bin ich schon am Wischen.

»Danke noch mal«, murmle ich, lasse den Ausweis auf die Theke fallen und gehe zur Drehtür. Als ich wieder draußen auf der Straße bin, halte ich ein Taxi an und steige ein. Es ist ein perfekter Frühlingsabend in Chicago, aber es hilft nichts. Auf dem Rücksitz des Taxis breche ich endgültig zusammen.

»Zur nächstgelegenen Station der Red Line«, sage ich und vergrabe das Gesicht in den Händen.

Die Tränen fließen heiß, schnell und unaufhaltsam. Nicht weil ich das Wortgefecht gegen ihn verloren habe. Die Argumentation mit dem kleinen Penis hätte ich sowieso nicht weiterführen können. Auf dem College waren seine Kumpels neidisch auf ihn, weil er alles hatte – und dann auch noch einen großen Schwanz. Als sich seine Aussichten auf eine professionelle Baseball-Karriere zerschlagen und in Luft aufgelöst hatten, sagten sie wahrscheinlich: »Wenigstens hat er einen großen Schwanz. Mit Pornos könnte er einen Haufen Kohle verdienen.«

Warum denke ich überhaupt darüber nach?

Ich ziehe mein Handy aus der Tasche, habe aber keine Ahnung, mit wem ich über die ganze Sache reden soll. Meine Cousine Skylar würde mir nur sagen, ich solle mich gefälligst von ihm fernhalten. Außerdem ist sie gerade mit ihrem Verlobten in Utah, wo sie den Umzug in ihr neues gemeinsames Leben vorbereiten. Ihre Schwester Zoe würde wahrscheinlich direkt Deans Büro aufsuchen und ihn windelweich prügeln.

Meine Finger bewegen sich über das Display. Ich wähle die Nummer der einzigen Person, die mich versteht, obwohl sie gerade auf Wolke sieben schwebt.

»Was gibt's, Chelsea?«, meldet sich Victoria fröhlich. »Sag mal, wusstest du, dass er das Haus neben dem meiner Mutter gekauft hat?!«

Reed Warner, der verdammte Prinz.

»Hat er? Nein, das wusste ich nicht.« Ich versuche wirklich, mich für sie zu freuen, aber mich umgibt nur Dunkelheit.

»Was ist los?«, fragt sie.

Es raschelt in der Leitung, dann höre ich leise Kussgeräusche.

»Ich war beim Steuerberater.«

»Und? Ist er heiß? In letzter Zeit hast du es ja sowieso eher auf die guten Jungs abgesehen. Und welcher Steuerberater ist bitte kein guter Junge?« Sie kichert.

»Jetzt aber«, höre ich Reed im Hintergrund sagen. Wahrscheinlich liegen sie gerade in ihrem neuen Haus und sind drauf und dran, es einzuweihen.

»Er ist kein guter Junge, Vic.« Ich hole tief Luft, am liebsten würde ich schreien. »Er ist mein Ex-Mann!«

»Auweia«, kommt es von Reed, der ganz offensichtlich zuhört.

»Ich merke, du bist gerade beschäftigt. Ich lass dich lieber.«

»Nein. Wie wäre es, wenn wir uns in einer halben Stunde bei Reed treffen?«

»Wie bitte?« Reed klingt nicht gerade begeistert. »Aber ...« Wieder raschelt es.

»Ich rufe Cooper an und sage ihm, dass er dich schon mal hochlassen soll, falls du vor uns da bist«, sagt Victoria, als sie wieder am Apparat ist.

»Okay, danke.« Ich lege auf. »Entschuldigung, können Sie mich zur Haltestelle Michigan and Erie bringen?«, frage ich den Taxifahrer.

Er nickt und macht hupend einen U-Turn.

Plötzlich fällt mir Glen ein. Ich schaue wieder aufs Handy und stelle fest, dass ich fünfzehn ungelesene Nachrichten von ihm habe.

Glen: *Ist cool hier. Bist du bald da?*

Glen: *??*

Glen: *Was dauert denn so lange?*

Glen: *Hallo?*

Glen: *Erde an Mars?*

Glen: *Versetzt du mich etwa?*

Glen: *Letzte Chance, bevor ich abhaue ...*

Glen: *Du dumme Schlampe.*

Boah. Was zum Teufel?

Glen: *Was ist nur los mit dir?*

Glen: *Wer macht so was? Einfach nicht Bescheid sagen, dass man es nicht schafft ...*

Glen: *Bist du etwa unter Werwölfen aufgewachsen?*

Glen: *Kein Wunder, dass du keinen abkriegst.*

Glen: *Wie erbärmlich, dass du dein Glück auf einer Datingsite versuchen musst.*

Glen: *Wahrscheinlich bist das gar nicht du auf dem Foto.*

Glen: *Selbst wenn ... so toll bist du auch wieder nicht.*

Jetzt reicht's.

Ich: *Mir ist was dazwischengekommen ... für immer. Schönes Leben noch, Arschgesicht. Fahr zur Hölle.*

Ich stecke das Smartphone zurück in die Tasche und suche nach Taschentüchern.

Als wir vor Reeds Wohnhaus ankommen, öffnet mir Connor mit einem freundlichen Lächeln die Taxitür.

»Miss Walsh, schön, Sie wiederzusehen.« Bisher habe ich Connor nur einmal getroffen, als ich Victoria zum Mädelsabend abgeholt habe.

»Danke, Connor.«

Ich betrete das Gebäude, doch statt nach oben zu fahren, warte ich in der Lobby auf die zwei Turteltäubchen. Ich habe ja sowieso keinen Schlüssel zu Reeds Wohnung. Da ich nichts Besseres zu tun habe, schnappe ich mir mein Handy und google: Dean Bennett, Anwalt. Und da ist er, mein Ex-Mann mit seinen weißen, blitzenden Zähnen, auf der Internetseite der Anwaltskanzlei Heiberman & Lipe unter dem Tab mit all den Partnern aufgelistet.

Verdammtes Karma, was habe ich bloß falsch gemacht?

Kapitel 3

»Wein oder Bier?«, ruft Victoria aus der Küche.

»Oder lieber was Härteres?« Reed, der am Esstisch sitzt, blickt von seinem Laptop auf.

»Du kennst mich gut.«

Er zwinkert. »Hol den Wodka aus dem Gefrierfach, Vic.«

Ich höre, wie Küchenschränke geöffnet und wieder geschlossen werden.

»Du hast also ein Haus gekauft?«, frage ich, um von meinen eigenen Problemen abzulenken. Es reicht schon, dass ich unbedingt mit seiner Freundin reden will, nachdem er ihr gerade ein Haus gekauft hat. Ein wenig Small Talk kann da nicht schaden.

Lächelnd klappt er den Laptop zu. »Ja, habe ich.«

»Ging ganz schön schnell, oder?«

Kurz runzelt er die Stirn, doch der immer lächelnde Reed ist sofort zurück. »Könnte man meinen, aber ich finde nicht.«

»Und hat sie Ja gesagt?«

Er nickt. »Ja.«

»Super. Ich freue mich für euch.«

Ihm entweicht ein leises Lachen. »Wirklich? Ich meine, an deiner Stelle würde ich mich nicht freuen.«

»Nur weil mein Leben gerade das reinste Chaos ist, heißt das nicht, dass ich euch euer Glück nicht gönne.«

Wieder nickt er. Nur ein einziges Nicken, als würde er mir nicht richtig glauben. *Idiot.*

»Okay, ich habe den Wodka gefunden und auch eine Limette. Ist das okay?«

Kopfschüttelnd steht Reed auf. »Darf ich?« Er nimmt mein Glas. »Ich mixe dir einen Drink.«

»Ja, bitte.« Ich muss lachen, denn Victoria ist ganz offensichtlich keine Barkeeperin.

»Zu meiner Verteidigung muss ich sagen, dass ich eher die Weintrinkerin bin«, ruft sie ihm nach.

»Mach dir nichts draus, Baby«, antwortet er aus der Küche. Dann höre ich Eiswürfel klirren. Hoffentlich mixt mir Reed einen Drink, der alles auslöscht, was gerade passiert ist.

»Tut mir leid«, sage ich und fummle am Tischset herum.

»Muss es nicht. Schon in Ordnung. Meine Mutter passt heute Abend auf Jade auf. Sie ist mit ihr essen gegangen. Ich will sowieso noch warten, bevor ich Jade vom Haus erzähle.«

»Warum?«

Sie schüttelt den Kopf. Scheinbar hat sie meine Frage verstanden, obwohl ich sie nicht ausformuliert habe. »Es ist nicht so, als würde ich zweifeln. Aber es ist ein großer Schritt, und ich will, dass sie sich genauso freut wie ich. Ich will allein mit ihr darüber sprechen. Ohne Reed. Das Fundament legen.«

Ich greife über den Tisch und tätschle ihr die Hand. »Du bist eine tolle Mutter.«

Ein sanftes Lächeln umspielt ihre Lippen, als hätte ich sie in ihrer Hoffnung bestätigt, tatsächlich eine gute Mutter zu sein.

»Ich gebe mein Bestes.« Dann hält sie inne, wartet darauf, dass ich von mir erzähle. »Also ...«

Kopfschüttelnd starre ich auf das Tischset und sammle unsichtbare Krümel auf. Wahrscheinlich wurde auf ihnen noch nie gegessen. »Er ist es ... der Steuerberater.«

»War es das erste Mal, dass du ihn seit der Scheidung wiedergesehen hast?«

Ich nicke. »Ja. Unser erstes Wiedersehen«, erwidere ich in sarkastisch fröhlichem Ton.

»Habt ihr euch unterhalten?«

Ich hebe den Kopf. »Ich bitte dich, dieser Kerl ist nicht ruhigzustellen.«

Victoria beißt sich auf die Unterlippe, als müsste sie sich einen Kommentar verkneifen.

»Was?«

Gerade wirkte sie noch amüsiert. Jetzt nicht mehr. »Nichts. Ich ...«

»Spuck's aus.«

»Na ja, ich kann mir nicht vorstellen, wie eine Unterhaltung zwischen euch abläuft. Denn wenn er gern redet, und jeder weiß, dass du auch viel redest ...« Sie hält inne.

»Wir bekriegen uns. Nicht körperlich, sondern mit Worten. Und der Knaller ist, dass er mich heute besiegt hat.«

»Worüber habt ihr euch gestritten?«, fragt sie neugierig.

»Warum siehst du so erwartungsvoll aus?«

Vehement schüttelt sie den Kopf. »Bin ich nicht. Ich mache mir Sorgen.«

Ich verdrehe die Augen. »Wir haben uns über die Größe seines Schwanzes gestritten.«

Reed serviert mir meinen Drink. »Ich lass euch mal allein. Ich bin in meinem Büro, falls ihr mich braucht«, sagt er eher zu Victoria als zu mir.

»Danke, Reed.«

»Danke, Baby«, sagt Victoria und sieht ihn mit riesigen Herzchen in den Augen an. Am liebsten würde ich mir den Finger in den Hals stecken.

Reed geht, und wir hören, wie sich am Ende des Flurs eine Tür schließt.

»Zurück zu der Sache mit der Schwanzgröße.« Victoria stützt das Kinn in die Hand und schenkt mir ihre volle Aufmerksamkeit.

»Es war eigentlich nichts. Ich habe einen Scherz gemacht, wie klein er ist, und er hat gekontert.«

»Also ist er gar nicht klein, nehme ich an?«

Ich schüttle den Kopf.

»Lass mich das noch mal zusammenfassen.« Sie holt tief Luft, als müsste sie zuerst ihre Gedanken sortieren. »Du hast deinen Ex das erste Mal seit fünf Jahren wiedergesehen, und ihr habt euch nur über seinen Schwanz unterhalten? Sonst nichts?«

Jetzt, da sie es so formuliert, klingt es tatsächlich ein wenig kindisch, aber ich wollte ihn da treffen, wo es wehtut.

»Wir haben auch noch über andere Sachen geredet«, erwidere ich störrisch.

»Du stehst noch auf ihn.« Es ist keine Frage, sondern eine Unterstellung.

»Überhaupt nicht.« Ich schüttle den Kopf.

Victoria hebt die Brauen, lehnt sich zurück und verzieht den Mund.

»Hör zu, ich kann das nicht. Ab jetzt bist du seine Kontaktperson.«

»Erzähl es Hannah. Sie wird sich ganz schnell einen neuen Steuerberater suchen.« Sie zuckt mit den Schultern.

»Nein. Er arbeitet umsonst für uns. Wobei ich vermute, dass ihn seine Firma dazu zwingt. Der Dean, den ich früher gekannt habe, hätte so was nie getan.«

»Der Dean, den du gekannt hast, wäre niemals Anwalt für Steuerrecht geworden.«

Da hat sie recht. Ich weiß zwar, wie groß sein Schwanz ist, aber sonst weiß ich nichts über den Mann, der mir heute Abend begegnet ist.

»Stimmt. Trotzdem. Ich will der Stiftung nichts vermasseln. Außerdem, wie oft wird Hannah seine Dienste tatsächlich in Anspruch nehmen? Ich bleibe einfach auf Abstand. Wahrscheinlich ist er ohnehin immer noch ein Playboy.« Ich versuche, das Ziehen im Magen zu ignorieren, als ich mich daran erinnere, wie die ganzen Tussis immer an ihm geklebt und um seine Aufmerksamkeit gebuhlt haben, wenn wir zusammen aus waren.

»Ich finde, ihr solltet euch aussprechen. Vielleicht könnt ihr dann wenigstens wie zwei zivilisierte Menschen miteinander umgehen.«

Victoria, meine süße, naive Victoria, die mit ihrem Ex-Mann eine gemeinsame Tochter hat und sich immer noch mit ihm rumschlagen muss. Aber ich muss das zum Glück nicht.

»Wir haben keine gemeinsamen Kinder. Ich kann ihn bis ans Ende meiner Tage hassen. Und das habe ich auch vor.« Ich nehme einen Schluck von meinem Moscow Mule. »Meine Güte, hat Reed während des Jurastudiums als Barkeeper gearbeitet?«

»Reed war noch nie auf einen Nebenjob angewiesen.« Victoria verdreht die Augen.

»Das habe ich gehört«, ruft Reed aus dem anderen Zimmer.

»Ich dachte, du müsstest arbeiten«, erwidere ich.

»Nun ja, du unterhältst dich gerade mit meiner Freundin über Schwanzgrößen. Ich wollte hören, was sie dazu zu sagen hat.«

»Machst du dir etwa Sorgen?«, frage ich scherzhaft.

Mit einer Tüte Chips in der Hand betritt Reed den Raum. »Ich wollte nur sichergehen, dass Vic meinen nicht zu groß findet.« Er zwinkert, und sein Grinsen verrät mir, dass er nur scherzt. Könnte sein, dass Reed der letzte gute Kerl auf Erden ist.

»Was meinst du, Reed? Soll ich mich mit meinem Ex aussprechen oder lieber für immer verbittert bleiben?« Ich nippe an meinem Drink, und Victoria greift nach den Chips. Ohne ein Wort hält Reed ihr die Tüte hin. Diese Art von stiller Kommunikation hatte ich bisher nur mit einem einzigen Menschen.

»Lass ihn schmoren. Und zwar richtig.« Er wackelt mit den Augenbrauen.

»Reed!« Kopfschüttelnd lehnt sich Victoria zurück und steckt sich noch mehr Chips in den Mund. »Das ist nicht gut für die Seele.«

»Meine Seele ist seit Langem tot.« Reed und ich lachen, während Victoria nur die Augen verdreht und erneut nach den Chips greift. Reed tut, als würde er sich weigern, ihr die Tüte zu reichen, doch sie kämpft, bis er schließlich nachgibt.

»Ich lasse euch jetzt besser in Ruhe.« Ich rücke den Stuhl zurück und stehe auf.

»Wir haben doch kaum geredet.«

»Lass sie, wenn sie gehen muss.« Reed zwinkert mir zu. »Nur Spaß.«

Ist heute Welt-Zwinkertag oder so was?

»Ja, Spaß.« Ich leere meinen Drink und bringe das Glas in die Küche.

»Bleib doch noch. Wir können reden, abhängen und Eis essen. Oder falls du lieber ausgehen willst, hat Reed dafür bestimmt Verständnis.«

»Ausgehen?«, hakt Reed nach. »Du meinst in einen Club oder eine Bar?«

Victoria sieht über die Schulter und wirft ihm einen Blick zu, doch von hier aus kann ich ihr Gesicht nicht sehen.

»Ich meine ja bloß. Mir gefällt es nicht, dass du Kupplerin spielen willst. Ich glaube, wir sollten das erst klären.« Reed legt die Chipstüte auf die Theke und nimmt sich eine Limo aus dem Kühlschrank.

»Dir ist schon klar, dass Frauen nicht nur ausgehen, um Männer aufzureißen, oder? Dass wir auch mal tanzen und Spaß haben wollen. Wir wollen nicht immer nur Anmachsprüche an Männern austesten.«

»Genau, wir gehen nicht nur aus, um einen Muschiwühler zu finden«, füge ich hinzu. Beide Köpfe schnellen zu mir herum.

»Muschiwühler?«, fragt Reed mit gehobener Braue.

»Du weißt schon ... Typen, die sich einem den ganzen Abend an die Fersen heften, in der Hoffnung, einem an die Wäsche zu dürfen.«

Victoria krümmt sich vor Lachen und schlägt mit der flachen Hand auf die Granitoberfläche der Theke. »Das habe ich ja noch nie gehört.«

»Ich glaube, die meisten Männer hören spätestens mit achtzehn auf, Muschiwühler zu sein«, sagt Reed und klingt beinahe beleidigt.

Victoria und ich ziehen die Stirn kraus.

Vic legt ihrem Freund die Hand auf die Schulter. »Schatz, du hast ja keine Ahnung, wie es für uns Frauen da draußen ist.«

»Diese Aussage würde ich gern ein wenig spezifizieren. Ich habe keine Ahnung, wie es für Chelsea da draußen ist.«

Victoria stellt sich auf die Zehenspitzen und küsst ihn auf die Wange. »Da ist allerdings was dran.«

Bevor sie ihn ein zweites Mal auf die Wange küssen kann, dreht er schnell den Kopf, und ihre Lippen landen auf seinen. Er schlingt die Arme um ihre Taille, und ich werde Zeugin eines intimen Moments.

»Zeit zu gehen.« Ich stelle das Glas in die Spüle.

»Sicher?« Victoria löst sich von Reed, doch er nimmt nicht die Hände von ihr.

»Wir wollen dich nicht von irgendwas abhalten«, scherzt er. Zumindest glaube ich, dass es ein Scherz ist.

»Nein, ich werde mir jetzt einen riesigen Berg an Keksen und Eis kaufen und zu Hause in Selbstmitleid versinken.«

Während sie mich zur Tür begleiten, klingelt das Handy in meiner Tasche. Noch eine Nachricht von Glen.

»Wenigstens hat Dean heute Abend eine gute Sache für mich getan.«

»Was denn?«, fragt Victoria und späht auf mein Smartphone.

»Er hat mich davor bewahrt, mich mit diesem Arschloch zu treffen.«

Während sie sich die ganzen Nachrichten durchliest, werden ihre Augen immer größer. »Reed«, sagt sie.

»Ich sehe es.« Er nimmt mir das Telefon aus der Hand und liest die Nachrichten erneut. »Arschloch.« Dann beginnt er zu tippen.

»Reed, was machst du da?«, frage ich.

»Ich treffe mich mit dem Typen in einer dunklen Gasse und verprügle ihn für dich.«

Ich reiße ihm das Telefon aus der Hand, bevor er die Nachricht zu Ende schreiben kann. »Ich bin schon ein großes Mädchen.«

Beide sehen mich an, als wollten sie fragen: Bist du das wirklich? Ich hasse diesen Blick. Meine Eltern sehen mich oft genug so an.

»Sag einfach Bescheid.« Reed zwinkert mir zu, als in diesem Moment im Zimmer nebenan sein Handy klingelt. »Bis dann, Chelsea.« Er beugt sich nach vorn, gibt mir zwei Küsschen auf die Wangen und sprintet los. »Reed Warner«, höre ich ihn sagen.

»Du musst nicht gehen. Wirklich nicht«, sagt Victoria.

»Doch, muss ich. Ist schon in Ordnung. Ich muss mir nur etwas einfallen lassen. Und eigentlich habe ich ja schon einen Plan. Alles gut also. Ich muss mich einfach von ihm fernhalten.«

»Ich werde dich vor ihm beschützen.« Sie nimmt mich in den Arm. »Ich sage es dir trotzdem noch mal. Es wäre gut, wenn du dir alles von der Seele reden würdest. Sag ihm alles, was du loswerden willst. Und dann kannst du endlich nach vorn blicken, denn er scheint dich immer noch sehr zu beschäftigen.«

»Du bist wirklich eine heillose Optimistin.« Ich drücke sie fest. »Ich wünsche euch viel Spaß ... und lass dich nicht schwängern.«

Spielerisch haut sie nach mir, und ich verschwinde, bevor sie mich noch mal erwischt.

»Du kannst mich jederzeit anrufen«, ruft sie mir nach.

»Danke.« Ich drücke den Knopf des Aufzugs. Nachdem ich eingestiegen bin, winken wir uns ein letztes Mal kurz zu, dann schließen sich die Türen.

Jetzt bin ich allein, und das Einzige, an was ich denken kann, ist die Zeit, als ich noch Mrs. Dean Bennett war. Das ist gar nicht gut.

Kapitel 4

Montagmorgen bin ich die Erste im Büro. Meine Tasche ist bereits ausgepackt, der Computer hochgefahren, vor mir steht ein Starbucks Latte. Das Wochenende war furchtbar. Immer wieder lief meine kurze Ehe mit Dean Bennett wie ein Schwarz-Weiß-Film vor meinem geistigen Auge ab. Doch leider enthält unsere Filmrolle mehr dunkle Momente als glückliche. Obwohl ich aus der kurzen Zeit als Ehefrau meine Lektion hätte lernen sollen, hat es Freitagabend eindeutig geknistert zwischen uns.

Ich sage es jetzt einmal und dann nie, nie, nie wieder ... Als ich am Wochenende meinen Einhorn-Vibrator benutzt habe, habe ich an meinen nichtsnutzigen Ex gedacht.

»Hallo?«, ruft Hannah.

»Ich bin hier«, rufe ich zurück. Ich will nicht aufstehen, will Hannah nicht sagen, wer ihr Steuerberater ist.

Wenige Minuten später betritt sie mit einem Kaffee in der Hand mein Büro. »Vic kommt heute später.«

Ich nicke. Eigentlich könnte man meinen, ihre Montage wären weniger chaotisch, seit sie einen Mann in ihrem Leben hat, aber nein. Wahrscheinlich sind sie auf ein Schäferstündchen zu Reed gefahren, nachdem sie Jade und Henry zur Schule gebracht haben.

»Hattest du dieses Wochenende wieder ein Date?«, fragt Hannah.

»Nein.«

Sie zieht die Mundwinkel nach unten. »Warum nicht? Du weißt

schon, dass du stellvertretend für mich auf Dates gehst, oder?« Sie tut beleidigt, lächelt jedoch.

»Eigentlich hätte ich Freitagabend eins gehabt. Nachdem ich die Unterlagen zu unserem Steuerberater Mr. Bennett gebracht hatte.«

»Stimmt, er hat mir eine E-Mail geschrieben, dass er sie bekommen hat. Danke.« Sie nippt an ihrem Kaffee.

»Han, der Steuerberater ...«

Sie verengt die Augen zu Schlitzen und sieht mich fragend an. »Was ist los, Chels? Du siehst blass aus und bist gar nicht so munter wie sonst.«

»Mr. Bennett ist Dean Bennett.«

»Ja.« Lehrerhaft lächelt sie mich an, als wäre ich ihre Schülerin und hätte gerade einwandfrei das ABC aufgesagt.

»Ich war mal Chelsea Bennett.«

Ihre Augen treten hervor. »Ist er mit deinem Ex verwandt?«

»Nun ja ...«

»Wir können uns gern einen anderen Steuerberater suchen. Auch wenn das bedeutet, dass wir ihn bezahlen müssen. Das will ich dir nicht antun, dass du mit jemandem aus seiner Familie zu tun haben musst. Ich würde auch nichts mit der Familie meines Ex-Manns zu schaffen haben wollen.«

Hannah und Victoria wissen nicht über alles Bescheid, was zwischen mir und Dean vorgefallen ist. Das ein oder andere habe ich ihnen erzählt, aber nie die ganze Geschichte. Es ist mir peinlich, und meine Familie sieht sowieso auf mich herab, weil ich mich in meiner Verliebtheit auf eine Heirat mit diesem Vollidioten eingelassen habe. Ich will nicht, dass Hannah und Victoria mich plötzlich in einem anderen Licht sehen.

»Dean Bennett, Anwalt für Steuerrecht, ist mein Ex-Mann.«

Hannah stellt ihren Kaffee auf der Schreibtischkante ab und starrt mich an, ohne zu blinzeln. »Aber du hast gesagt, er wäre ein Penner. Dass er höchstwahrscheinlich im Gefängnis sitzt.«

»Das dachte ich auch. Hätte mir damals jemand gesagt, dass er eines Tages Steueranwalt sein würde, hätte ich eine Million Dollar dagegen gewettet. Steuerhinterziehung wäre viel wahrscheinlicher gewesen.«

Sie setzt sich auf den Stuhl vor meinem Schreibtisch und schlägt die Beine auf so elegante Art übereinander, wie es nur Hannah kann. Ihr bordeauxfarbener seidener Jumpsuit ist elegant und trotzdem businesstauglich. Abgerundet wird das Ganze durch hochhackige schwarze Riemchenschuhe. Hannah gehört zu den Frauen, die jeden Tag die Handtasche auf das Outfit abstimmen.

»Erzähl mir von ihm«, fordert sie.

Ich atme laut aus, weiß nicht, wo ich anfangen soll.

»Er geht dir ganz schön unter die Haut, Chels.« Sie legt den Kopf schief, sodass sie mir direkt in die Augen sehen kann. »Hast du noch Gefühle für ihn?«

»Nein!« Mein Kopf schnellt in die Höhe. »Kein bisschen. Es ist nur ... es ist fünf Jahre her, und ich habe überhaupt nicht damit gerechnet, ihm über den Weg zu laufen. Aber ich habe definitiv keine Gefühle mehr für ihn.«

»Gut, denn ich bin der festen Überzeugung, dass sich Menschen nicht ändern. Unter der neuen Anwaltsfassade steckt immer noch der alte Dean.«

»Meinst du? Glaubst du nicht, dass Menschen sich bessern können?« Vor drei Tagen hätte ich ihr sofort zugestimmt, aber jetzt will ich nicht mehr, dass es wirklich wahr ist. Nur ungern gebe ich zu, wie sehr mich dieser Gedanke aufwühlt. Vielleicht hatte ich die ganze Zeit noch einen Funken Hoffnung, ohne es zu merken. Vielleicht hätte es mit uns funktioniert, wenn er sich geändert hätte.

»Zumindest passiert es sehr selten.« Sie zuckt mit den Schultern.

»Oh.«

»Aber bitte denk daran, Chelsea, das ist nur das, was *ich* glaube. Kein eisernes Gesetz. Falls da etwas ist und du herausfinden willst, ob er sich tatsächlich geändert hat, dann gib dem Ganzen eine Chance. Aber bleib in Deckung, damit er dir keinen linken Haken verpassen kann.«

Sie steht auf und nimmt ihren Kaffeebecher. »Wir reden beim Mittagessen noch mal darüber. Ich habe in fünf Minuten ein Telefonat.« Im Türrahmen bleibt sie stehen. »Die Entscheidung liegt bei dir, Chelsea. Ich kann mich auch höflich für seine bisherigen Dienste bedanken und für RISE einen neuen Steuerberater finden. Sag mir einfach Bescheid.«

»Nein.« Ich stehe auf und stütze die Hände auf die Tischplatte. »Ich will professionell bleiben. Er arbeitet ohne Bezahlung für uns. Ich habe ihm schon gesagt, dass Victoria ab jetzt seine Kontaktperson sein wird. Ich kann damit umgehen.«

Das riesige Fragezeichen steht ihr förmlich ins Gesicht geschrieben. »Bist du dir sicher?«

»Positiv. Ich bin mit Dean Bennetts schlimmster Seite zurechtgekommen, also komme ich auch jetzt mit ihm zurecht.«

Sie nickt. »Okay, aber falls du es dir doch anders überlegst …«

»Werde ich nicht.«

Sie lächelt, und ich warte, bis das Klackern ihrer Stöckelschuhe verhallt ist.

Hoffentlich werde ich diese Entscheidung nicht der langen Liste mit Dingen, die ich bereue, hinzufügen müssen.

• • •

Nachmittags schwirrt mir der Kopf von all den Details, die für die RISE-Gala, die Ende des Sommers stattfindet, noch zu organisieren sind. Mein Tag ist bis obenhin gefüllt mit Marketingkram, der Suche nach einem Auktionator und damit, meine Cousine Skylar, Medaillenträgerin der Winter Classics, dazu zu überreden, eine Ansprache zu halten.

»Eine Lieferung für dich«, flötet Victoria, als sie mein Büro betritt und mir einen großen Strauß lila Blumen auf den Schreibtisch stellt.

Grinsend steht sie da.

»Ich will gar nicht wissen, was das für Blumen sind.« Ich greife nach der Karte. Nicht, dass es nötig gewesen wäre. Das ist definitiv Deans

Werk, es sei denn, Glen will sich für sein ekelhaftes Verhalten entschuldigen. Im Wiedergutmachen war Dean schon immer gut.

Oh ja, das war er.

Ah, raus aus meinem Kopf, ihr schmutzigen Gedanken.

»Ich weiß es.« Victoria stemmt die Hand in die Hüfte.

»Okay, du Klugscheißerin, was sind das für Blumen?«

»Nun ja, bevor ich dir den Strauß gebracht habe, habe ich bei Google nach Bildern gesucht.« Sie grinst breit, als wäre sie unheimlich stolz auf sich.

»Und?«

»Das sind Hyazinthen. Es gibt da diese griechische Sage, in der Apollon und Zephyr einen Sturm erzeugt haben …«

»Okay, Lehrerliebling. Ich will nichts über griechische Mythologie hören. Welche Bedeutung haben Hyazinthen?« Ich frage, obwohl ich bereits eine leise Vermutung habe.

»Es ist eine Entschuldigung. Wer auch immer sie geschickt hat, bittet dich um Verzeihung.« Victorias Blick wird ganz verträumt, als wäre sie Gast auf einer Hochzeit, bei der das Brautpaar das Eheversprechen selbst geschrieben hat und der Bräutigam anfängt zu weinen.

Aber hier geht es nur um ein Arschloch, das Blumen schickt. Und zwar fünf Jahre zu spät.

Ich nehme den Strauß aus der Vase und werfe ihn in den Mülleimer.

»Chels!«, ruft Vic, drauf und dran, die Blumen wieder herauszuholen. »Lass dir von dem Idioten die schönen Blumen nicht vermiesen.«

»Lass sie.« Ich öffne die Karte und lese Deans Nachricht.

Menschen machen nicht immer alles richtig, das ist die Realität.
Bitte lass es nicht zu, dass etwas so Wunderbares durch nur einen Fehler ruiniert wird.
In Liebe,
Dean

Victoria schnappt nach Luft, als ich die Karte ebenfalls wegwerfe. Inzwischen ist sie glücklich und verliebt, doch als sie Pete noch am Hals hatte, war sie bestimmt wie ich jetzt.

Sie fischt die Karte aus dem Müll und liest.

»Werd jetzt nicht sentimental, das hat er nicht selbst geschrieben.« Ich setze mich wieder an den Schreibtisch, um noch meine E-Mails durchzugehen, bevor ich losmuss, um das Kleid anzuprobieren, das ich bei Skylars Hochzeit tragen werde.

»Woher weißt du das?« Die Enttäuschung steht ihr ins Gesicht geschrieben. Meine Güte, Reed hat es ihr wirklich angetan. Bestimmt hat er einen Einhornschwanz.

»Weil das nicht nach Dean klingt. Außerdem hat er mehr als einen Fehler gemacht. Und das, was wir hatten, war nicht wunderbar. Er liegt also auf ganzer Linie falsch.«

Victoria hält die kleine Karte in Händen. »Weißt du, was ich glaube? Du solltest dich mit ihm aussprechen und dann dein Leben weiterleben. Es ist nicht gut, dass du all die negativen Gefühle mit dir herumträgst.«

»Meine Güte, danke Mom.«

»Chels.« Sie seufzt.

»Was geht hier vor?« Hannah sieht zuerst mich an, dann Victoria, bevor ihr Blick zum Mülleimer wandert. »Das sind aber hübsche Blumen. Ich habe noch nie einen ganzen Strauß davon gesehen.«

»Das sind Hyazinthen«, erklärt Victoria streberhaft.

Ich verdrehe die Augen.

Hannah pflückt eine Blume aus dem Müll.

»Fräulein Flora kennt sogar eine Geschichte dazu.« Gedankenverloren scrolle ich durch meine Mails, um sicherzugehen, dass mir nichts Wichtiges entgangen ist. Eigentlich will ich nur so tun, als wäre ich schwer beschäftigt, damit die beiden endlich mein Büro verlassen. Schon schlimm genug, dass ich später meiner Mutter gegenüber Haltung bewahren muss.

»Ich habe gegoogelt«, erwidert Victoria trocken und sieht mich die ganze Zeit enttäuscht an. Sie hat es wirklich drauf, einem ein schlechtes Gewissen zu machen. Pass lieber auf, Jade.

»Von unserem Steuerberater, nehme ich an?«, fragt Hannah mit leuchtenden Augen.

»Warum tut ihr so, als wäre es was Romantisches?« Ich stehe vom Schreibtisch auf und schnappe mir meine Sachen, die auf dem Tisch an der Wand gegenüber liegen.

»Das findet doch jeder romantisch, wenn eine Frau umworben wird«, erwidert Victoria.

»Könnt ihr euch denn gar nicht mehr daran erinnern, dass ich euch erzählt habe, wie er immer die ganze Nacht feiern war, sich betrunken hat, so getan hat, als würde ich nicht existieren, und wie schlimm das Ende unserer Beziehung war?«

Victoria zuckt mit den Schultern, schließlich ist sie gerade selbst noch in der Phase, in der sie umworben wird. Ihr Kerl hat ihr gerade ein Haus neben dem ihrer Mutter gekauft, damit sie in ihrer Nähe bleiben kann. Ja, momentan befindet sie sich in einer Liebesblase.

»Nun ja, vierzig Prozent aller Amerikaner schaffen es immerhin«, sagt Hannah sachlich.

»Vierzig Prozent aller Amerikaner *wollen* sich nicht scheiden lassen, aber davon sind bestimmt höchstens zehn Prozent glücklich. Menschen haben alle möglichen Gründe, in einer unglücklichen Ehe zu bleiben – Kinder, Geld oder einfach pure Faulheit.« Ich schultere meine Tasche.

»Das klingt aber zynisch«, antwortet Victoria.

»Sagt eine, die bald zu den zehn Prozent gehört.«

Hannah kichert. »Glaub mir, Chels, ich verstehe dich. Für mich ist die Ehe auch nichts, aber wir sollten trotzdem nicht komplett den Glauben daran verlieren.« Sie neigt den Kopf zu Victoria, die dreinblickt, als hätte sie gerade herausgefunden, dass es den Weihnachtsmann gar nicht gibt.

»Ich will ja daran glauben. Wirklich. Aber erst habe ich all diese beschissenen Dates, und jetzt will auch noch mein Ex, dass ich ihm eine zweite Chance gebe? Eher friert die Hölle zu. Wenn ihr mich jetzt entschuldigen würdet, ich habe einen Termin und werde mich stundenlang von meiner Mutter kritisieren lassen müssen.« Ich stoße die Faust in die Luft. »Auf dass die guten Zeiten noch kommen mögen.«

Ich quetsche mich zwischen ihnen durch und verlasse das Büro. Keine der beiden versucht, mich aufzuhalten. Als ich im Aufzug stehe, klingelt in meiner Tasche das Handy.

Unbekannt: *Kein Dankeschön?*

Ich: *Wer ist da?*

Unbekannt: *Habe ich so viel Konkurrenz? Wie viele Männer schicken dir neuerdings Blumen?*

»AHHHHHH!« Ich schreie einmal laut, bevor ich seine Nummer abspeichere. Der Name passt zwar nicht, aber ich werde versuchen, mein Gehirn umzuprogrammieren.

Ich: *Woher hast du meine Nummer?*

Schnellschießer: *Ich kenne Mittel und Wege. Das weißt du doch ;)*

Ich versuche, das Kribbeln zwischen den Beinen zu ignorieren.

Ich: *Lösch sie sofort.*

Schnellschießer: *Mal ehrlich. Würdest du Harry Styles' Nummer löschen, wenn du sie hättest?*

Dieser Mann weiß zu viel über mich und mein früheres Ich. Was soll ich sagen … es war nur eine Phase.

Ich: *Schick mir nie wieder was.*

Schnellschießer: *Lag es an der Karte?*

Ich: *Man schickt seiner Ex-Frau keine Blumen.*

Schnellschießer: *Das habe ich ja noch nie gehört. Muss ein Mythos sein. Ich bin mir ziemlicher sicher, eine Menge Typen schicken ihrer Ex Blumen.*

Ich: *Dean, das ist meine allerletzte Warnung.*

Schnellschießer: *Und was wirst du tun, wenn ich nicht auf dich höre? ;)*

Ich: *Das willst du nicht wissen.*

Schnellschießer: *Ach Chels, immer so bissig.*

Okay, er versucht, mich zu ködern, aber ich werde nicht darauf reinfallen.

Ich: *Na schön. Was soll's. Ich muss ja nicht auf deine Nachrichten antworten.*

Schnellschießer: *Lustig. Auf mich wirkt es, als könntest du gar nicht aufhören, mir zu schreiben.*

Ich schalte das Smartphone aus, werfe es zurück in meine Tasche und stelle fest, dass ich das Bürogebäude bereits verlassen habe.

Wie bin ich überhaupt hierhergekommen?

Mein Telefon hört nicht auf zu klingeln, aber ich ignoriere es, während ich die vier Blocks zur Boutique zurücklege. Was für ein beschissener Nachmittag. Und in Anbetracht der Tatsache, dass ich gleich die kritischste Person auf diesem Planeten treffe, die zufällig auch meine Mutter ist, sehe ich keinen Hoffnungsschimmer am Horizont.

Kapitel 5

Wenn einen die Textnachrichten vom Ex, den man seit fünf Jahren nicht gesehen hat, nicht in Stimmung bringen, gleich einen Laden voller Brautkleider zu betreten, dann weiß ich auch nicht. Ganz zu schweigen davon, dass ich das ganze Wochenende an ihn gedacht und dabei masturbiert habe.

Und ja, das war sarkastisch gemeint, gespickt mit einer ordentlichen Dosis Verbitterung.

Ich folge den vertrauten Stimmen durch das Meer aus Weiß und Elfenbein zu meiner Cousine Skylar, die vor einem dreiteiligen Spiegel auf einem Podest steht. Die Schneiderin ist fleißig dabei, das Kleid abzustecken.

Skylar sieht bezaubernd aus – wie immer. Das lange, braune Haar hat sie zum Dutt gebunden, aus dem netten Mädchen von nebenan ist eine wunderschöne Braut geworden. Verdammt, noch so ein glückliches Paar.

»Chels!«, ruft sie, als sie mich als Erste im Spiegel entdeckt.

Die Damen der Familie drehen sich zu mir um. Meine Cousine Zoe grinst mich an, meine Tante steht vom Stuhl auf. Meine Mutter lächelt weder, noch bewegt sie sich auch nur einen Millimeter, sondern dreht sich einfach wieder zu Skylar um.

»Hereinspaziert. Hereinspaziert.« Meine Tante winkt mich herbei, wobei ich gerade lieber bei der Akupunktur sitzen würde, als hier zu sein.

»Hallo Tante Liz.« Ich küsse sie links und rechts auf die Wangen, und sie legt mir die Hand auf den Rücken und drückt mich an sich.

Zoe sitzt auf einem Stuhl und blättert in einer Zeitschrift.

»Hallo Mom.« Ich beuge mich zu meiner Mutter herunter und gebe ihr einen Kuss auf die Wange.

Das Haar, das genau den gleichen Blondton hat wie meins, trägt sie glatt und kinnlang. Das Make-up ist makellos, ihr Outfit frisch von der Stange der Nobelkaufhauskette Neiman Marcus, obwohl sie und mein Vater es sich eigentlich gar nicht leisten können. Aber Image ist alles – auch wenn man dadurch Schulden anhäuft.

»Chelsea«, sagt sie. »Du bist zu spät.«

»Ich komme gerade von der Arbeit.«

Wieder klingelt mein Handy in der Tasche, aber ich ignoriere es.

»Du siehst wunderschön aus, Sky«, sage ich und setze mich neben Zoe, weit genug weg von meiner Mutter, damit sie mir nichts zuflüstern kann.

»Danke.« Sky klingt glücklich und aufgedreht, wie eine Konfettibombe kurz vorm Platzen.

»Was geht ab, Cousinchen?«, frage ich.

Zoe senkt das Heft. »Wo soll ich bloß anfangen? Ich bin immer noch nicht die Babypfunde los, dabei ist Caiden … schon wie alt?«

»Fast drei, Süße«, antwortet meine Tante Liz.

»Man nennt das dramatischen Effekt, Ma. Ich weiß, wie alt mein Sohn ist.«

Liz lacht. »Nun ja, du wirkst in letzter Zeit ein wenig verwirrt.«

Zoe richtet sich gerader auf. »Ich habe zwei Kinder und einen Ehemann, der im Haushalt eine Niete ist.«

»Kenne ich«, erwidert Tante Liz und tauscht mit meiner Mutter einen Blick.

»Ich hebe immer noch die Socken auf«, fügt meine Mutter hinzu, und die beiden lachen.

»Beckett hebt seine Socken selbst auf«, erklärt Sky.

»Noch. Früher hat Vin mir Blumen mitgebracht, mir CDs gebrannt,

Briefe geschrieben. Heute kriege ich höchstens noch eine SMS, dass ich ihm Unterhosen kaufen soll.«

»Nicht im Ernst«, erwidere ich.

Obwohl ich auch schon mal verheiratet war, bin ich noch nicht da gelandet, wo Zoe jetzt ist.

»Ich habe ihm Slips gekauft ... Welche mit Smileys drauf und pinkfarbene mit Bananen.«

Unkontrolliert lachend schlage ich auf die Armlehne des Stuhls. »Was hat er gesagt?«

»Oh, er hat sie tatsächlich getragen. Er ist eben Vin, aber ich habe ihm klargemacht, dass ich nicht sein Personal Shopper bin. Er hat damit argumentiert, dass er mir auch Slips und BHs kauft, aber das tut er nur zu seinem eigenen Nutzen. Baumwolle würde es auch tun.« Schwungvoll wirft sie die Zeitschrift auf den Tisch vor uns.

»Nächstes Mal kaufst du ihm welche mit so einem Extrateil für ...«, ich spähe zu unseren Müttern, die ins Gespräch vertieft sind, » ... den Schniedel.«

Zoe hebt eine Augenbraue und zeigt auf mich. »Alles klar.« Sie schnappt sich ihr Handy. »Hallo Amazon.«

»Chelsea, sei nicht so vulgär.« Meine Mutter lehnt sich nach vorn und straft mich mit ihrem Benimm-dich-gefälligst-Blick.

Wieder klingelt das Handy in meiner Tasche.

Zoes Daumen halten inne. »Willst du nicht lieber nachsehen?«

»Nope.«

Sie zuckt mit den Schultern und tippt energisch auf dem Display herum. »Schon bestellt. Ich würde es dir ja zeigen, aber ich will nicht, dass du dir Vin in all seiner Pracht vorstellst«, sagt sie voller Sarkasmus.

»Danke, dass du mir die Qualen ersparst.« Ich zwinkere ihr zu.

»Und?« Skylar dreht sich um und stellt sich vor uns.

»Oh, Sky.« Tante Liz steht auf und bestaunt ihre Tochter mit Tränen in den Augen.

Meine Mutter steht ebenfalls auf und reicht ihr ein Taschentuch.

In dem trägerlosen, perlenbesetzten Mieder, das ihre tolle Figur betont, sieht Skylar wirklich atemberaubend aus. An der Taille eng geschnürt, verwandelt sich das Kleid nach unten hin in einen mehrschichtigen Traum aus Satin und Tüll. Das perfekte Kleid für die perfekte Braut.

Ich denke an das Gespräch, das ich vorhin mit Vic und Hannah geführt habe und hoffe, Skylar und Beckett gehören zu den zehn Prozent. Sie hat es verdient.

»Eine sehr gute Wahl«, fügt Zoe hinzu und befingert den Stoff des Rockteils. »Perfekt für den Sommer.«

»Auf jeden Fall«, flötet meine Mutter. »Du bist die schönste Braut, die ich je gesehen habe.« Sie wirft mir einen flüchtigen Blick zu. Obwohl es schon fünf Jahre her ist, hat sie mir immer noch nicht verziehen, dass sie für mich keine pompöse, teure Hochzeit organisieren durfte, die sie in den sicheren Ruin getrieben hätte.

»Danke.« Jetzt wird Sky ein wenig emotional. »Ich hoffe, Beck gefällt es genauso gut wie euch.«

»Selbst in einem Achtzigerkleid mit Puffärmeln und Strass fände er dich umwerfend«, versichert Tante Liz.

Und wir wissen, dass sie recht hat. Beckett brauchte zwar einen Schubs in die richtige Richtung, aber jetzt, da er so weit ist, habe ich noch nie einen heiratswilligeren Mann gesehen.

»Jetzt seid ihr dran.« Sky deutet auf mich und Zoe.

»Was ist mit Demi und Mia?«, frage ich.

»Sie lassen sich vermessen und schicken dann die Maße.«

Warum habe ich das nicht auch so gemacht? Weil die Auswahl des Kleids eine Art Übergangsritual ist. Weil ich meine Cousine liebe. Und weil ich nicht in einem anderen Staat lebe.

»Außerdem wollte ich nicht, dass zu viele Leute mitentscheiden, welches Kleid ihr tragen werdet«, fügt Sky hinzu.

Ich lege den Kopf schief. »Du hast noch gar keins ausgesucht?«

»Nein, das dürft ihr machen.« Sie lächelt, als würde sie uns damit einen großen Wunsch erfüllen, aber eigentlich habe ich weder die Zeit noch die Nerven, zwanzig Kleider anzuprobieren und mich von meiner Mutter kritisieren zu lassen.

»Super.« Ich setze ein Lächeln auf und gehe zur Umkleide.

Die Verkäuferin bringt uns etliche Kleider und erklärt, die Farbe sei egal, sie könne alle Kleider in allen Farben bestellen.

Zoe und ich verschwinden jeweils in einer Kabine. Ich platziere meine Tasche auf der Bank, schlüpfe aus meinem Arbeitsoutfit und probiere ein Kleid im Meerjungfrauenschnitt an, das alles andere als schmeichelhaft ist. Mein Po wirkt riesig, und meine Brüste füllen das Korsett nicht mal annähernd aus. Das einzig Gute ist, dass es meine weißen Winterbeine verdeckt.

»Zeigt euch, Mädels«, ruft Sky aus dem Wartebereich.

Ich öffne die Tür. Sky trägt nun wieder Jeans und Bluse, dazu ein süßes Paar Ballerinas. Sie lächelt.

Zoe tritt ebenfalls aus der Umkleide. Sie trägt ein Meerjungfrauenkleid mit Flügelärmeln. Mein Kleid ist apricot, ihres rosa. Sie sieht hübscher aus.

»Ihr seht beide wundervoll aus. Kommt, wir zeigen es unseren Müttern.« Skylar dreht sich um und geht den Flur hinab.

»Müssen wir denn unbedingt?«, jammere ich, und Zoe stößt mich mit der Schulter an.

»So schlimm ist es nun auch wieder nicht.«

Sie geht voran, und ich verdrehe die Augen.

»Oh, Zo, du siehst toll aus. Komm näher, damit wir dich begutachten können«, sagt meine Mutter.

Zoe tut wie geheißen. Skylar und unsere Mütter zählen die Vor- und Nachteile des Kleids auf, ohne Zoes Körper zu kommentieren. Hoffentlich gilt das auch für mich.

»Jetzt du, Chelsea«, befiehlt Sky, und Zoe und ich wechseln einen Blick, der *Wann ist es endlich vorbei?* ausdrücken soll.

Ich stelle mich auf das Podest und betrachte mich im Spiegel. Japp, grauenvoll hoch drei.

»Ich liebe es. Es betont sehr schön deine Figur«, sagt Tante Liz. »Würde das Kleid den anderen auch so gut stehen?«

Sky legt den Kopf schief und mustert mich. »Fühlst du dich denn wohl darin?«

»Wenn es dir gefällt, dann schon.«

Alle lachen – außer meiner Mutter. »Ich finde, wir sollten nach etwas in A-Linie suchen. Irgendwas, das nicht so eng ist an der Taille.«

Da ist sie. In all ihrer Herrlichkeit. Seid gefälligst neidisch, Mädels, denn sie ist *meine* Mutter.

»Warum?«, fragt Tante Liz stirnrunzelnd.

Ich steige vom Podest.

»Ich glaube, es wäre schmeichelhafter«, fährt sie fort mit ihrer Beurteilung.

»Dann lasst es uns mit einem anderen Stil probieren«, schlägt Sky vor und folgt uns wieder zur Umkleide.

Mein Handy klingelt erneut, also ziehe ich es aus der Tasche. »Schnellschießer« prangt auf dem Display. Schnell drücke ich auf ignorieren und lasse es zurück in die Tasche plumpsen.

»Du kannst ruhig rangehen, Chels«, ruft Sky von draußen.

»Nope. Alles gut.«

In der nächsten Stunde probiere ich sechs verschiedene Kleider an und lasse mich beurteilen wie bei der Realityshow *The Swan*, wo die Jury darüber diskutiert, welche Körperteile nicht gut genug sind und was verbessert werden muss. Meine Problemzonen werden zwar nicht mit schwarzem Edding markiert, aber ich weiß jetzt genau, was meine Mutter von meiner Figur hält.

»Ich liebe das Hochgeschlossene und wie es hinten drapiert ist. Und dass es in der Taille eng ist und nach unten weit wird«, sagt Sky. »Mögt ihr das Gold? Ist doch eine elegante Sommerfarbe.«

»Mir gefällt's.« Ich will gerade zurück zur Umkleide gehen, als wieder mein Telefon klingelt.

»Warum bist du heute so begehrt?«, fragt Zoe, kommt in Jeans und BH aus ihrer Kabine und geht in meine. »Was verheimlichst du uns?«

»Gar nichts.« Ich haste über den Flur und remple Sky aus Versehen an.

»Sie verheimlicht auf jeden Fall etwas.« Skylar rennt mir nach, doch bevor ich meine Kabine erreiche, hat Zoe bereits mein Smartphone in der Hand und starrt auf das Display.

»Wer ist er?«, fragt Skylar und gesellt sich zu uns in die vier mal vier Meter große Umkleide.

Zoe hält Skylar das Handy hin. »Schnellschießer?«

Ich lasse die Schultern sinken. »Nur ein Date.«

»Gut oder schlimm?«, will Zoe wissen.

»Schlimm. Definitiv schlimm.«

»Dann lasst mal sehen, warum er unbedingt mit dir reden will.« Zoe scrollt durch die Nachrichten, ihr Lächeln verschwindet zusehends. Plötzlich schnellt ihr Kopf hoch. »Ist es Dean?«, flüstert sie alarmiert.

»Pscht.« Ich lege den Zeigefinger an die Lippen und blicke über die Schulter, als könnte Deans Name meine Mutter herbeibeschwören.

»Chels.« Skylar nimmt ihrer Schwester das Telefon aus der Hand. »Er hat dich viermal angerufen, seit du hier bist.« Sie reicht mir das Smartphone. Eigentlich sind sie nicht so neugierig, aber aus dieser Nummer werde ich wohl nicht so leicht herauskommen.

Ich spähe den Flur hinab. »Ich hätte es euch schon noch erzählt.«

Zoe rutscht ein Stück rüber, um mir Platz zu machen. »Woher hat er deine Nummer?«, fragt sie.

Ich zucke mit den Schultern. »Er ist der Steueranwalt meiner Chefin. Ich habe es erst letzten Freitag herausgefunden.«

»Moment mal.« Zoe hebt eine Hand. »Dean Bennett ist Anwalt? Und ausgerechnet für *Steuerrecht*?« Zweifel spiegeln sich in ihren Augen wider.

»Ich habe die Lizenz an seiner Wand gesehen.«

Sie schlägt die Beine übereinander, stützt das Kinn in die Hand und wartet auf Details.

»Er will mit mir ausgehen, aber ich weigere mich.«

»Braves Mädchen. Diesen Typen brauchst du nicht in deinem Leben.« Außer bei Beckett findet Skylar bei jedem Kerl ein Haar in der Suppe.

»Was wirst du tun?«, fragt Zoe.

Man könnte annehmen, ich hätte mich damals nach meiner kurzen Ehe bei Skylar ausgeheult, aber es war Zoe. Skylar war so mit ihrem Training beschäftigt, um es zu den Winter Classics zu schaffen, dass sie keinen Kopf für mich und meine Gefühle für Dean hatte. Zoe hingegen schon. Sie half mir durch eine der schwersten Zeiten meines Lebens. Ach, was sage ich da? *Die* schwerste Zeit meines Lebens.

»Ich kann mich nicht mit ihm treffen«, flüstere ich kopfschüttelnd.

»Gut. Bleib bei deiner Meinung und lass dich von ihm nicht wieder vom Kurs abbringen.« Skylar hängt die restlichen Kleider auf.

»Sky!«, ruft Tante Liz. So sehr ich meine Cousine auch liebe – in diesem Moment bin ich froh, dass ihre Anwesenheit woanders verlangt wird.

Als Sky weg ist, tätschelt mir Zoe das Bein. »Vielleicht solltest du es tun. Sag ihm, wie sehr er dich verletzt hat. Lass ihn wissen, welche Dinge du bereust. Ihr wart damals noch sehr jung, und ich bin mir sicher, im Lauf der Zeit hat sich einiges verändert. Vielleicht ist er inzwischen auf dem richtigen Weg.«

»Aber?«

»Was, wenn du noch Gefühle für ihn hast?« Sie zieht die Mundwinkel nach unten.

»Ja«, erwidere ich leise. Ich hasse es, dass meine Stimme so schwach klingt.

»Dann wirst du damit umgehen müssen. Aber vielleicht kannst du dann endgültig mit ihm abschließen.«

Unter keinen Umständen werde ich es zulassen, mich noch mal so zu fühlen wie vor fünf Jahren. Mit dem Fingerknöchel wische ich mir eine Träne aus dem Augenwinkel. »Nope. Ich werde mich weiter verstecken. Wenn ich ihn doch nur dazu bringen könnte, meine Nummer zu löschen.«

Sie tippt auf das Handy in meinem Schoß. »Du könntest ihn blockieren.« Dann steht sie auf und verlässt die Umkleidekabine.

Skylar wäre so lange geblieben, bis ich es getan hätte. Falls ich es nicht übers Herz gebracht hätte, hätte sie es vermutlich selbst getan.

Jetzt sitze ich hier in einem Brautjungfernkleid. Die meisten kommen voller Vorfreude auf die bevorstehende Hochzeit hierher. Und ich habe keine Ahnung, was ich tun soll.

Ich stecke das Handy zurück in die Tasche.

Ich werde ihn blockieren, sobald ich zu Hause bin.

Selbst ich weiß, dass das eine Lüge ist.

Kapitel 6

»Jetzt verstehe ich, warum Lieferanten immer so fröhlich sind.« Victoria betritt mein Büro und legt einen Strauß voller Schokolade auf meinen Schreibtisch. »Allerdings würde ich mir wünschen, die Empfängerin wäre ein wenig glücklicher. Aber mir hat es ein Lächeln ins Gesicht gezaubert.«

»Dann nimm sie und lächle weiter. Oder gib sie Jade.«

»Tut mir leid, aber so viel Zucker erlaube ich Jade nicht.« Victoria macht auf dem Absatz kehrt und lässt den Strauß liegen.

Heute Nacht habe ich mich hin und her gewälzt, habe gehofft, ich könnte irgendwann einschlafen, doch stattdessen habe ich die ganze Zeit an Dean gedacht und mir vorgestellt, wie es wäre, wenn wir noch zusammen wären. Wäre er trotzdem Anwalt geworden? Oder würde ich ihn durchfüttern? Würden wir nur gerade so über die Runden kommen? Wäre er treu? Wäre er der Mann, der er versprochen hatte zu sein, als er mir den Heiratsantrag machte?

»Victoria«, rufe ich, rolle mit dem Stuhl nach hinten und stapfe mit dem Schokoladenstrauß in der Hand in ihr Büro.

»Ich habe dir doch gesagt, dass der Zahnarzt Jade verboten hat, so viel Zucker zu essen.«

»Das ist vollkommener Blödsinn. Und das wissen wir beide.« Ich lasse die Schokolade auf ihren Schreibtisch fallen.

»Ich will sie nicht, Chelsea.« Jetzt klingt Victoria nicht mehr amüsiert.

»Von wem ist das?« Hannah kommt aus ihrem Büro und beäugt den Strauß.

Das muss man Dean lassen – er hat das Erinnerungsvermögen eines Delfins.

»Noch eine Speziallieferung für Ms. Walsh.« Victoria lehnt sich auf ihrem Stuhl nach hinten und wippt vor und zurück.

»Ich weiß nicht, welche Lieferung mir besser gefällt. Dass er dir Blumen der Vergebung geschickt hat oder … Moment.« Sie zeigt auf die Schokolade. »Sind das deine Lieblingssorten?«

Ich inspiziere den Strauß aus 100 Grand, Butterfingers, Snickers und Whatchamacallit-Riegeln. »Ja.« Ich zucke mit den Schultern.

»Dann stimme ich für diesen hier. Schließlich kann jeder googeln, welche Blume für Vergebung steht. Außer mein Ex, der Arsch. Aber dafür braucht es keine Menschenkenntnis.«

»Danke für die Unterstützung, Leute«, erwidere ich trocken.

»Was hat es mit der Dose auf sich?«, fragt Victoria.

Erst jetzt entdecke ich die Blechdose, die das Logo des Restaurants trägt, in dem wir früher auf dem College oft Chickenwings gegessen und Bier getrunken haben. Das Restaurant, in dem wir uns zum ersten Mal getroffen haben.

»Dort haben wir uns kennengelernt.«

»Erzähl.« Hannah setzt sich auf einen der Stühle und wartet.

»Müssen wir nicht alle dringend arbeiten?«, frage ich genervt.

»Nope«, antwortet Hannah.

Also setze ich mich ebenfalls. »Ich war mit meinen Freunden unterwegs. Er mit seinen. Er hat mich angemacht, und ich habe ihn abblitzen lassen. Dean war bekannt auf dem Campus. Er war der Star des Baseballteams und schon im höheren Semester. Ich war eine Studienanfängerin, die dachte, ihre Scheiße würde nach Rosen duften. Ich wusste, dass ein Haufen Mädels auf Dean standen und dachte, ich könnte ihn locken, wenn ich ihm wenigstens kurz widerstehen würde.«

»Und? Hast du?«, fragt Hannah.

»Nun ja, wir haben geheiratet.«

»Aber du warst nicht schwanger?«, fragt Victoria.

Wir müssen alle kichern, weil wir genau wissen, dass das der Grund war, warum sie ihrem Ex Pete das Jawort gegeben hat.

»Nein.« Ich schüttle den Kopf und erinnere mich an Deans spontanen Antrag, den er mir nur wenige Monate nachdem wir zusammengekommen waren gemacht hat. »Ich habe ihn dazu gezwungen, die schärfsten Wings zu essen, die auf der Karte standen. Ich habe ihm gesagt, dass ich nur mit ihm ausgehen würde, wenn er danach mindestens fünf Minuten lang nichts trinkt.«

»Und? Hat er es geschafft?«

»Nach vier Minuten habe ich nachgegeben und habe ihn ein Glas Milch trinken lassen.«

Beide lachen, und plötzlich geht mir ein Licht auf, das die letzten fünf Jahre nur auf Sparflamme geflimmert hat. Die Glühbirne musste nur komplett reingedreht werden, und jetzt wirft sie ein ganz neues Licht auf unsere Beziehung.

»Genau deshalb denkt er jetzt, er könnte mich wieder rumkriegen.« Ich zupfe die Karte aus dem Strauß.

Lust auf Schokomilch?
In Liebe,
Dean

»Hätte ich die fünf Minuten durchgehalten, wüsste er, dass er mit mir nicht machen kann, was er will.« Ich hebe den Zeigefinger, als würde ich in einem Gerichtsverfahren zur Jury sprechen.

Victoria und Hannah starren mich an, als hätte ich irgendwelche Drogen genommen und würde herumtorkeln, während sie total nüchtern sind.

»Überlegt doch mal.« Ich stehe auf und gehe im Raum auf und ab, während ich im Kopf alles sortiere. »Bisher habe ich überhaupt nicht darüber nachgedacht. Ich habe zwar Bedingungen gestellt, aber nicht dafür gesorgt, dass er sie auch befolgt. Deshalb glaubt er, er könne mit mir machen, was er will.« Ich schüttle den Kopf. »Ich bin so eine Idiotin.« Ich sprinte in mein Büro, greife nach meiner Tasche auf dem Stuhl und eile zurück in Victorias Büro. »Ich werde ihm sagen, dass er mich nicht wie einen gehorsamen Hund behandeln kann. Er kriegt von mir keine zweite Chance. Es ist vorbei.«

Keine der beiden sagt etwas, als ich mir eins von den Snickers schnappe. »Seid bloß still, ich brauche Energie.«

Hannah hebt die Hände. »Ich sage nichts.«

Ich verlasse das Büro und drücke den Knopf des Aufzugs.

Pass auf, Dean Bennett. Jetzt bekommst du endlich den Arschtritt, den ich dir schon vor fünf Jahren hätte verpassen sollen.

• • •

Ich gehe durch die Drehtür, die Augen auf den Security-Schalter gerichtet.

»Dean Bennett. Anwaltskanzlei Heiberman & Lipe.« Wieder stehe ich vor dem Mann, den ich vor ein paar Tagen angebettelt habe, mir Zutritt zu gewähren.

»Wieder da?«, fragt der Kerl, ohne Anstalten zu machen, mir einen Besucherausweis zu geben.

»Ich komme innerhalb der Geschäftszeiten. Warum nehmen Sie also nicht einen dieser Ausweise, tippen meinen Namen in den Computer ein und lassen mich nach oben fahren?«

Er zieht die buschigen Augenbrauen zusammen. »Sie wirken ein wenig aufgebracht. Haben Sie einen Termin bei ihm?«

»Ja«, antworte ich, denn ich weiß genau, wenn er ihn anruft, wird Dean mich nach oben bitten und denken, er hätte mich rumgekriegt.

Er nimmt den Telefonhörer und wählt. »Sie können sich auf die Gästeliste setzen lassen, falls Sie jetzt wöchentlich kommen«, sagt er, während er darauf wartet, dass jemand abnimmt.

»Ich bin heute das letzte Mal hier.«

Er senkt den Kopf. »Ja, hier ist Justin von der Security. Eine Ms. Chelsea Walsh möchte Mr. Dean Bennett sprechen.«

Wie kann es sein, dass er sich noch an meinen Namen erinnern kann, bei so vielen Menschen, die hier täglich ein und aus gehen?

»Sie war nicht auf der Liste.« Pause. »Danke.« Er senkt den Hörer. »Sie sieht nach.«

Ich verdrehe die Augen und richte meine Aufmerksamkeit auf eine Gruppe von Menschen, die gerade vom Mittagessen zurückkommt.

Ungeduldig trommle ich mit den Fingern auf der Theke herum und seufze, als hätte ich weitaus wichtigere Dinge zu erledigen. Na ja, habe ich auch, aber schließlich bin ich nicht die Bürgermeisterin oder Oprah oder so.

»Ja«, sagt Justin.

Ich richte mich auf und drehe mich zu ihm.

»Super, ich schicke sie hoch.« Er legt auf und sieht mich an. »Da haben Sie heute wieder Glück.« Er tippt meinen Namen ein und reicht mir kurz darauf den Besucherausweis. »Ich habe das Gefühl, ich sollte Mr. Bennett besser vorwarnen.«

Ich reiße ihm den Ausweis aus der Hand. »Glauben Sie mir, das schafft er schon allein.«

Zu dieser Uhrzeit ist es gar nicht so leicht, sich in den Aufzug zu quetschen, aber zum Glück hält mir jemand die Tür auf.

Als ich endlich im dreiunddreißigsten Stock ankomme, bin ich froh, dass unser Firmengebäude so klein ist. Der Mix aus Parfum, Aftershave, Körpergerüchen und Essen würde selbst einen Bären umhauen, der gerade aus dem Winterschlaf erwacht ist.

Als ich diesmal durch die Milchglastür trete, sitzt an der Rezeption eine Frau, die bereits auf mich zu warten scheint. »Ms. Walsh?«, fragt sie.

Natürlich ist sie jung, blond und wunderschön. Wahrscheinlich war es nicht Dean, der sie für den Job ausgewählt hat, aber sie passt definitiv in sein Beuteschema.

»Ja.« Ich stelle mich vor ihren Tisch und warte.

»Es wird noch einen Moment dauern, er ist gerade in einem Meeting.« Sie bedeutet mir, mich zu setzen, und ich werfe einen Blick auf die Sessel.

»Kann ich in seinem Büro warten?«

Ich weiß, ziemlich frech und mutig, schließlich kennt sie mich überhaupt nicht, aber ich will es einfach hinter mich bringen und mich nicht von ihm in sein Büro eskortieren lassen.

»Tut mir leid. Er meinte, er hole Sie in ein paar Minuten ab.«

Ich knirsche mit den Zähnen, schnaube und verdrehe die Augen wie ein dreizehnjähriges Mädchen, bevor ich mich in einen der unbequemen Sessel fallen lasse. Da ich keine Lust habe, auf meinem Handy herumzuspielen, schnappe ich mir eine Zeitschrift und blättere durch die Seiten.

Ein paar Minuten später höre ich, wie er sich mit jemandem unterhält. Je näher seine Stimme kommt, desto mehr ist es, als würde eine Rakete in meinem Bauch umherfliegen.

Ich lege die Zeitschrift beiseite und wappne mich innerlich.

Dann betritt er den Empfangsbereich.

»Danke, dass du gekommen bist, David. Wir kriegen das schon hin.«

Ein Mittfünfziger schüttelt ihm die Hand, lächelt mich freundlich an und verschwindet durch die Glastür.

»Danke, Kylie, dass du dich so gut um meine unangekündigte Besucherin gekümmert hast«, sagt Dean zur Empfangsdame.

Sie lächelt ihn an, als wäre er Bradley Cooper. Ich halt's im Kopf nicht aus. »Kein Problem, Mr. Bennett.«

Ich erhebe mich vom Sessel. »Wie reizend. Können wir jetzt in dein Büro gehen?« Sein Lächeln wird breiter, und seine Augen beginnen zu strahlen, was mich nur noch mehr aufregt. Er macht einen Schritt zur Seite und bedeutet mir voranzugehen. »Du kennst den Weg.«

Als ich an ihm vorbeigehe, funkle ich ihn böse an.

»Kylie, bitte keine Anrufe durchstellen.«

»Alles klar, Mr. Bennett.«

Ich gehe so schnell, dass er nicht viel Zeit hat, auf meinen Hintern zu starren. Früher hätte er gar nicht anders gekonnt, als ihn zu begrapschen.

Da ich ohnehin nicht lange bleiben will, bleibe ich vor seinem Schreibtisch stehen und gehe davon aus, dass er gleich auf seinem Bürostuhl Platz nehmen wird. Er schließt die Tür hinter sich und sperrt ab.

»Das ist nicht nötig, das kann ich dir versichern.« Ich verschränke die Arme vor der Brust.

»Ach, nein? Zu schade.« Er zuckt mit den Schultern, lässt die Tür aber abgeschlossen und setzt sich auf das Sofa an der hinteren Wand.

»Du kannst dich auch auf deinen Bürostuhl setzen.«

Er schüttelt den Kopf. »Nope.«

Natürlich tut er alles, um mich auf die Palme zu bringen.

»Bist du wegen der Schokomilch hier?« Ein freches Grinsen umspielt seine Lippen.

»Nein. Die kannst du dir gern über den Kopf kippen.«

»Tststs. Bedankt man sich so bei jemandem?« Ich lehne mich gegen die Schreibtischkante. »Warum kommst du nicht zu mir rüber?«, fragt er in verführerischem Ton, als würde er denken, er müsse nur einen Knopf drücken, um mich heiß zu machen.

»Ich stehe hier ganz gut. Ich habe es satt, dass du mir hinterherjagst. Ich weiß, du findest das lustig. Wahrscheinlich denkst du dir zu Hause immer wieder neue Wege aus, wie du mich tyrannisieren kannst, aber ich bin fertig mit dir. Unsere Beziehung hat vor fünf Jahren geendet. Es ist vorbei. Ich habe Hannah gesagt, dass sie weiter mit dir zusammenarbeiten soll, falls du dazu bereit bist, aber von nun an wird Victoria deine Kontaktperson sein. Das zwischen uns«, ich deute zwischen uns hin und her, »ist vorbei. Dieser Sarg ist zu, versiegelt und begraben.«

Sein Blick fällt auf meine Lippen, und plötzlich macht mein Herz einen Satz. Behände steht er auf und schlendert auf mich zu. Ich muss hier weg. Meine Augen wandern zur Tür und wieder zu ihm.

»Du weißt genau, wie sehr es mich anmacht, wenn du wütend bist.« Er kommt immer näher. Die Lust in seinen Pupillen lässt meine vereiste

Hülle schmelzen. Bevor ich nach Luft schnappen kann, steht er schon vor mir. Gefährlich nahe.

»Dean.« Ich lege ihm die Hände auf die Brust. Zwischen uns liegt so viel Begierde, dass ich die Augen schließen muss.

»Du spürst es. Ich weiß es genau. Es war dumm von uns zu glauben, es würde einfach weggehen.« Er streckt seine langen Finger nach mir aus und streicht mir eine Strähne hinters Ohr. »Ich kann nicht aufhören, mir bei der Vorstellung, wie du auf meinem Schreibtisch liegst und mein Kopf zwischen deinen Schenkeln steckt, einen runterzuholen.« Er kommt näher, und ich spüre, wie steif er bereits ist.

»Es geht nicht. Es hat schon mal nicht funktioniert.« Ich versuche, gegen das Verlangen anzukämpfen, das durch meine Adern strömt. Meine Stimme hat all ihre Überzeugungskraft verloren.

»Du willst mir also erzählen, dass du jetzt hier rausmarschierst, ohne dich in eine der Toilettenkabinen einzusperren, den Rock hochzuziehen, die Hand in den Bund deines Slips gleiten zu lassen und es dir selbst zu besorgen, während du dir vorstellst, wie ich mich in dir bewege?« Seine Stimme ist nur noch ein Flüstern. »Rein und raus. Immer wieder … und wieder.«

Er hatte schon immer eine derbe Ausdrucksweise, aber ich bin Frau genug um zuzugeben, dass ich es geliebt habe.

Seine Finger gleiten von meinem Ohr in meinen Nacken, und sein starker Oberschenkel drückt sich zwischen meine Beine, schiebt meinen Rock hoch und presst sich gegen meinen Kitzler.

»Es geht nicht.« Er wäre ein Vollidiot, wenn er mir glauben würde, denn ich lasse seufzend den Kopf in den Nacken sinken. Er hat eben die geheime Karte zu meiner Schatzkiste.

Ich hebe den Kopf, um ihm in die Augen zu sehen, und wir lecken uns beide die Lippen. Unsere Münder nähern sich einander, zuerst nur langsam, aber es braucht nur eine kleine Kostprobe, bevor wir übereinander herfallen.

Seine Zunge gleitet in meinen Mund, und ich halte mich an seinen breiten Schultern fest, während sich sein Schenkel noch fester gegen meine Mitte presst. Mit seinem Kuss erstickt er mein Seufzen, während ich komplett den Verstand verliere.

Irgendwo zwischen seiner Zunge in meinem Hals und meiner Hand an seinem steinharten Schwanz trifft mich die Vernunft mit der Wucht eines Güterzugs. Statt weiter seinen Schwanz zu reiben, lege ich ihm die Hände auf die Brust und schiebe ihn von mir.

»Was ist?«, fragt er.

»Nein, Dean.« Ich wische mir den Mund ab und streiche meinen Rock glatt.

»Klingt nicht überzeugend.« Frech grinsend nähert er sich erneut.

Ich knalle ihm eine.

»Fuck«, flucht er und legt sich die Hand an die rote Wange. »Musste das unbedingt sein?«

»Ja. Herrgott, Dean. Ich bin deine Ex-Frau. Du verabscheust mich, hast du das etwa vergessen?« Ich entferne mich ein gutes Stück, verlasse die Blase der Lust, in der wir uns eben befunden haben.

»Jetzt kann ich mich allmählich wieder daran erinnern.« Er hält sich noch immer die Wange.

»Das war's. Es ist aus mit uns. Bitte akzeptiere es.«

Er richtet sich gerade auf.

Diesmal soll er sehen, wie ich gehe, nicht wie damals vor fünf Jahren, als ich mich heimlich davongeschlichen habe, nachdem er eingepennt war.

»Wie du willst. Du weißt ja, wo du mich findest, falls du es dir doch anders überlegst.«

Ich öffne die Tür, halte kurz inne und werfe einen letzten Blick über die Schulter. »Das wird nicht passieren.«

Als ich die Tür hinter mir schließe, schwöre ich mir, dass Dean ein für alle Mal Schnee von gestern ist.

Kapitel 7

Es ist Freitagabend. Nachdem ich mich von einem weiteren beschissenen Date direkt nach dem Essen verabschiedet habe, bin ich nun endlich zu Hause. Ich schlüpfe aus den High Heels, hebe sie auf und gehe ins Schlafzimmer.

»Heute brauche ich nur noch meinen Schlafanzug, Popcorn und einen Film.« Ich öffne den Schrank, stelle die Schuhe zu den anderen und schlüpfe aus meinem Kleid. Das Date eben kann ich in einem Wort zusammenfassen – langweilig.

Ich war fest entschlossen, endlich einen anständigen Typen zu finden, aber jetzt brauche ich dringend eine Pause. Der Kerl besucht jeden Sonntag seine Mutter und schreibt Tagebuch. Ja, ganz süß, aber auf so was habe ich keine Lust. Neben seinem Job übt er abends unter der Woche drei verschiedene Ehrenämter aus. Er wäre sicherlich eine gute Partie. Aber im Vergleich zu ihm bin ich wie ein alter Kaugummi, der einem an der Schuhsohle klebt. Er trägt einen verdammten Heiligenschein.

Fünf Minuten später sitze ich in meinem Seidenpyjama und mit einer Schüssel Popcorn auf dem Sofa. »So ist das Leben.« Schon wieder rede ich mit mir selbst, ist ja sonst keiner da.

Ich klicke durch die Filme. Nichts. Scheiß drauf.

Zum Glück habe ich meinen DVD-Player noch nicht entsorgt, denn Netflix hat *nicht* alle Filme, wie allgemein behauptet wird. Ich öffne den Fernsehschrank und suche nach einem Film.

Aber keiner interessiert mich. Eine romantische Komödie ist gerade nicht das Richtige, denn im Moment ist mein Leben alles andere als romantisch. Ich ziehe noch ein paar weitere Hüllen heraus, aber nichts davon weckt mein Interesse. Als ich die *Rambo*-Hülle hervorziehe, läuft mir ein Schauer über den Rücken.

Das ist unser Film. Der Film, den Dean und ich gemacht haben. Meine Güte, ich habe mich von diesem Mann wirklich zu allem überreden lassen.

Ich habe ihn ganz hinten im Schrank versteckt, damit ihn keiner zufällig entdeckt. Ich hätte ihn bereits vor Jahren verbrennen sollen. Es hat keinen Zweck zu leugnen, dass ich immer noch Gefühle für Dean habe. Hasse ich ihn? Teufel, ja. Würde ich mich noch mal auf ihn einlassen? Auf keinen Fall. Das bedeutet aber nicht, dass ich ihn nicht mega heiß finde und er immer noch eine magische Anziehungskraft auf mich ausübt.

Ich halte die DVD in Händen, ihr Inhalt lässt mein Verlangen nur noch größer werden. »Scheiß drauf.« Ich stopfe den Film zurück in die hinterste Schrankecke, schließe die Glastür und gehe in die Küche. »Eis ist die Lösung aller Probleme.«

Ich lasse das Popcorn links liegen und genehmige mir eine Schüssel Erdbeereis.

Als ich wieder auf dem Sofa sitze, klicke ich mich ungefähr zehn Minuten lang durch alle Kanäle.

»AHH.« Ich schalte den Fernseher aus.

Ich schnappe mir die neueste Cosmopolitan, die ich schon letzte Woche gelesen habe, und blättere sie durch, um nachzusehen, ob mir irgendwelche Artikel entgangen sind. Nachdem ich festgestellt habe, dass ich sogar das Kreuzworträtsel gemacht habe, werfe ich sie zurück auf den Tisch.

Danach scrolle ich auf dem Handy durch Instagram und Snapchat. Blablabla. Nichts Neues. Wann ist mein Leben eigentlich so langweilig geworden? Ich beschließe, Zoe eine Nachricht zu schreiben.

Ich: *Hey, steht der Spieleabend morgen noch?*

Umgehend ruft sie mich an.

»Hey«, melde ich mich.

»Du weißt, dass ich zwei Kinder habe. Eine Hand für jeweils ein Kind. Außerdem ist gerade Badezeit.« Im Hintergrund höre ich Geplansche. »Aber nun zu deiner Frage: Ja, morgen bei uns. Kommst du in Begleitung?« Sie lacht, und ich verdrehe die Augen.

»Sei bloß still.« Ich stehe vom Sofa auf, spüle die Schüssel aus und stecke sie in den Geschirrspüler.

»Bist du schon bereit, mit ihm zu sprechen?«, fragt sie. »CAIDEN!«, schreit sie, und ich muss das Handy vom Ohr weghalten. Dann höre ich ihn lachen.

»Hör auf. Du machst Mommy Angst. Willst du etwa, dass ich einen Herzinfarkt bekomme?«

»Was ist ein Herzinfarkt?«, fragt er.

»Was macht er denn?«, will ich wissen.

»Er denkt, es wäre lustig, so lange wie möglich unter Wasser die Luft anzuhalten.«

»Er wird bestimmt der nächste Houdini.« Ich gehe zurück ins Wohnzimmer und setze mich wieder aufs Sofa.

»Nein. Er wird mal Arzt. Nicht wahr?«

»Wenn ich groß bin, will ich wie Daddy sein«, erwidert Caiden, gefolgt von mehr Geplansche.

»Und was ist mit Mommy?«, fragt Zoe. Ich kann nicht fassen, dass meine Freitagabendunterhaltung darin besteht, meiner Cousine und ihrem Sohn zuzuhören.

»Mommys sind langweilig. Daddy spielt mit Werkzeugen.«

»Höchstens mit seinem eigenen«, murmelt Zoe.

Ich lache.

»Wenn du mit meinem Werkzeug spielen würdest, müsste ich es nicht selbst tun«, ertönt Vins Stimme. Anscheinend hat er sich gerade zu ihnen gesellt.

»Jetzt, da wir fast fertig sind, tauchst du plötzlich auf«, sagt Zoe verärgert und schaltet den Lautsprecher aus.

»Du kannst das viel besser als ich.«

Ich weiß genau, dass Zoe gerade die Augen verdreht.

Wie bei Victoria und Reed muss ich auch jetzt wieder warten, bis die beiden fertig sind mit Tuscheln und Küssen.

»Euer Sohn ist im selben Raum«, rufe ich.

»Chelsea«, antwortet Zoe, als Vin wissen will, wer am Telefon ist.

»Hey, Chels, morgen wird gespielt. Soll ich dich verkuppeln?«

»Sag Vin, das braucht er nicht.«

»Du sollst sie nicht verkuppeln. Ihr Ex ist wieder im Spiel.« Zoe klingt amüsiert. Als wäre alles nur ein großer Witz. Schließlich ist sie nicht diejenige, die sich beherrschen muss, sich nicht den Film von ihr und ihrem Ex anzusehen und dabei zu masturbieren.

»Was? Aber sie bringt ihn nicht mit, oder?«, fragt Vin.

»Nein«, erwidere ich.

»Vielleicht.« Zoe übergeht meine Antwort einfach.

»Scheiße Schatz, beeil dich, wir müssen noch üben. Dieser Kerl hat uns mit seinem Sportwissen bisher jedes Mal geschlagen.«

Lächelnd erinnere ich mich daran, dass ich in der kurzen Zeit, als Dean Teil meines Lebens war, beim Spieleabend immer gewonnen habe.

»Ähm, Vin, du vergisst hier ein paar Schlüsselelemente. Das viele Herumgespiele mit deinem Werkzeug vernichtet wohl deine Gehirnzellen«, stichelt Zoe.

»Ich weiß, ich weiß. Eigentlich sollte ich ihn ans Kreuz nageln und verbrennen, aber ich habe irgendwie auch Mitgefühl für den Kerl. Für ihn war es bestimmt auch nicht leicht.«

»Das hat ihm aber noch lange nicht das Recht gegeben, Chelsea so zu behandeln«, argumentiert Zoe für mich.

»Hey«, versuche ich dazwischenzugehen.

»Er hat eine schwere Zeit durchgemacht«, kontert Vin.

»Ernsthaft? Du bist also auf seiner Seite?« Zoes bisher spielerischer Ton ist nun ernst.

»Hey, Zo«, versuche ich es erneut.

»Es gibt keine Seiten. Sie sind geschieden«, antwortet Vin. »Los, Kumpel, raus aus der Wanne.«

»Nur noch einmal«, bettelt Caiden.

»Nein. Erlaube ihm nicht, unter Wasser die Luft anzuhalten«, befiehlt Zoe in strengem Mutterton.

Das kann nur böse enden. Ich sag's euch. Nur böse.

»Was ist denn so schlimm daran? Ich bin doch da«, erwidert Vin.

»Hey, Zoe, ich lass dich mal«, sage ich und fummle am Saum meines Pyjamas herum.

»Nein, nein, Chelsea. Warte kurz.«

»Oookkkaaayyy.« Ich seufze.

»Siehst du, er ist immer noch unter Wasser. Hat er die Augen offen? Ja, hat er. Er fordert uns heraus.« Zoe klingt überhaupt nicht begeistert.

»Er spielt doch nur«, sagt Vin lachend. Er klingt ein bisschen stolz.

»Spielen am Arsch.«

Ich höre ein lautes Rumsen, dann Caidens Geschrei und das Gezanke der beiden.

»Siehst du, ich hab's dir gesagt«, giftet Zoe.

Klick.

Ich lege auf. Ich will meinen Freitagabend nicht noch schlimmer machen, als er sowieso schon ist, indem ich einem Ehepaar zuhöre, wie sie sich über ihr Kind streiten.

Lesen. Das wäre doch was. Wieder stehe ich auf, schnappe mir mein iPad und sehe mir die Neuveröffentlichungen an.

»Keine Romanze«, murmle ich vor mich hin, während ich durch die ganzen Buchcover mit Sixpacks und sich umarmenden und beinahe küssenden Liebespaaren scrolle. »Fiction«, flöte ich und klicke auf Horror. Ich mag Horror.

Ich lese mir ein paar Klappentexte durch und entscheide mich schließlich für ein Buch. Ich öffne die erste Seite und beginne zu lesen, versuche, mich in der Geschichte über einen Frauenmörder zu verlieren. Singelfrauen, die keiner vermissen wird. *Hm.*

Ich lege das iPad beiseite, und mein Blick wandert wieder zum Fernsehschrank.

»Ganz schlechte Idee«, sage ich kopfschüttelnd und hoffe, die Vernunft ist stärker. Doch dann landen meine Füße auf dem warmen Teppich. »Ach, was soll's.«

Meine Hand liegt schon auf dem Griff der Glastür, als plötzlich mein Smartphone klingelt. Ich sehe nach. Eigentlich will ich Zoe ignorieren, aber es ist mein Cousin, ihr Bruder Mikey. Mit ihm hat man immer eine gute Zeit, er ist für jeden Spaß zu haben.

»Hey, Vetterchen.« Ich lasse mich zurück aufs Sofa fallen und hoffe, sein Anruf wird meine Stimmung heben.

Doch ich höre im Hintergrund nur laute Musik und Geschrei.

»Zieh dich an, ich schicke dir ein Auto.«

»Ich habe schon meinen Schlafanzug an. Aber du kannst zur Afterparty vorbeikommen. Und bring was von McDonald's mit.«

»Auf keinen Fall. Ich habe eben einen Notruf von Zoe erhalten. Also schlüpf aus deinem Schlafanzug, zieh dir ein schönes Kleid an, und dann gehen wir feiern. Das Auto ist in zehn Minuten da.«

»Wo bist du?«, frage ich, bereits auf dem Weg ins Schlafzimmer.

»Der Fahrer weiß, wo ich bin. Der Türsteher hat deinen Namen. Hör auf zu schmollen. Wenn ich dich holen und dafür das Mädel stehen lassen muss, das ich schon den ganzen Abend bearbeite, werde ich richtig sauer.«

Er legt auf.

In der Tür zum Schlafzimmer halte ich inne und spähe noch mal zum Fernsehschrank. »Japp, wenn ich den Film schon nicht vernichte, dann werde ich ihn wenigstens ignorieren.«

Ich eile ins Schlafzimmer, um Dean zu vergessen und zu tanzen, was das Zeug hält. Der beste Weg, über einen Typen hinwegzukommen, ist, *unter* einen anderen zu kommen, richtig?

Kapitel 8

Verschwitzt und völlig fertig falle ich in die Sitzecke. Ich brauche dringend noch einen Drink.

»Übst du deine Moves eigentlich zu Hause?« Mickey fällt neben mich und winkt seinem Kumpel zu, der an der Bar steht. »Bestell zwei.«

Sein Kumpel nickt. Auf der Tanzfläche hat er das eine oder andere Mal versucht, mich anzufummeln, aber schlecht sieht er nicht aus. Wenn ich doch nur aufhören könnte, an Dean und diese blöde DVD zu denken, würde ich ihn wahrscheinlich mit nach Hause nehmen.

»Wer ist dein Kumpel?«, frage ich Mikey und setze mich gerader auf.

»Nope. Hände weg.« Er schüttelt den Kopf.

»Was? Warum?«

»Weil ich mir das Gejammer nicht mehr anhören will, wenn du wieder einen meiner Freunde abschießt.«

»Wer? Ich?« Ich tue beleidigt, obwohl ich genau weiß, dass er recht hat.

»Ja, du.« Lachend setzt er sich auf und spielt mit dem Werbeaufsteller in der Tischmitte. »Und?«

»Was hat es mit diesem Und auf sich?«, knurre ich.

»Muss man dir alles wie einem Kriegsgefangenen aus der Nase ziehen?« Er blickt mich unter seinen dichten Wimpern hervor an.

»Was wollt ihr alle von mir? In einer Millionenstadt ist ausgerechnet *er* der Anwalt, der pro bono für die Foundation arbeitet, bei der ich angestellt bin. Punkt.«

Er hebt die Augenbrauen.

»Was?«

»Nichts.« Er hebt eine Hand.

»Dieser Gesichtsausdruck steht dir nicht. Solltest du den Damen zuliebe sein lassen.«

Er lacht leise. »Das ist ein ziemlich großer Zufall, oder?«

Ich zucke mit den Schultern. »Zufälle passieren ständig.« Wieder hebt er die Brauen. Ich reiße ihm den Werbeaufsteller aus der Hand. »Eigentlich sagst du doch immer, was du denkst.«

»Ich glaube, du willst lieber nicht wissen, was ich denke.« Leise lachend lehnt er sich zurück.

»Nun ja, so wie ich das heute verstanden habe, gibt es zum einen Vins Seite und zum anderen Zoes Seite.«

»Vin hat eine Seite? Eigentlich ist er immer auf Zoes Seite. Oder er hält sich raus.« Einen Moment lang bleibt er still. »Vergiss, was ich gerade gesagt habe. Er ist immer auf Zoes Seite.«

Er lächelt, und ich lache. Wenn ich ehrlich bin, will ich gar nicht wissen, auf wessen Seite er steht, denn hier muss sich niemand für irgendeine Seite entscheiden.

»Scheint, als hätte Vin Verständnis für Dean.«

Mikey zuckt mit den Schultern und lässt den Blick zur überfüllten Tanzfläche schweifen.

»Du etwa auch?« Mit offenem Mund starre ich ihn an.

Mikey sieht wieder mich an. »Ich bin ein Mann, Chels.« Er zuckt mit den Schultern. »Versteh mich nicht falsch. Es war furchtbar, wie das zwischen euch abgelaufen ist, und es hat mir leidgetan, dass er dir das Herz gebrochen hat, aber Deans Hoffnungen und Träume wurden komplett zerstört.«

»Und das hat ihm die Erlaubnis gegeben, unsere Ehe zu ruinieren?«

Er hebt die Hand. »Ich sage nicht, dass es in Ordnung war, was er getan hat, sondern lediglich, dass ich seine Selbstzerstörung verstehen kann. Ich glaube, du musst herausfinden, ob es wirklich nur Zufall ist, oder ob er wusste, dass du bei RISE arbeitest.«

Ich blinzle ihn an. Was er da sagt, beunruhigt mich. »Auf keinen Fall. Warum sollte er das?«

Sein ernster Gesichtsausdruck verwandelt sich in ein Lächeln. Dafür bin ich heute Abend nicht hergekommen, aber mit dem Begriff »Privatsphäre« kann meine Familie nichts anfangen. Ist wohl typisch für Großfamilien. »Vielleicht bereut er gewisse Dinge? Vielleicht will er dich zurückerobern? Vielleicht will er seine Fehler wiedergutmachen? Ich bin nicht er, ich weiß es nicht. Aber als Zoe mich vorhin angerufen und mir erzählt hat, was los ist, schien mir das alles zu zufällig.« Erneut zuckt er mit den Schultern und sieht mich an, als wollte er sagen: Hey, was weiß ich schon? Anscheinend mehr als ich.

Warum habe ich von ihm kein Foulspiel erwartet? Weil ich ihn zu sehr liebe.

»Tja, scheiß die Wand an.«

Mikey lacht. Sein Kumpel setzt sich zu uns und bringt noch zwei Mädels mit, alle haben die Hände voller Bier.

Sofort kuscheln sich die Mädchen an Mikey und dessen Kumpel ran, und ich fühle mich wie das fünfte Rad am Wagen. Es ist wohl an der Zeit, nach Hause zu gehen.

»Ich mache mich auf die Socken.«

Mikey richtet sich auf. »Ich bring dich nach Hause. Es ist schon spät.«

Kopfschüttelnd stehe ich auf. »Ich bin die Ältere von uns beiden, schon vergessen? Ich schaffe es allein nach Hause.«

»Sicher?«, fragt er, während das Mädchen seinen Bauch streichelt. Er steht ebenfalls auf und küsst mich auf die Wange. »Hast du dein Pfefferspray dabei?«

Dass er wirklich glaubt, ich würde nicht allein klarkommen, bringt mich zum Kichern. »Alles gut. Wir sehen uns dann morgen Abend.« Ich küsse ihn auf die Wange. »Aber bring sie bitte nicht mit«, flüstere ich ihm ins Ohr.

Er schüttelt nur den Kopf.

»Viel Spaß noch.« Ich winke und mache mich auf den Weg. Sein

Kumpel mustert mich ein letztes Mal, als wollte er sich meinen Körper ganz genau einprägen.

Ich verschwinde in der Menschenmenge und fahre zurück zu meiner Wohnung, die sich plötzlich sehr leer anfühlt.

• • •

Fünf Minuten später bin ich wieder genau da, wo ich bereits vor ein paar Stunden war. Ich habe mein brennendes Verlangen, die DVD anzuschauen, lediglich hinausgezögert.

»Scheiß drauf.« Ich setze mich vor den Fernsehschrank, krame die *Rambo*-DVD hervor und öffne die knarzende Plastikhülle. Ohne weiter darüber nachzudenken, lege ich sie in den DVD-Player, lege mich wieder aufs Sofa und drücke auf Play.

Musik ertönt, und ich verdrehe grinsend die Augen. Dean hat sich so viel Mühe damit gegeben. Die Lichter des Las Vegas Strip fallen durch das Fenster unseres Hotelzimmers.

Nur mit einem Laken bedeckt, liege ich nackt auf dem Bett und halte meine Hand mit dem Ehering in die Kamera.

»Sag deinen Namen«, scherzt Dean.

»Chelsea Bennett« antworte ich. Meine Stimme klingt unschuldig und liebeskrank.

»Falsch.«

Er packt mich am Fußknöchel und zieht mich übers Bett. Ich kichere ohne den geringsten Protest. »Muss ich dir etwa den Hintern versohlen?«

Er muss so lachen, dass die Kamera wackelt.

»Ja, bitte«, bettle ich gespielt.

»Sag deinen Namen«, fordert er erneut, und ich strecke die Arme nach ihm aus.

»Mrs. Dean Bennett«, sage ich in die Kamera.

Ich hole tief Luft, plötzlich bin ich wieder dieses Mädchen. Naiv und rein und fest davon überzeugt, es sei für immer. Ein märchenhaftes Happy End für Dean und Chelsea Bennett.

Vielleicht war der Aufschlag auf dem Boden der Realität deshalb so schmerzhaft.

»Was kriege ich jetzt dafür?« Ich lege den Kopf schief und blicke ihn sexy unter gesenkten Lidern hervor an.

Das Laken wird über meine untere Körperhälfte gezogen, und zum Vorschein kommt meine wesentlich jüngere und frisch gewachste Muschi. Ach ja, die gute alte Zeit.

Seine Hand kommt ins Bild, sein Mittelfinger gleitet meine Schamlippen entlang, mit dem Daumen drückt er leicht gegen meinen Kitzler. Ich stöhne hörbar.

»Schon feucht.« Obwohl er hinter der Kamera ist, kann ich mich genau an sein zufriedenes Lächeln erinnern.

»Bin ich der allerbeste Ehemann?«, fragt er.

»Das bist du.« Ich atme schwer, während er mich fingert.

»Wirst du für deinen Ehemann kommen?«

»Kommt drauf an.« Ich räkle mich auf dem Bett, mein Körper wird immer heißer.

»Oh, das muss ich hören.« Leise lachend dringt er mit einem Finger in mich ein. Mein Körper versteift sich kurz und entspannt sich wieder.

»Leg das Handy weg und komm zu mir.« Wieder strecke ich die Arme nach ihm aus, bettle förmlich nach seinem Körper.

Kurz verschwinde ich aus dem Bild, und die Zimmerdecke wird sichtbar. Dann sieht man ein paar Strähnen von Deans dunklem Haar und ein halbes Auge, bevor er die Kamera wieder auf das Bett richtet.

Verdammt, sah ich gut aus. Ich will ja nicht eingebildet klingen, aber Himmelherrgott – wohin ist dieser Körper nur verschwunden?

Die Kamera zeigt Deans großen, muskulösen Körper, wie er aufs Bett krabbelt, und mich, wie ich zum Kopfteil hochrutsche. Seine Hände gleiten über meine Beine, spreizen sie, während er die sensible Haut meiner Innenschenkel mit Küssen bedeckt.

Mein Kopf fällt zur Seite, ich schließe die Augen und bin plötzlich wieder in dem viel zu teuren Hotelzimmer, nachdem wir uns in einer Kapelle in Vegas haben trauen lassen. Unsere zwei Reisetaschen liegen auf dem Stuhl beim Tisch. Mein schönes Kleid liegt zerknüllt auf dem Boden, mein Slip auf dem Nachttisch. Mein BH hängt über dem Kopfteil des Betts. Ein blumiger Duft, vermischt mit Zitrus und Zedernholz, erfüllt den Raum. Dean und ich sind wieder vereint.

Seine Bartstoppeln piksen mich, seine Finger öffnen mich, damit er mich betrachten kann. In seinen dunklen Augen liegt das Versprechen, dass ich gleich einen Orgasmus haben werde, der mich die Laken zerreißen lässt. Seine Zunge erforscht meinen empfindlichsten Bereich, und ich bewege die Hüften in seinem Rhythmus, doch sein starker Arm drückt meinen Unterleib auf die Matratze.

Ich habe es geliebt, wie er immer die perfekte Balance zwischen liebevoll und schroff gefunden hat. Er wusste genau, was ich wollte und stellte sicher, dass ich am Ende immer voll und ganz befriedigt war.

Seine Zunge quält mich. Mit zwei Fingern dringt er in mich ein. Er krümmt sie, um meinen G-Punkt zu stimulieren. Mein Körper protestiert, meine Hüften kreisen unkontrolliert, versuchen, mit dem Rhythmus seiner Finger mitzuhalten.

Er seufzt, und meine Begierde nach ihm wird immer größer. Seine Finger sind nicht genug. Ich will seinen Körper spüren. Als könnte er meine Gedanken lesen, zieht er seine Finger heraus. Sein Daumen spielt weiter mit meinem Kitzler, während er sich mit seinem anderen muskulösen Arm über mir platziert, bis sein Schwanz vor meiner Öffnung verweilt.

»Verhütung?«, fragt er.

Ich erinnere mich daran, dass ich Angst hatte. Drei Wochen zuvor hatte ich angefangen, die Pille zu nehmen. In diesem Moment wollte ich, das nichts zwischen uns ist. Es war nur ein Stück Latex, aber als Dean so hoffnungsvoll auf mich hinabblickte, fühlte ich mich wie im siebten Himmel.

»Nein. Alles okay«, erwidere ich und spreize die Schenkel noch weiter. »Ich muss dich spüren.«

Er lächelt aufrichtig. Ein Lächeln, das nur für mich reserviert ist.

Immer wenn er so lächelte, hatte ich das Gefühl, zwischen uns sei etwas ganz Besonderes.

Als er in mich eindringt, spüre ich, wie sein Umfang mich weitet. Zentimeter für Zentimeter gleitet er tiefer in mich hinein. *Es war nicht unser erstes Mal, aber irgendwie fühlte es sich besonders an.*

Wir blicken uns tief in die Augen, während wir uns von Lust zu Liebe bewegen, die Kamera ist längst vergessen.

Er rollt sich auf den Rücken, und seine Hände verschmelzen förmlich mit meinen Hüften. »Reite mich.« Seine Stimme klingt stolz und verheißungsvoll. Sie verspricht mir, dass ich immer seine Nummer eins bleiben werde.

Meine Hand platziert sich auf seinen festen Brustmuskeln, und ich bewege mich vor und zurück, hoch und runter. Unser Atem geht immer schneller, unser Stöhnen vereinigt sich zu einer Melodie, das Bett protestiert gegen unsere Bewegungen.

Seine Hände umfassen meine Brüste, seine Daumen und Zeigefinger zwirbeln meine Nippel, bis ich leicht nach vorn kippe. Ich sterbe gleich, wenn ich seinen Mund nicht auf meinem spüre.

Er hebt die Hüften, um so tief wie möglich in mich einzudringen, während sich unsere Zungen zu einem fieberhaften, chaotischen Tanz zusammenschließen.

Mein Körper bettelt um Erlösung, wird ungeduldig und jagt meinem Orgasmus hinterher, der schon fast da ist.

Dean hält mein Gesicht nah an seinem, während er mich auf den Rücken rollt. Immer und immer wieder stößt er mich, hört nicht auf, bis sich meine Finger in das Laken krallen. Meine Beine schlingen sich fester um seine Taille, um sicherzustellen, dass er nicht aufhört.

Mein Atem stockt, und mein Orgasmus trifft mich mit der Wucht einer Dampfwalze. Intensiv und heftig. Ich bin wie betäubt, als Dean unseren Kuss verlangsamt, seine Zunge ist nun eher forschend statt erobernd. Noch ein paar Stöße, dann erreicht auch er stöhnend seinen Höhepunkt. Er kommt in mir. Schweißperlen tropfen auf das zerknüllte Laken, während wir versuchen, wieder zu Atem zu kommen.

»Ich liebe dich, Chels«, flüstert er und küsst meine Stirn. »Für immer.«

Ohne vorher die Kamera auszuschalten, hebt Dean mich hoch und trägt mich ins Bad. Man hört leises Lachen, dann ist der Film zu Ende. Die letzten fünfzehn Minuten, in denen man nur noch hört, wie wir uns unter der Dusche unterhalten, hat er rausgeschnitten.

Ich liege auf dem Sofa und erinnere mich an eine der schönsten Nächte meines Lebens. Plötzlich leuchtet neben mir das Handy auf. Wenn man vom Teufel spricht.

Ich drücke auf ignorieren.

Keine Minute später bekomme ich eine Nachricht.

Schnellschießer: *Es tut mir leid. Du weißt, was ich meine.*

Ich starre auf die Worte, die er vor fünf Jahren, als es darauf angekommen wäre, nicht herausgebracht hat.

Schnellschießer: *Das ist alles. Ich wünsche dir ein schönes Leben, Chelsea. Du hast es verdient.*

Mein Herz trommelt. Mir juckt es in den Fingern.

Dieser blöde Film hat mich ganz sentimental gemacht und meinen gesunden Menschenverstand vernebelt.

Ich: *Sollen wir uns treffen?*

Kapitel 9

Er antwortet innerhalb einer Sekunde.

Schnellschießer: *Sag mir wann und wo.*

Ich: *Morgen zum Mittagessen.*

Schnellschießer: *Früher wäre mir lieber. Frühstück?*

Ich: *Ich reiche dir einen Olivenzweig, und du spielst damit Tauziehen.*

Es vergehen ein paar Minuten, und ich frage mich, was er gerade tut. Macht er sich bettfertig? Ist er mit seinen Kumpels einen saufen? Mit wem ist er inzwischen befreundet? Ist er allein zu Hause? Hat er sich eben auch unseren Film angesehen?

»AHH!« Ich schreie, weil ich mehr über ihn wissen will, als ich sollte.

Schnellschießer: *Ich bin eben ungeduldig.*

Ich: *Ich weiß.*

Schnellschießer: *Fragst du dich auch manchmal, wie es*

sein kann, dass wir einander so gut kennen, obwohl wir nur so kurz zusammen waren?

Ich: *Ich versuche, nicht an unsere gemeinsame Zeit zu denken.*

Wieder folgt eine lange Pause. Wie sieht sein Apartment aus? Wie schlägt er sich als Anwalt? Lebt seine Familie immer noch in Indiana in dieser kleinen Stadt? Warum ist er nach Chicago gezogen?

Schnellschießer: *Das ging unter die Gürtellinie.*

Ich: *Vielleicht, aber es ist die Wahrheit.*

Schnellschießer: *Lass es mich wiedergutmachen.*

Ich drücke das Handy an meine Brust, als könnten seine Worte direkt zu meinem Herzen sprechen.

Ich: *Du verlangst eine Menge.*

Schnellschießer: *Ich bin eben verzweifelt.*

In meiner ganzen Zeit als Mrs. Bennett hatte ich nicht das Privileg, diese Seite an ihm kennenzulernen. Vielleicht ist er jetzt auch nur so, weil er mir Nachrichten schreibt, denn seine arrogante Fassade lässt er eigentlich nie fallen. Nicht mal bei mir. Bis zum bitteren Ende hat er sie aufrechterhalten.

Ich: *Ich bin aber nicht verzweifelt. Ich habe genug Auswahl.*

Genau, Chelsea, tu einfach so, als würden dir die Männer die Bude einrennen.

Schnellschießer: *Nur ein Frühstück. Wenn du mich danach endgültig aus deinem Leben haben willst, werde ich dich in Ruhe lassen.*

Zögernd liegen meine Daumen auf dem Display, doch dann lege ich das Telefon auf den Couchtisch, vergrabe den Kopf in den Händen und raufe mir die Haare. Eigentlich sollte es mich nicht wundern, dass er so viel von mir verlangt.

Ich: *Na schön. Ann Sathers um acht.*

Schnellschießer: *Ich hatte andere Pläne.*

Ich lasse das Handy fallen und strecke die Arme in die Luft, als würde ich um göttlichen Beistand bitten. Dieser Kerl wird sich nie ändern. Dann schnappe ich mir wieder das Smartphone vom Tisch und beginne, energisch zu tippen.

Ich: *Natürlich hast du andere Pläne. Lass hören.*

Plötzlich klopft es an der Tür, und ich sehe mich um, als könnte noch jemand hier sein, der genauso verwirrt dreinblickt wie ich.

Oh nein.

Dieser Mistkerl.

Ich stapfe zur Tür und stelle mich auf die Zehenspitzen, um durch den Spion zu spähen. Er hat mich bereits gehört und hält eine Schachtel Donuts, einen Kanister Schokomilch und eine McDonald's-Tüte hoch.

»Frühstück«, sagt er gelassen, als müsste ich jederzeit mit meinem Ex-Mann rechnen, obwohl ich ihm nie meine Adresse gegeben habe.

»Warum bist du hier?«

»Du hast einem Frühstück zugestimmt.«

»Dean.« Ich schüttle den Kopf. Mein Körper will den strikten Anweisungen meines Gehirns nicht Folge leisten.

»Komm schon, Chels. Du bist wach. Ich bin wach. Lass uns von Angesicht zu Angesicht reden.«

»Ich habe gesagt, morgen um acht.«

Ich höre ein Geräusch, also werfe ich erneut einen Blick durch den Spion. Alles, was ich sehen kann, sind seine langen Beine. Seine Füße stecken in Adiletten. Immer noch der Alte.

»Was machst du?«

»Ich mache es mir bequem. Der Boden könnte ein wenig weicher sein, aber ist schon okay. Gegen ein Kissen hätte ich jedoch nichts einzuwenden.«

Ich sinke zurück auf die Fersen. Meine Hand liegt auf der Türklinke, und ich beiße mir auf die Unterlippe.

»Glaubst du wirklich, ich sollte dich reinlassen?«

Er lacht leise. »Ich finde, schon. Aber ich verstehe, warum du zögerst. Ich werde einfach bis acht Uhr hier warten.«

Ich gleite an der Tür hinab. Ich schwöre, dass ich ihn durch den schmalen Spalt am Boden riechen kann. Als hätte er eben geduscht.

»Dean?«

»Ja?« Seine Stimme ist näher als erwartet, als würde er direkt neben mir sitzen.

»Ist das alles bloß Zufall?«

»Was?« Ich höre, wie er sich auf der anderen Seite der Tür bewegt.

»Dass du für RISE arbeitest.«

Stille breitet sich aus. Eigentlich ist es Antwort genug, doch dann ergreift er endlich das Wort. »Chels.« Er seufzt.

»Ich fasse das als ein Nein auf.«

»Hör mir zu.«

»Warum?«, frage ich barsch. Warum hat er mich ausfindig gemacht? Nur um mich erneut zu verletzen?

»Entspann dich.«

»Ich will eine Erklärung, Dean«, belle ich.

»Sobald du aufhörst zu reden, erkläre ich es dir.«

Leicht knalle ich den Hinterkopf gegen die Tür. »Du lässt dir aber ganz schön viel Zeit.«

»Du bist das Beste, was mir je passiert ist.«

Wieder folgt Stille. Nach seiner Beichte brauche ich kurz, um meine Gedanken zu sammeln.

»Wenn das wirklich stimmen würde, hättest du nicht getan, was du getan hast«, erwidere ich.

»Ich war ein Arsch.« Sein neckender Ton ist komplett verschwunden.

»Ja, warst du.«

»Ich will mich entschuldigen. Von Angesicht zu Angesicht.« Seine große Hand rüttelt an der Tür.

»Ich weiß nicht, ob ich das ertrage«, gebe ich ehrlich zu.

Er lacht leise. »Nur ein paar Donuts und mich ein bisschen mit dir unterhalten. Mehr will ich nicht.«

Ich ziehe die Knie an die Brust, in meinem Kopf herrscht Chaos. Es ist wie ein Wörtersuchrätsel, und ich schaffe es nicht, auf dem Blatt voller Buchstaben die Wörter zu finden.

»Fünfzehn Minuten«, erwidere ich schließlich.

Ich höre, wie er sich bewegt, wahrscheinlich ist er gerade aufgestanden.

»Bekomme ich Pluspunkte, wenn ich es schneller schaffe?«

Ich atme tief ein. So tief habe ich nicht mehr Luft geholt, seit ich ihn vor fünf Jahren auf unserem Ehebett angegafft habe. Mit zitternden Händen sperre ich die Tür auf und finde mich einem lächelnden Dean gegenüber.

Keine gute Idee.

Eine verdammt schlechte Idee, Chels.

• • •

Man könnte annehmen, dass jemand, der um Vergebung bitten will, mit gesenktem Kopf hereingeschlurft kommt. Aber nicht Dean. Sein Rücken ist gerade, und ein Lächeln umspielt seine Lippen.

»Schöne Wohnung.« Er lässt den Blick durch mein Apartment schweifen.

»Willst du damit sagen, dass du bei deiner Suche noch keine Bilder gefunden hast?« Ich schließe die Tür und verriegle sie wieder. Ich wohne zwar in einem sicheren Gebäudekomplex, aber ich will nicht das Risiko eingehen, dass irgendein Betrunkener die Wohnungen verwechselt.

»Nur die Adresse.«

»Und meine Nummer.«

Sein Grinsen wird breiter, und er zuckt mit den Schultern. »Ja, und deine Nummer.«

»Gut zu wissen, dass man anscheinend ganz leicht alles über mich herausfindet.«

»Wenn es doch nur eine Möglichkeit gäbe, wie man Gefühle und Gemütslagen ebenfalls per Internetrecherche herausfindet. Wir wären stinkreich.« Er lächelt und deutet auf das Sofa.

Ich nicke.

Der große Kerl setzt sich und stellt die Donuts, die Milch und die McDonald's-Tüte vor sich auf den Couchtisch. Statt sich zurückzulehnen, bleibt er auf der Kante sitzen, die gefalteten Hände zwischen die muskulösen Schenkel gesteckt, die von einer grauen Jogginghose bedeckt sind. Fast habe ich vergessen, wie gut er aussieht, wenn er so lässig gekleidet ist.

»Willst du, dass ich vor dir auf die Knie falle?«, fragt er.

»Falls du weiter Witze reißen willst, kannst du direkt wieder gehen.« Ich setze mich auf den Sessel und ziehe die Knie an die Brust. Ich brauche einen Schutzwall zwischen ihm und meinem Herzen.

»Donut?« Er öffnet die Box und hält sie mir entgegen.

Ich verdrehe die Augen, doch mein Herz hämmert wie verrückt. Alle mit Schoko und Bayerischer Creme. Meine Lieblingssorte. Hätte ich mir eigentlich denken können.

»Wo hast du die denn her?«

»Ich finde eben leicht Freunde.« Er stellt mir die offene Schachtel hin. »Was dagegen, wenn ich zwei Tassen hole?«

Ohne auf eine Antwort zu warten steht er auf. Ich bin es nicht gewohnt Besuch zu haben, er beansprucht den beschränkten Raum komplett für sich.

»Du wartest nicht mal, bis ich dir antworte?«

»Ich dachte, du willst Schokomilch?« Er beugt sich über den Sessel. »Oder etwa nicht?«

Ich schnaube. Er soll bloß nicht glauben, er könne meine Gedanken lesen oder so was. Da ich Abstand brauche, schiebe ich ihn mit dem Fuß von mir.

Er weicht zurück und verschwindet in meiner Pantryküche.

»Neben dem Kühlschrank.«

»Dachte ich mir.«

Er tut, als wären wir mindestens zwanzig Jahre verheiratet gewesen. Woher will er wissen, dass ich die Tassen nicht über dem Ofen oder auf der anderen Seite neben der Speisekammer aufbewahre? Verdammter Schlauberger.

Das Klirren von Glas kündigt seine Rückkehr an. Ich setze mich gerade auf und schlage die Beine übereinander. Der Duft der Donuts bringt mich um den Verstand.

Er setzt sich wieder aufs Sofa, doch diesmal auf die andere Seite. Die Seite, die näher an mir dran ist. Er stellt die Tassen ab und lächelt, als würden wir jeden Tag hier sitzen, Donuts essen und Kakao trinken. Du lebst wohl in einer Traumwelt, Dean.

Als er den Milchkanister hochhebt und sich die Muskeln in seinem Unterarm anspannen, versuche ich die Tatsache zu ignorieren, dass ich mich immer noch zu ihm hingezogen fühle. Ich bemerke seine manikürten Nägel und frage mich, wohin der Junge verschwunden ist, der so viel Dreck unter den Fingernägeln hatte, als wäre er Stunden auf dem Schlachtfeld gewesen.

»Bitteschön.« Er reicht mir die Tasse. Fast verschütte ich die Milch, weil ich nicht will, dass sich unsere Finger berühren. »Hast du sie?«, fragt er.

»Danke.« Ich nehme einen Schluck und stelle die Tasse auf dem Couchtisch ab.

Mit breiten Beinen lehnt er sich zurück. Nachdem er ebenfalls einen Schluck getrunken hat, lächelt er mich an.

»Dean ...«

Sein Lächeln wird breiter.

»Die Zeit läuft«, sage ich.

Mit geneigtem Kopf richtet er sich auf, stellt die Tasse auf den Tisch und stützt die Unterarme auf die Schenkel. »Du hast recht.«

Er senkt den Blick und verschränkt die Finger ineinander. Nachdem er sich endlich gesammelt hat, sieht er mir direkt in die Augen.

»Ich weiß, dass eine einfache Entschuldigung nicht ausreicht, aber es tut mir wirklich leid. Ich könnte dir eine Erklärung liefern, aber ich tue es nicht. Egal, was ich damals durchgemacht habe – du hättest immer an oberster Stelle stehen müssen.«

»Ich weiß, was du durchgemacht hast. Ich habe versucht, dir zu helfen.« Ich klinge verbittert. Ich kann nichts dagegen tun.

Er schüttelt den Kopf. »Du konntest mir nicht helfen. Das hatte nichts mit dir zu tun, es war allein meine Schuld. Außerdem hattest du selbst genug Scheiße am Hals, und ich war nicht für dich da.«

Das Thema sollte er lieber sein lassen, darüber werde ich bestimmt nicht mit ihm sprechen.

»Chels, ich habe alles vermasselt. Und ich weiß, dass es eine Menge verlangt ist, aber würdest du mir noch eine Chance geben?«

Das Herz schlägt mir bis zum Hals. Es bettelt mich förmlich an, für uns sprechen zu dürfen. Auf keinen Fall. Ich schlucke das Gefühl herunter, stehe auf und verschwinde in der Küche.

»Ich sollte dir wohl besser nicht nachgehen, oder?«, fragt er ohne einen Funken Sarkasmus.

»Ich brauche eine Minute für mich.« Meine Hände greifen nach der

Kante der Küchentheke. Ich lehne mich nach vorn, schließe die Augen und versuche, mich zu sammeln.

Warum habe ich ihn reingelassen? Sobald er verschwunden ist, werde ich die DVD vernichten.

»Chels?«, ruft er nach einer Minute. »Ich komme rein.« Und schon steht er in der schmalen Küchentür. So winzig ist meine Wohnung. Aber sie ist gemütlich, und ich liebe sie trotz der Größe. Sie gehört mir. Ich habe dafür bezahlt. »Ich will dich nicht verärgern«, sagt er mit sanfter Stimme.

Ich drehe mich um, sodass ich mit dem Rücken zur Theke stehe. »Ich weiß nicht, ob ich dir eine Antwort geben kann.«

»Verständlich.« Als er die Küche betritt, scheint der Raum zu schrumpfen. Seine Hand landet neben meiner Hüfte, doch er kommt nicht näher. Stattdessen blickt er von oben auf mich herab. »Unentschlossen zu sein bedeutet vielleicht, oder?« Einer seiner Mundwinkel biegt sich nach oben.

Ich antworte nicht, bin innerlich zerrissen. Ich will ihm keine Hoffnung machen, denn es gibt keine.

»Was glaubst du denn? Dass wir nach Vegas fliegen und noch mal heiraten? Dass wir einfach noch eine Runde drehen?« Ich löse mich von ihm und gehe zurück ins Wohnzimmer. »Erwartest du wirklich, dass ich Ja sage? Mittlerweile sind fünf Jahre vergangen. Wo zum Teufel bist du gewesen?«

Es gab mal eine Zeit, da wäre ich dafür gestorben, diese Worte von ihm zu hören.

Er folgt mir, bleibt jedoch auf Abstand und lehnt sich gegen die Wand. »Ich musste mich auf die Reihe kriegen.«

»Warum ich? Warum suchst du dir nicht eine andere?« Ich schlinge die Arme um meinen Körper.

»Das soll wohl ein Witz sein. Ich wollte immer nur dich, Chels. Immer. Ich will keine andere. Wollte ich nie.«

»Ich bin ein Miststück.«

»Das bist du.« In seinem Ton schwingt nicht ein Hauch von Humor mit.

Mein Kopf schnellt herum.

Er zuckt mit den Schultern. »Ich geb's offen zu. Manchmal kannst du ganz schön schwierig sein. Aber das liebe ich an dir. Ich will keine Frau, die mir mein Lieblingsessen auf den Tisch stellt, wenn ich abends um fünf nach Hause komme. Keine, die mich ohne Streitereien immer meine Lieblingssendung schauen lässt. Ich will jemanden, der seine eigenen Träume hat, seine eigenen Gedanken, seine eigene Meinung. Du bist kein Miststück, Chels. Du bist eine Kämpferin.«

Ich schlucke die Worte herunter, die ich am liebsten erwidern würde.

»Ich liebe unser Gezanke. Ich liebe es, wie du mir Kontra gibst und mich nicht mit jedem Scheiß davonkommen lässt.«

»Damals hast du es nicht sonderlich gemocht.« Ich verlagere das Gewicht auf ein Bein und stemme die Hand in die Hüfte.

»Damals war ich ein Arschloch.«

»Und das hat sich inzwischen geändert?«

Leise lacht er vor sich hin, als würde er inzwischen das Leben seiner verdammten Träume leben. »Nicht wirklich. Ich werde dir nicht versprechen, von nun an den Toilettensitz hochzuklappen, Geschirr zu spülen und Wäsche zu waschen. Und vielleicht werfe ich ab und zu ein T-Shirt absichtlich neben den Wäschekorb, nur um dich aufzuregen. Denn wenn du dich mit mir streitest, Chelsea, bedeutet das, dass es dir wichtig ist. Dass du mich liebst.«

Stille legt sich über den Raum. Ich erinnere mich daran, dass ich irgendwann aufgehört habe zu kämpfen, weil ich nicht mehr konnte. Sogar das ungemachte Bett und das schmutzige Geschirr wurden mir egal. Ich war psychisch so am Ende, dass ich einfach aufgegeben habe. Aber er hat unrecht, die Liebe war immer noch da. Vielleicht tief vergraben, aber sie war da, auch wenn ich es nur ungern zugebe.

»Weißt du was?«, fragt er und drückt sich von der Wand ab. »Hannahs Party am Wochenende ... lass uns zusammen hingehen.«

Hannah veranstaltet eine kleine Feier für alle, die irgendwie – und wenn auch nur indirekt – mit RISE zu tun haben. Als eine Art Dankeschön.

Als ich nichts erwidere, ergreift er erneut das Wort. »Nur als Begleitung. Mehr nicht.«

»Wir können uns dort treffen.« Ich verschränke die Arme vor der Brust, merke jedoch, dass ich gar keinen BH trage und senke sie schnell wieder.

»Auf keinen Fall. Dort hast du deine Freundinnen um dich. Ich will dich abholen und danach wieder nach Hause bringen. Ein kleiner Anfang. Ich will dich nicht zum Essen ausführen oder mich auf ein paar Drinks mit dir treffen. Nur eine gemeinsame Autofahrt.«

Er kommt auf mich zu, und ich mache einen Schritt rückwärts. Ich brauche Platz zum Nachdenken.

Hannahs Party findet in der Stadt in ihrem Penthouse statt. Die Fahrt dorthin sollte nicht allzu lange dauern.

»Na schön«, antworte ich.

»Nicht die Begeisterung, die ich mir erhofft habe, aber okay. Ich hole dich um sechs ab.« Wieder kommt er ein Stück auf mich zu, doch ich hebe die Hände.

»Auf keinen Fall.«

Er nickt. »Was ist mit Ann Sathers morgen?«

»Das hat sich erledigt.«

»Ich hätte aber Lust auf eine Zimtschnecke. Und du weißt, dass ich nicht gern allein esse.«

»Dann bestell dir eine und hol sie ab.« Ich gehe zur Tür und öffne sie.

»Verstehe. Meine Zeit ist wohl um.«

»Du hast mehr Zeit bekommen, als du verdienst.« Eigentlich will ich gar nicht, dass er geht, aber er darf nicht glauben, dass er alles mit mir machen kann.

»Kuss?«

»NEIN!«, kreische ich.

Lachend legt er mir die Hand auf die Hüfte und küsst mich auf die Wange. »Oh, Chels?«

»Ja?«

»Hat dir *Rambo* gefallen?« Er zwinkert.

Scheiße. Ich habe total vergessen, dass die Hülle noch auf dem Tisch lag.

Bevor er sieht, wie ich rot werde, schlage ich ihm die Tür vor der Nase zu.

Zurück auf dem Sofa schnappe ich mir die Schachtel mit den Donuts, nehme einen großen Bissen und spüle ihn mit Kakao hinunter. Die McDonald's-Tüte lasse ich links liegen.

Er geht mir schon jetzt unter die Haut. *Auf keinen Fall* werde ich zulassen, dass er mir auch noch an die Wäsche geht.

Kapitel 10

»Wie bitte, was?«, fragt Victoria, die im Torrios Tisch neben mir sitzt, der geheimen Speakeasy-Bar, bei der Hannah Mitglied ist.

»Wir haben uns unterhalten.«

»Du hast ihm also ordentlich die Meinung gegeigt?« Sie sieht mich an, als würde sie auf Bestätigung warten.

»Ja, und jetzt will der Mistkerl eine zweite Chance.« Ich fahre mit dem Finger über das beschlagene Glas meines Drinks, während Victoria und Hannah einen Blick wechseln.

Hannah besteht inzwischen darauf, dass wir jeden Montagabend zusammen zu Torrios gehen. Normalerweise hilft mir die Aussicht darauf durch den Montagsblues, aber nicht, wenn ich genau weiß, dass *ich* das Hauptgesprächsthema sein werde. Beziehungsweise ich *und* Dean.

»Hört auf damit.« Ich nippe an meinem Vesper. »Sagt mir lieber, was ich tun soll.«

»Willst du ihm denn eine zweite Chance geben?«, fragt Hannah in selbstsicherem und elegantem Ton. Ein paar Männer gehen an uns vorbei und winken ihr zu.

Sie könnte jeden dieser erfolgreichen Typen haben. Ich frage mich, ob sie manchmal allein herkommt und jemanden aufreißt. Ich traue es ihr zwar nicht zu, aber an ihrer Stelle würde ich es tun.

»Ich habe zugestimmt, dass er mich zu deiner Party abholen darf.« Ich deute mit dem Zeigefinger auf Hannah. »Vielen Dank übrigens, dass du ihn eingeladen hast.«

»Er ist unser Steuerberater.« Sie hebt die Hände. »Du hast gesagt, ich soll ihn weiter beschäftigen. Also kannst du den Finger auf dich selbst richten.«

Victoria lacht, nimmt einen Schluck von ihrem Drink und checkt ihr Handy – schon wieder.

»Ich nehme dir gleich das Telefon weg und werfe es in deinen Drink«, sage ich.

Sie verengt die Augen. »Reed hat Jade heute von der Schule abgeholt. Ich will nur sichergehen, dass alles in Ordnung ist.«

»Machst du dir etwa Sorgen, Mr. Verantwortungsbewusstsein könnte deine Tochter vergessen haben? Oder dass er Jade erlaubt, Messerwerfen zu ihrem neuen Hobby zu machen oder so was?« Meine Worte triefen förmlich vor Sarkasmus. »Wenn du sonst keine Probleme hast ...«

Sie zuckt mit den Schultern. »Hey, ich war sehr lange alleinerziehend. Wenn es um Jade geht, fällt es mir schwer, anderen Menschen zu vertrauen.« Sie klingt ein wenig gereizt. Wie eine Bärenmutter, die ich aus Angst vor ihren scharfen Krallen lieber nicht weiter provoziere.

»Verstehe.«

Sie lässt das Handy im Schoß liegen und strafft die Schultern, sichtlich stolz, mich zurechtgewiesen zu haben.

»Du musst gar nicht ablenken. Hier geht es um dich, Chelsea.« Hannah lächelt, nippt an ihrem Drink und lässt den Blick durch die Bar schweifen.

»Ich glaube, wir sollten uns lieber über die Tatsache unterhalten, dass du nach dem Silberfuchs Ausschau hältst«, erwidere ich selbstgefällig.

Hannah verschluckt sich an ihrem Drink. Fast hätte sie ihn ausgespuckt, aber nur fast. Ich bin mir ziemlich sicher, Hannah hat früher einen Knigge-Kurs besucht. So etwas würde ihr nie passieren. Sie ist der Inbegriff souveräner Perfektion – es sei denn, es geht um den Scheidungsanwalt ihres Ex-Manns.

»Ich will nur nicht, dass er mir den Abend ruiniert.« Sie errötet. Nun sind Victoria und ich diejenigen, die einen Blick tauschen.

»Wagt es bloß nicht.« Sie wedelt uns mit dem Zeigefinger vor der Nase herum. »Ich verabscheue Roarke Baldwin zutiefst. Er hat mir weitaus mehr abgeluchst, als meinem fremdgehenden Ex zugestanden hätte.«

Wir nicken. Mit Hannah zu diskutieren hat keinen Zweck, denn sie ist stur und trotzig. Selbst wenn sie mit dem Silberfuchs schlafen würde, würde sie es wahrscheinlich niemals zugeben.

»Das wissen wir.« Victoria übernimmt die Mutterrolle und tätschelt Hannah die Hand. »Das bringt uns zurück zu dir.« Lächelnd dreht sie den Kopf zu mir.

Ich verdrehe die Augen.

»Komm schon. Gib's zu, falls du ihn immer noch willst«, bohrt Victoria weiter nach.

Seufzend beschließe ich, die Karten offen auf den Tisch zu legen. »Ja, ich will ihn. Ich will ihn über mir, unter mir, hinter mir, bis ich ihn endlich vergessen kann. Aber ich will keinen Ehemann. Und schon gar nicht den, dem ich vor fünf Jahren den Laufpass gegeben habe.«

Während ich an meinem Drink nippe, begutachte ich eher die Typen hier als die Reaktion meiner Freundinnen. Wahrscheinlich werfen sie sich gerade den Sie-macht-sich-selbst-was-vor-Blick zu. Aber sie verstehen es nicht. Wie denn auch? Schließlich habe ich ihnen nicht alles erzählt, was zwischen Dean und mir vorgefallen ist.

»Hört zu. Unsere Ehe war heiß, spontan und leichtsinnig. Was glaubt ihr, warum ich auf Bad Boys stehe? Er ist der König aller Bad Boys, aber ich wollte ihn nie ändern. Ich habe seine Ecken und Kanten geliebt. Ich habe seinen Sexhunger geliebt, durch den ich mehr Stellungen kennengelernt habe, als ich überhaupt für möglich gehalten hätte. Ich habe es geliebt, dass alle Mädchen auf ihn standen, er aber mir gehörte. Ich habe seinen Beschützerinstinkt geliebt. Aber ich war naiv. Ich war jung und dumm. Ich habe wirklich geglaubt, ich hätte die Liebe meines Lebens mit gerade mal achtzehn kennengelernt. Das Problem mit Bad Boys ist aber, dass sie einen zwar beschützen und den großen Macker markieren, aber man steht bei ihnen nicht an erster Stelle. Zumindest nicht wirklich.« Ich muss den Kloß im Hals herunterschlucken, bevor ich fortfahren kann. »Obwohl ein Teil in mir ihn immer noch will, werde ich nie wieder zulassen, dass er mich noch mal so verletzt. Was bedeutet, dass ich mich ihm gegenüber nicht mehr öffnen werde und es somit keine zweite Chance für uns geben wird. Das macht die ganze Sache so schwer.«

Hannah greift über den Tisch und legt ihre Hand auf meine, und Victoria legt ihre auf Hannahs.

»Liebes, ich sage es nur ungern, aber ich glaube, du liebst ihn noch immer. Wenn du ihn wieder in dein Leben lässt, wird es diesmal noch mehr wehtun. Kann sein, dass er sich tatsächlich geändert hat. Ich meine, immerhin hat er dich ausfindig gemacht. Das ist romantisch. Er hat einen Weg gefunden, dich dazu zu bringen, mit ihm zu kommunizieren, denn er kennt dich. Er wusste, es würde nicht leicht werden. Wir wissen nicht, was du alles durchgemacht hast. Selbst wenn du es uns erzählen würdest, würden wir es nicht voll und ganz verstehen. Wir sind nicht diejenigen, die diese Erfahrung gemacht haben. Deshalb ist es auch nicht an uns, dir zu sagen, ob du dem Mann, der dich so sehr verletzt hat, noch eine Chance geben solltest.«

Victoria nickt. Mit ihrem Blick will sie mir zu verstehen geben, dass alles gut wird, bei ihr hat es schließlich auch geklappt. Hallo, bin ich die Einzige, die kapiert, dass sie mit Reed den Millionenjackpot geknackt hat?

Hannah fährt fort: »Mach dir nichts vor. Du weißt genau, dass du bereits Hoffnung geschöpft hast. Aber pass auf dich auf. Halte die Augen offen.«

»Pass auf dich auf, bleib aber trotzdem optimistisch. Menschen können sich tatsächlich ändern, Chels«, fügt Victoria hinzu.

Wo war denn bitte Fräulein Optimismus, als Reed immer wieder versucht hat, sie zu einem Date zu überreden? Ich habe ihr nie gesagt, dass sie ihm eine Chance geben soll. Oder doch? Ich kann mich nicht mehr daran erinnern.

»Danke für die Therapiesitzung, Mädels. Ich gehe jetzt nach Hause und schreibe in mein Tagebuch.« Ich leere meine Vesper.

Hannah und Victoria lassen meine Hand los und lehnen sich zurück.

Hannah winkt den niedlichen Kellner herbei, der wahrscheinlich nicht älter als einundzwanzig ist.

»Seltsam, dass es hier keine Kellnerinnen gibt. Ich meine, die meisten Gäste sind männlich«, bemerke ich.

Victoria sieht sich um und nickt zustimmend. »Vielleicht extra für uns.« Grinsend mustert sie den Kellner von oben bis unten, während er uns eine Runde Shots serviert.

»Ladys«, sagt er in flirtendem Ton, den er sich bestimmt antrainiert hat.

Wir bedanken uns, und er stellt die Kurzen ab und geht. Noch etwas, das er sich wahrscheinlich angewöhnt hat – nie zu lange an einem Tisch zu verweilen. Die meisten Frauen stehen auf Herausforderungen.

»Hannah, ich glaube, ich brauche mal wieder Tads Hilfe«, sage ich und meine damit ihren besten Freund/ Personal Trainer, der uns in Form gebracht hat, als Victoria angefangen hat, mit Reed auszugehen.

Sie lacht.

»Sicher? Weißt du noch, was danach mit mir passiert ist?«, fragt Victoria.

Jaja, aber sie kann auch nichts ab.

»Ich rufe ihn an«, sagt Hannah. »Willst du wieder detoxen oder nur ein Workout?«

»Vielleicht ein bisschen von beidem«, erwidere ich.

»Wird erledigt.«

Ich lächle. »Danke.«

»Wollen wir es wirklich unkommentiert lassen, dass sie sich für Dean in Form bringen will?«, fragt Victoria. »Ich bin mit meinen Unsicherheiten ganz offen umgegangen.«

Ich muss lachen, weil Victoria beinahe beleidigt klingt. »Ich mache es für mich.« Ich greife nach meinem Kurzen.

»Chelsea, du gehst fünfmal die Woche ins Fitnessstudio. Es war das Einzige, was wir machen konnten, um dich vor die Tür zu locken.« Victoria hebt die frisch gezupften Augenbrauen.

»Es geht doch nichts über ein wenig Selbstliebe«, erwidere ich grinsend.

Wir heben unsere Gläser.

»Auf Chelsea, die bald endlich mal wieder flachgelegt wird.« Hannah grinst, und wir stoßen an.

Sie stürzen ihre Shots hinunter, während ich meinen noch in der Hand halte.

»Trink einfach.« Hannah schüttelt den Kopf. »Wen kümmert's? Ich werde auch nicht regelmäßig flachgelegt, trotzdem ist meine Muschi immer gewachst, falls sich spontan etwas ergibt.«

Ein Mann, der gerade an uns vorbeigeht, bleibt stehen und blickt über die Schulter.

»Bitte weitergehen. Kein Interesse«, sagt Hannah, und er tut, wie ihm befohlen und setzt seinen Weg zur anderen Seite der Bar fort.

Ich muss immer noch verarbeiten, dass Hannah gerade Muschi gesagt hat.

»Ist doch nichts dabei, so gut wie möglich auszusehen. Selbst wenn die Chancen gering sind«, sagt Victoria.

»Vielleicht sind die Chancen gar nicht so gering, wenn ein gewisser Silberfuchs in der Nähe ist«, bemerke ich.

»Jetzt reicht's aber. Ich war die ganze Zeit nett zu dir. Wenn du mich wütend machen willst, dann rede nur weiter über diesen Typen.« Hannah ist irgendwie angsteinflößend, sobald es um den Silberfuchs geht.

»Nope. Alles gut.« Beschwichtigend hebe ich die Hände.

»Dachte ich mir.« Hannah widmet sich wieder ihrem Vesper.

Den Rest des Abends unterhalten wir uns über RISE, die Gala, Hannahs Party und darüber, dass sie einen Partyplaner angeheuert hat, der sich um die Details kümmert. Diese Frau muss wirklich in Geld schwimmen. Ich kann mir nicht mal annähernd vorstellen, was für ein Leben sie führt.

Erst als mein Handy klingelt, fällt mir auf, wie spät es schon ist.

Schnellschießer: *Kann ich dich zum gemeinsamen Mittagessen morgen überreden?*

Hannah und Victoria unterhalten sich über die Renovierungsarbeiten, die sie und Reed für ihr Barbie-Traumhaus planen.

Ich: *Nein.*

Schnellschießer: *Ich verspreche auch, dass ich die Hände bei mir behalte.*

Ich: *Nein.*

Schnellschießer: *Ich habe dich viel freundlicher in Erinnerung.*

Ich: *Und ich habe dich wesentlich weniger nervig in Erinnerung.*

Schnellschießer: *Wollen wir einen neuen Rambo-Film drehen und sehen, wie viel Ausdauer ich tatsächlich habe?*

Ich: *Ich habe keine Ahnung, wovon du redest.*

Schnellschießer: *Ich werde dein Geheimnis für mich behalten, wenn du mit mir zu Mittag isst.*

Ich: *Es ist auch dein Geheimnis.*

Schnellschießer: *Der Film ist eine meiner besten Arbeiten. Die präsentiere ich gern.*

Ich: *Du bluffst.*

Schnellschießer: *Fordere mich nicht heraus. Ich bewahre meine Kopie in der* Magnolien aus Stahl-*Hülle auf.*

Ich lache.

»Wer ist das?«, fragt Hannah.

Ich hebe den Kopf, und beide grinsen. Sie haben schon wieder diesen verdammten Blick drauf, also widme ich mich wieder meinem Smartphone.

Ich: *Wann hast du ihn dir das letzte Mal angesehen?*

Schnellschießer: *Gestern Abend.*

Eine Schmetterlingsinvasion füllt meinen Bauch.

Schnellschießer: *Ich muss schon sagen, ich bin ein großartiger Partner.*

Ich: *Wie bitte?*

Schnellschießer: *Oh, du hast mir zweifelsohne die Show gestohlen, Baby.*

Das Flügelschlagen der Schmetterlinge verlangsamt sich, als müssten sie sich durch Sirup kämpfen. Eine Hitzewelle durchdringt mich von Kopf bis Fuß.

Ich: *Ich weiß nicht, ob ich es gut finde, dass du eine Kopie von dem Film hast.*

Schnellschießer: *Theoretisch gehört er mir. Du hast die Kopie.*

Irgendwie hat er recht.

Ich: *Ich dachte, du hättest die Kamera ausgemacht?*

Schnellschießer: *Bist du nicht froh, dass ich es nicht getan habe? ;) Sonst hättest du vergessen, wie ich deine Welt zum Beben bringe.*

Ich: *Du bist ganz okay.*

Schnellschießer: *Wie wär's mit einem Auffrischungskurs? Ich sitze allein in meiner Wohnung. Du kannst gern vorbeikommen.*

Mein Körper schreit: »Ja!« Meine Güte, was ist bloß los mit dir? JA! Was Dean betrifft, kann ich es meinem Körper unmöglich erlauben, die Entscheidung für mich zu treffen.

Ich: *Heute ist Mädelsabend. Muss Schluss machen. Viel Spaß.*

Schnellschießer: *Okay, dann lege ich einfach* Magnolien aus Stahl *ein. Von der weiblichen Hauptrolle bekomme ich nie genug.*

Ich schlucke und schlage die Beine übereinander, nehme das Bein aber sofort wieder runter. Mein Gott, warum erregt es mich so zu wissen, dass er sich unsere DVD ansieht? Die DVD, die ich gestern Abend am liebsten verbrannt hätte, weil meine Willensstärke begonnen hat zu schwinden.

Ich: *Genieß es, denn es wird nie wieder passieren.*

Schnellschießer: *Oh, süße Chelsea, irgendwann werde ich wieder unter dir liegen. Das verspreche ich dir.*

Mein Kopf ist wie leer gefegt. Darauf fällt mir keine schlaue Antwort ein. Stattdessen sitze ich da und starre auf seine Nachricht. So sehr ich ihn auch hasse – in diesem Moment hoffe ich, dass ich falschliege und er recht behält.

Kapitel 11

Samstagabend klopft es um sechs Uhr an meine Tür.

Ich drehe meinen Mascara zu, begutachte mich im Spiegel, atme tief durch und sage mir innerlich, dass ich es schon schaffen werde. Ich muss nur auf dem Hin- und Rückweg mit ihm allein sein. Dann verabschieden wir uns nett voneinander, und das war's.

Es klopft erneut.

»Immer so ungeduldig«, murmle ich, verlasse das Bad und gehe zur Tür. »Du schaffst das«, sage ich mir noch einmal vor.

Als ich die Tür öffne, sind meine aufmunternden Selbstgespräche der letzten Stunden dahin. Da steht er. In schwarzer Jeans, schwarzem Shirt mit V-Ausschnitt, darüber eine schwarze Lederjacke. Das Haar trägt er unordentlicher als unter der Woche. Er versucht tatsächlich, mich zu quälen. Hat er etwa Labello drauf? Seine Lippen sind hellrosa, und seine dunklen Augen wirken mit den schwarzen Klamotten noch mysteriöser.

»Falls du lieber zu Hause bleiben willst, bin ich dabei.« Dean geht an mir vorbei in die Wohnung.

Übrigens ohne dass ich ihn hereingebeten hätte.

Immerhin erhasche ich so einen Blick auf seinen Hintern. Keine Sorge, er passt perfekt zum Rest.

»Eigentlich wartet man, bis man hereingebeten wird.«

Er dreht sich um, die Hände in den Hosentaschen. »Du weißt doch, dass ich kein Benehmen habe.«

Ich kichere. Kichern. Wie ein verdammtes Schulmädchen! Wenigstens habe ich schnell damit aufgehört.

»Ich muss nur noch meinen Mantel holen, dann können wir die Sache hinter uns bringen.« Ich rausche an ihm vorbei in Richtung Flur.

»Normalerweise kriegen meine Dates gar nicht genug von mir.«

Ich ignoriere den stechenden Schmerz in der Brust, während er mir zum Schrank folgt. Jetzt, da wir beide in der dunklen Ecke stehen, habe ich das Gefühl zu ersticken. Ich hätte das Licht anmachen sollen.

Sein Parfum. Moment mal, Parfum? Früher hat Dean nie Parfum getragen.

Er lehnt sich nach vorn, um einen Blick in mein Schlafzimmer zu werfen. »Was tust du da?« Ich mache einen Schritt zurück. »Entschuldige mal.« Ich lege ihm die Hände auf die Brust, um ihn zurückzudrängen. Keine gute Idee. Ich spüre, wie sich seine festen Muskeln anspannen.

»Ich will mich nur schon mal mit den örtlichen Gegebenheiten vertraut machen, damit wir heute Nacht nicht gegen eine Wand rennen.« In der Dunkelheit kann ich seinen Gesichtsausdruck nicht erkennen, aber ich bin mir sicher, dass seine Augen leuchten wie die Michigan Avenue an Weihnachten.

»Du bist unverbesserlich.«

»Nachdem du gestern meine Fähigkeiten angezweifelt hast, muss ich ein wenig meine Beine trainieren. Bin schließlich kein junger Hüpfer mehr.«

»Brauchst du mit deinen Sechsundzwanzig schon einen Stock?« Ich schüttle den Kopf.

»Siebenundzwanzig«, korrigiert er mich, und meine Schultern sacken ein wenig zusammen. »Schon okay, ich vergebe dir.«

Er hat im Februar Geburtstag, also ist er tatsächlich schon siebenundzwanzig. Fuck. Warum fühle ich mich jetzt so schlecht, weil ich nicht daran gedacht habe? Ich wette, er kann sich auch nicht mehr an mein Geburtsdatum erinnern.

»Du vergibst mir?« Ich greife nach dem Mantel am Kleiderbügel, denn ich muss so schnell wie möglich hier weg. Es ist, als befände ich mich in einem sexuellen Gefecht – er, ich, und ein Bett, das nur etwa einen Meter fünfzig entfernt steht.

»Du könntest es wiedergutmachen. Mit einem nachträglichen Geburtstagsgeschenk«, sagt er hinter mir.

»Ich kann mir schon denken, was du gern hättest.« Im Wohnzimmer bleibe ich stehen und stecke einen Arm in den Ärmel, als mir plötzlich der Mantel gehalten wird.

»Du hast nie zu den Frauen gehört, die ihrem Kerl zum Geburtstag einen Blowjob verpassen.«

Ich schweige, denn zwischen meinen Schenkeln hat sich ein Feuer entfacht, das sich sonst nur ausbreitet.

»Ich glaube, du hast meinen Schwanz mehr geliebt als ich selbst«, sagt er mit leiser, rauer Stimme.

Es ist so weit. Feueralarm zwischen meinen Beinen.

Ich schlüpfe in den zweiten Ärmel. Als er mir den Kragen richtet, berühren seine Finger meinen Nacken.

»Dritter November«, flüstert er mir mein Geburtsdatum ins Ohr. »Da staunst du, was?«

»Nicht besonders.« Ohne ihm in die Augen zu blicken, gehe ich zum Tisch und schnappe mir meine Clutch. »Ich komme nur ungern zu spät.« Ich reiße die Tür auf, doch er hält sie fest und bedeutet mir vorzugehen.

Von wegen nur eine Autofahrt. Ich weiß nicht, ob ich und mein Slip das überleben werden.

• • •

Irgendwie habe ich es geschafft. Ich habe überlebt. Aber nur, weil ich sichergestellt habe, auf meiner Seite des Uber-Wagens zu bleiben. Zum Glück hat Dean es geschnallt und ist ebenfalls auf seiner Seite geblieben. Wir haben uns hauptsächlich über RISE unterhalten. Er wollte mehr Infos über die Wohltätigkeitsorganisation, für die er nur arbeitet, weil er sich erhofft hat, mich »zufällig« zu treffen.

Ich muss zugeben, dass Hannah recht hat. Die Tatsache, dass er mich ausfindig gemacht hat, schmeichelt mir weitaus mehr, als es sollte.

Wir betreten das Gebäude. Einer der drei Türsteher führt uns zum Aufzug und steigt mit ein.

»Warum hat Hannah RISE gegründet?«, fragt Dean. Er ist mir gefährlich nah.

»Weil ihr Ex ein Arsch war.«

Grinsend blickt der Pförtner über die Schulter.

»Diese verdammten Ex-Männer«, scherzt Dean. »Man kann nicht mit ihnen, aber auch nicht ohne sie.«

Dummes Gekicher Nummer zwei. Ich werde heute Abend mitzählen, falls ihr euch also einen Zettel zur Hand nehmen und Striche machen wollt, dann nur zu.

»Ich könnte gut ohne leben.«

Seine Hand landet auf meiner Hüfte, und ich habe das Gefühl, er brandmarkt mich mit seiner Hitze.

Der Aufzug klingelt, und der Pförtner hält uns die Türen auf. Dean legt mir die Hand auf das Steißbein und geleitet mich hinaus.

»Einen schönen Abend.« Der Herr nickt uns zu.

»Ebenfalls. Danke.« Dean hält ihm die Hand hin, wahrscheinlich steckt er ihm Geld zu.

»Wo ist der Bauernjunge hin?«, frage ich.

»Ich habe dir doch gesagt, dass ich mich geändert habe.« Er zuckt mit den Schultern.

Wir bleiben vor einer in Schwarz und Weiß gekleideten Dame stehen, die uns die Hände entgegenstreckt. »Darf ich?«

Dean hilft mir aus dem Mantel, reicht ihn der Frau und schlüpft dann aus seiner Lederjacke. Aus irgendeinem Grund scheint sich mein Verstand kurzzeitig verabschiedet zu haben. Bevor er die Jacke abgeben kann, wirble ich herum und lege ihm die Hand auf die Brust. »Leg dein altes Ich nicht komplett ab.«

Er lächelt mich an und legt seine Hand auf meine. Einen Moment lang blicken wir uns tief in die Augen. Ich will wegsehen. Ich *muss* wegsehen.

»Chelsea!«

Gott sei Dank.

»Die behalte ich an.« Er schlüpft wieder in seine Jacke und ist nach wie vor der coole Dean.

»Du siehst umwerfend aus.« Mit Reed an ihrer Seite kommt Victoria auf mich zu. »Dreh dich mal.«

»Nein.«

»Na los, dreh dich.« Victoria blickt mich erwartungsvoll an. Verteilen sie hier etwa Crack? Was zum Teufel ist nur los mit ihr?

»Nein.«

Dean tritt neben mich, verschränkt unsere Finger ineinander und hält unsere Hände hoch. Aus unerfindlichen Gründen ziehe ich meine Hand nicht zurück.

»Oh, es ist mir nicht gestattet, dich zu mögen«, sagt Victoria mit verträumtem Blick.

»Du bist Victoria?«, fragt Dean.

Reed rückt näher an seine Freundin heran und schlingt ihr den Arm um die Taille. »Und ich bin Reed.«

»Ganz ruhig, Bello«, scherze ich. »Das ist Dean.«

»Dean?«, fragt Reed, nimmt die Hand von Victorias Hüfte und reicht sie Dean. »Der Ex-Mann?«

»Genau der.« Während er immer noch meine Hand hält, schüttelt er mit der anderen Reeds Hand. Mit Kraft versuche ich, die Hand zu senken, doch er ist viel stärker als ich.

Ich drehe mich einmal, um es schnell hinter mich zu bringen. Victoria klatscht in die Hände. »Einfach wundervoll. Ich liebe das Kleid.«

Seit Reed in ihr Leben getreten ist, verwandelt sie sich immer mehr in Mary Poppins.

»Da stimme ich dir voll und ganz zu, Victoria.« Dean streckt Victoria die Hand entgegen.

Sie starrt sie an, sieht zu mir und lässt es nur zögerlich zu, dass Deans große Pranke ihre winzige Hand nahezu verschlingt.

»Hübsch siehst du aus. Dreh dich«, erwidere ich frech grinsend.

Lachend dreht sie sich und macht sogar einen Knicks.

»Reed, gibst du ihr etwa Drogen?«, frage ich.

Kichernd küsst er ihre Schläfe. »Falls Glück eine Droge ist, hat sie eine Überdosis genommen.«

Ich verdrehe die Augen. »Sie sind erst seit Kurzem zusammen.« Ich deute auf das glückliche Paar und sehe Dean an.

Er nickt. »Hoffentlich färben sie auf dich ab.«

Ich verdrehe erneut die Augen und sehe mich nach Hannahs Schäferhündin Lucy um. Da ich sie jedoch nicht dabei entdecke, wie sie an jemandem hochklettert, wende ich mich an Victoria.

»Wo ist Lucy?«, frage ich.

»Hannah meinte, es lief wohl nicht so gut, als die Caterer kamen, also hat sie Tad gebeten, heute Abend auf sie aufzupassen.«

Ich kichere. »Da ist sie ihm aber was schuldig.«

»Wer ist Lucy?«, fragt Dean.

Bevor ich antworten kann, entdeckt Reed hinter mir jemanden.

»Raegan!« Reed hebt die Hand, und Victoria rückt ein Stück zur Seite, um an Dean vorbeizuspähen.

»Oh. Mein. Gott.« Victoria wird ganz blass.

»Ich habe dir doch gesagt, dass sie nicht auf mich steht. Siehst du, sie hat jemanden mitgebracht.« Victoria ist auf eine Anwältin eifersüchtig, die mal pro bono für uns gearbeitet hat. Reed stellte sie uns vor, und sie half uns aus einem großen Schlamassel.

Victoria schlägt Reed auf den Bauch. »Hab ein wenig Nachsicht mit mir.« Sie sieht mich an und senkt die Stimme. »Es ist der Silberfuchs.«

»Was?« Ich wirble herum und sehe, wie der Silberfuchs Raegan aus dem Mantel hilft und ihn der Dame reicht, die auch meinen in Empfang genommen hat.

Ich drehe mich wieder um und suche den Raum nach Hannah ab.

»Das letzte Mal, als wir sie gesehen haben, war sie gerade auf dem Weg in die Küche, um sicherzugehen, dass alles reibungslos läuft.« Victoria beißt sich auf die Unterlippe.

»Was entgeht mir hier?«, fragt Reed. »Ist das etwa Hannahs Freund?«

»NEIN!«, kreischen wir beide.

»Er ist der Anwalt ihres Ex-Manns«, erklärt Victoria.

»Scheidungsanwalt«, füge ich hinzu.

»Dann ist er hier noch weniger willkommen als ich?«, fragt Dean.

Reed und Victoria lachen.

»Ich habe nichts gegen dich«, wirft Reed ein.

»Ich …« Mit zusammengekniffenen Augen funkle ich Victoria an. »Lass uns lieber nach Hannah suchen«, schlägt sie vor.

Auf wessen Seite steht sie?

»Bin gleich wieder da.« Ich beäuge den Silberfuchs und sehe dann Dean an.

»Ich finde leicht Freunde.« Er schiebt die Hände in die Hosentaschen und zuckt mit den Schultern.

»Ich zeige dir, wo die Bar ist.« Reed deutet mit dem Kopf zum Nebenzimmer.

Zum ersten Mal heute Abend verebbt Deans Lächeln ein wenig, und mir dreht sich der Magen um. Doch beinahe umgehend kehrt sein Lächeln zurück. Er beugt sich zu mir herunter, bis sein Mund direkt an meinem Ohr ist. »Entspann dich. Denk dran, ich bin schon ein großer Junge.«

Scharf ziehe ich die Luft ein. Zwinkernd deutet er mit dem Kopf in die Richtung, in die ich gehen muss.

Los, Chels. Beweg deine Füße. Einen vor den anderen. Das machst du schon, seit du elf Monate alt warst.

Dean legt mir die Hand auf den Rücken und schiebt mich vorwärts.

»Komm jetzt.« Victoria ist mir schon zehn Schritte voraus. Mit ihrem Blick gibt sie mir zu verstehen, dass wir keine Zeit zum Trödeln haben. Wir müssen eine Bombe entschärfen, die schon bald hochgehen wird.

Wir begegnen Hannah, als sie gerade aus der Küche kommt. Sie sieht elegant aus in ihrem schlichten, aber sexy champagnerfarbenen Kleid. Das lange, kastanienbraune Haar fließt über ihre nackten Schultern, und sie lächelt herzlich.

»Chelsea, hi. Ist Dean auch hier?« Sie umarmt mich leicht und wir versuchen, uns auf die Wangen zu küssen, ohne unser Make-up zu ruinieren. »Dein Anblick hat ihm bestimmt die Sprache verschlagen.«

»Dean verschlägt es nie die Sprache.«

»Wo ist er?« Sie sieht Victoria an. »Trinkt er mit Reed Kurze an der Bar?« Sie lacht leise.

»Ähm, Hannah?« Victoria legt Hannah die Hand auf den Unterarm.

»Ist irgendwas mit dem Essen oder den Drinks nicht in Ordnung? Genau aus diesem Grund engagiere ich Partyplaner. Damit will ich nichts zu tun haben. Ich werde sofort nach ihr suchen.« Sie macht einen Schritt vorwärts, um zwischen mir und Victoria hindurchzugleiten.

»Geh da lieber nicht rein.« Ich greife sie am Unterarm, wesentlich fester als Victoria eben.

Hannah bleibt stehen und sieht mich verwirrt an. »Was ist los?«

»Raegan ist hier«, erklärt Victoria und verzieht hinter Hannahs Rücken das Gesicht.

»Oh, super.«

»Sie hat ein Date mitgebracht«, fährt Victoria fort. Lächelnd wandert Hannahs Blick von mir zu Victoria.

»Sie hat den Typen vom Torrios mitgebracht.«

Hannah schweigt und lächelt noch immer. Vielleicht versteht sie nicht, was Victoria ihr sagen will.

»Den Silberfuchs«, erkläre ich.

»Ich verstehe. Okay, danke fürs Bescheid sagen.« Ihr Lächeln wird noch strahlender, falls das überhaupt möglich ist.

»Ich glaube nicht, dass du uns verstanden hast«, sage ich und werfe Victoria einen flüchtigen Blick zu.

»Doch, habe ich. Roarke Baldwin ist hier. Ich hab's gehört.« Sie wirkt viel zu ruhig und gefasst. Wie das Auge eines Orkans oder die Ruhe vor dem Sturm. »Kommt, wir begrüßen sie.«

Hannah geht voran, Victoria und ich folgen wie die beiden anderen Engel für Charlie und wechseln einen irritierten Blick. Mein Gefühl sagt mir, dass alles gut gehen wird – oder total schief.

Kapitel 12

Reed und Dean treten von der Bar zurück, als sie uns kommen sehen. Mit dem Kopf bin ich ganz woanders, aber mein Blick richtet sich auf Deans linke Hand. Zu behaupten das mit einer Limette gespickte und mit Eis und dunkler Flüssigkeit gefüllte Glas würde mir keine Angst machen, wäre schlichtweg gelogen. Heute Abend wird sich herausstellen, ob er sich tatsächlich geändert hat.

Als Victoria Reed kopfschüttelnd ansieht, bleibt er stehen und beobachtet uns aus der Ferne. Dean folgt ihm, nippt an seinem Drink und richtet den Blick auf die Szene, die sich gleich abspielen wird.

»Raegan«, flötet Hannah so gespielt, wie ich es noch nie aus ihrem Mund gehört habe.

»Hannah.«

So wie Hannah eben mich umarmt hat, umarmt sie nun auch Raegan und gibt ihr Küsschen links und rechts.

Victoria und ich stehen wie die Pink Ladys bei *Grease* im Hintergrund.

»Ich liebe dein Kleid«, kommentiert Hannah. »Die Farbe betont deine strahlenden grünen Augen.«

Ich spähe zu Victoria. Noch nie habe ich Hannah mit so einem *Das Tal der Puppen*/ *Die Frauen von Stepford*-Vibe erlebt.

»Danke. Du siehst wie immer umwerfend aus.«

Hannah winkt ab. »Das Kleid habe ich schon seit Ewigkeiten. Zum Glück ist der Stil immer noch angesagt. Seit mich der Scheidungsanwalt meines Ex-Manns so abgezockt hat, gehe ich kaum noch shoppen. Da muss man eben erfinderisch werden.«

Raegan fühlt sich sichtlich unwohl und lächelt zaghaft. »Nun ja, es ist auf jeden Fall ein tolles Kleid.«

Roarke steht nur wenige Meter entfernt und unterhält sich mit jemandem. Während ich darauf warte, dass er Hannah endlich bemerkt, beginnt mein Herz zu rasen.

»Danke. Ich dachte, du würdest jemanden mitbringen?«

»Ja.« Raegan wirft einen Blick über die Schulter. »Da steht er.«

Hannah tut, als hätte sie den Silberfuchs noch nicht gesehen und hält übertrieben nach ihm Ausschau. »Oh, du hast Roarke Baldwin mitgebracht?«

Meine Damen und Herren, es ist, als würde man einer Meisterin zusehen. Eines Tages will ich wie Hannah Crowley sein.

»Du kennst ihn?«, fragt Raegan.

»Nicht persönlich. Nicht freundschaftlich. Nur aus dem Gerichtssaal.«

Raegan ist ein kluger Kopf, langsam beginnt sie zu verstehen.

»Nicht im Ernst«, sagt sie mit großen Augen.

Roarke Baldwins Ruf eilt ihm voraus. Ihn engagiert man, wenn man es seinem Ex richtig heimzahlen will.

»Ja, er ist der Anwalt meines Ex-Mannes. Aber hey, nichts für ungut.«

Wären wir woanders, würde ich jetzt »Blödsinn« husten, aber das hier ist Hannahs Sache.

»Das tut mir leid. Wenn ich das gewusst hätte, hätte ich ihn nicht mitgebracht«, sagt Raegan mit gesenkter Stimme.

Hannah lächelt. »Natürlich. Wie hättest du das auch wissen können?«

Roarke unterbricht seine Unterhaltung. Als seine Aufmerksamkeit auf uns fällt, starren wir ihn alle an.

Eigentlich wirkt er immer gefasst, aber kurz sehe ich Angst in seinen Augen aufblitzen. Doch statt wegzulaufen, bleibt er seinem Ruf eines Pit

Bulls treu und stolziert mit einer Arroganz zu uns herüber, als hätte er damit gerechnet, so begrüßt zu werden. Als hätte er gewusst, dass dies Hannahs Wohnung ist.

»Ms. Crowley.« Er streckt ihr die Hand entgegen, eine große, teure Uhr lugt unter seinem Anzugsärmel hervor.

»Mr. Baldwin. Ich muss schon sagen, ich hätte nie gedacht, Sie mal in meinem Zuhause begrüßen zu dürfen.«

Raegans Blick wandert zwischen den beiden hin und her. Wahrscheinlich wirken wir wie eine Horde Kinder, die ihre Eltern beim Streiten beobachten.

»Eine tolle Wohnung. Familienbesitz?«, fragt er grinsend.

»Ist das Ihre Vermutung, weil Sie sie mir nicht wegnehmen konnten?«

»War nur eine Frage«, erwidert er gelassen.

»Fragen über Fragen.« Hannah lächelt noch immer, und ich frage mich, wie lange es noch dauert, bis sie ihre höfliche Etikette verliert und ihm eins auf die Nase gibt.

Ich bin dankbar, als in diesem Moment Dean und Reed dazukommen. »Hi«, sage ich, und Dean reicht mir ein Glas Wein, während er weiter Hannah und Roarke beobachtet.

»Wir wollten gerade raus auf die Terrasse gehen«, schlägt Reed vor.

Victoria schmiegt sich an ihn und nimmt das Glas Wein entgegen, das er ihr mitgebracht hat. »Perfekt.«

»Hannah, können wir dich allein lassen?«, flüstere ich ihr ins Ohr.

Sie nickt. »Amüsieren Sie sich, Mr. Baldwin. Und die Hände immer schön da, wo ich sie sehen kann. Vielleicht finden Sie noch irgendwo eine Silbergabel, die Sie meinem Ex zustecken wollen.«

Roarkes Augen leuchten frech. Wahrscheinlich stellt er sich Hannah gerade nackt vor. Zwischen den beiden herrscht wirklich eine seltsame Chemie.

Zwei Männer betreten den Raum, und Hannah entschuldigt sich, um sie zu begrüßen. Roarke beobachtet sie. Ich kann nur hoffen, Raegan ist nicht total in Roarke verschossen, denn ich bin mir sicher, dass er es auf eine andere abgesehen hat.

• • •

»Lust auf Taco Bell?«, fragt Dean, als wir in das Uber steigen.

»Ich will nur noch ins Bett.« Ich schlüpfe aus einem meiner High Heels und streiche mit dem Fuß über mein Bein. Ich versuche gar nicht, sexy zu sein, aber die neuen Schuhe bringen mich um.

»Super. Wir sind immer noch einer Meinung.« Er tätschelt sein Bein, um mir zu verstehen zu geben, dass ich meine Füße auf seinen Schoß legen soll.

»Allein«, füge ich hinzu.

Er klopft sich weiter auf das Bein. »Darf ich dich ein wenig begrapschen, bevor ich dich nach Hause bringe?«

Zögerlich erlaube ich ihm, meine Füße zu massieren. Vielleicht merkt er dann, dass er keine Beziehung will und lässt mich in Ruhe.

Als seine Hand jedoch meinen Fuß berührt, lasse ich seufzend den Kopf gegen die Scheibe sinken und schließe die Augen.

»Wenn du willst, dass ich mich benehme, dann hör auf, solche Geräusche zu machen.« Er schiebt meinen Fuß weg von seinem Schritt in Richtung Knie. Ich wünsche mir, das Kribbeln in meinem Bauch würde verschwinden.

»Bist du immer noch Sox-Fan?«, fragt er.

»Bist du noch Cubs-Fan?«

»Du meinst die Gewinner der World Series? Na klar.« Sein freches Grinsen verleitet mich zu einer Retourkutsche.

»Das war vor zwei Jahren.«

»Dieses Jahr werden sie wieder gewinnen. Das spüre ich.«

Ich verdrehe die Augen. Ob die Fußmassage oder sein Kommentar der Grund dafür ist, weiß ich nicht. »Man munkelt, dass die Sox dieses Jahr weiter kommen als die Cubs.«

Der Uber-Fahrer mustert uns über den Rückspiegel.

»Welchen Radiosender hörst du? WGN?«

»Du Dummerchen, Baseball ist nur was für Sox-Fans.« Ich lehne mich nach vorn und tätschle ihm die Schulter. Und was für eine schöne Schulter.

Er lacht leise. »Meine Firma veranstaltet eine Party. Crosstown Classic. Willst du mich begleiten?«

»Du bittest mich um ein weiteres Date?« Sein Daumen bohrt sich in die Wölbung meines Fußes, und ich muss mir ein lautes Seufzen verkneifen.

Ich bin sowieso nicht davon ausgegangen, dass es das jetzt war mit uns. Ja, ich habe nur einem Date heute Abend zugestimmt, aber der Gedanke, dass es jetzt endgültig vorbei ist, hat mich tatsächlich traurig gemacht. Obwohl ich eigentlich nicht traurig sein sollte. Ich hatte vergessen, wie locker es mit Dean sein kann. Kein Druck, lässige Gespräche, als könnte ihn nichts aus der Ruhe bringen. Heute Abend hat er sich mit allen möglichen Leuten unterhalten, ohne mir von der Seite zu weichen. Und wenn ich doch mal verschwunden bin, hat er schnell einen Gesprächspartner gefunden. Er hing nicht den ganzen Abend an der Bar, hat mich nicht gestresst und hat sich nicht profiliert. Vielleicht hat er sich tatsächlich geändert. Oder er hatte einfach einen guten Abend.

»Du würdest mir damit einen großen Gefallen tun«, sagt er.

»Einen Gefallen?«

»Ich will nicht allein dort aufkreuzen.«

Er greift nach meinem anderen Fuß, und ich lasse ihn gewähren, denn ich stehe auf Selbstgeißelung. Er zieht mir den Schuh aus und macht sich an die Arbeit.

»Du willst, dass ich mit dir ins Wrigley Field gehe?« Ich verziehe das Gesicht.

»Die Party findet auf dem Dach statt. Das heißt, dass du das Stadion gar nicht betreten musst. Mein Chef ist ebenfalls Sox-Fan, falls es dir bei der Entscheidung hilft.«

»Und er weiß, dass du Cubs-Fan bist?«

Unsere Unterhaltung klingt vielleicht kindisch, aber ganz ehrlich, die Farbe des Trikots hat schon über Jobkarrieren entschieden. Es ist unmöglich, als Chicagoer beide Teams zu mögen. Entweder Sox oder Cubs. Punkt.

»Ja.«

»Und du glaubst, du könntest Pluspunkte bei ihm sammeln, wenn du einen Sox-Fan mitbringst, richtig?«

Sein Blick wandert von meinen Füßen hinauf zu meinen Augen. Es ist zu dunkel, als dass ich seinen Gesichtsausdruck erkennen könnte, aber sein Schweigen ist ohrenbetäubend. »Ja.«

Es ist nur ein Wort, aber irgendwas daran irritiert mich. Ich weiß nicht mal, wann unsere Unterhaltung diese Wendung genommen hat. Wo bleibt das übliche Gezanke? Ich werde das Gefühl nicht los, dass es noch einen anderen Grund gibt, warum ich ihn begleiten soll. Wie immer gewinnt meine Neugier die Oberhand.

»Okay. Ich komme mit«, sage ich.

»Dafür gehe ich mit dir zu einem Sox-Spiel.«

»Wie kann ich da Nein sagen?«

Er kitzelt mich am Fuß, und ich versuche, mich aus seinem Griff zu befreien.

Das Auto verlangsamt sich. Ich will die Beine von Deans Schoß nehmen, um wieder in meine Schuhe zu schlüpfen, doch er legt den Arm auf meine Schienbeine, um mich davon abzuhalten. Dann zieht er mir die High Heels an, als wäre er ein Schuhverkäufer, der tagein, tagaus nichts anderes tut.

Als er fertig ist, blicken wir uns in die Augen. Wieder verändert sich die Energie zwischen uns.

Ich drehe mich weg, schnappe mir meine Clutch und öffne die Tür. »Danke«, sage ich zum Fahrer und trete hinaus auf den Bürgersteig.

Dean rutscht rüber, um ebenfalls auf meiner Seite auszusteigen, doch ich hebe rechtzeitig die Hand. »Ab hier komme ich allein klar.«

Aber er hört nicht auf mich. Mit einem verschlagenen Grinsen steigt er aus, und sein Fuß landet zwischen meinen Beinen. Als er sich aufrichtet, berühren sich unsere Oberkörper.

»Du glaubst doch nicht, dass du mich so leicht loswirst, oder?«

Er packt mich an den Hüften und schiebt mich vom Auto weg. Während er sich vom Fahrer verabschiedet und die Wagentür zuschlägt, habe ich Mühe, die Tür zu meinem Wohnhaus aufzuschließen.

In dem kleinen, verglasten Eingangsbereich stößt er mit seiner Brust gegen meinen Rücken. Ich geb's zu, ein kleiner Teil in mir würde sich am liebsten umdrehen und den Mund auf seinen pressen. Meine Nippel werden steif, und ich muss ein Zittern unterdrücken.

Willensstärke, Chels. Nur noch ein paar Minuten. Dann kannst du Rambo *einlegen und noch einmal durchleben, wie es ist, mit Dean Bennett zu schlafen.*

Endlich bekomme ich den Schlüssel ins Schloss. Ich schließe die Tür auf und gehe zum Aufzug.

»Du kannst jetzt gehen.« Ich blicke über die Schulter.

Er hebt eine Hand, deutet zu Boden und macht eine kreisende Bewegung. »Dreh dich noch mal um.«

»Wirklich, Dean. Ich hab's im Griff.«

»Ich bringe dich bis zur Tür.« Er drückt den Knopf des Aufzugs.

Irgendjemand hat es auf mich abgesehen. Jetzt muss ich auch noch eine gemeinsame Fahrt im Aufzug überleben. Bitte, in diesem Gebäude leben Hunderte von Menschen. Es muss doch irgendjemand zur selben Zeit wie ich nach Hause kommen.

Der Aufzug ist sofort da. Schließlich ist es mitten in der Nacht, und die meisten schlafen bestimmt.

Ich steige ein und drücke mein Stockwerk. Schulter an Schulter stehen wir nebeneinander.

In diesem Moment kommt eine Frau durch die Glastüren. Sie dreht den Schlüssel im Schloss und lächelt uns zu. Ich lächle zurück.

Meine Retterin.

Schnell drückt Dean die Türen-schließen-Taste. Ausnahmsweise tut sie, was sie soll. Die Türen gleiten langsam zu. Das Lächeln der Frau verwandelt sich in einen angewiderten Gesichtsausdruck, und sie zeigt Dean den Mittelfinger.

Mein Kopf wirbelt zu ihm herum. »Das war aber nicht nett.«

»Ist mir egal.« Seine Brust drückt sich gegen meine, und er kesselt mich zwischen seinen Armen ein. Ich weiß nicht, wie er es geschafft hat, aber nun stehe ich mit dem Rücken zur Wand, sein Körper bedrohlich über mir. In seinen Augen spiegelt sich Lust wider, und seine Lippen sind einfach zum Anbeißen. Am liebsten würde ich die Arme ausbreiten und ihm sagen, er solle mich nehmen.

»Sie ist ...«

Seine Hüften schieben sich nach vorn. »Ich habe es satt, dich mit anderen zu teilen.«

»Dean.« Ich seufze.

»Ein Kuss?«, fragt er. »Bitte?«

Er klingt so verzweifelt, als würde er nach einem Marathon um einen Tropfen Wasser betteln.

»Willst du mich nicht zuerst zur Tür bringen?«

Sein Lächeln offenbart zwei perfekte Zahnreihen. »Willst du nicht im Aufzug rummachen?«

»Erstens habe ich lediglich einem Kuss zugestimmt. Und zweitens ist das irgendwie klischeehaft, oder?«

Er beugt sich nach vorn und lässt die Nase über meine Wange gleiten, über meinen Hals und hinauf zu meinem Ohr. Ich bekomme am ganzen Körper Gänsehaut. »Ich wünschte, ich könnte dir den Gefallen tun, aber wenn ich dich nicht innerhalb der nächsten zehn Sekunden küsse, sterbe ich.«

»Das ist jetzt aber ein wenig dramatisch, oder?« Meine Stimme klingt weitaus weniger vorwurfsvoll, als sie sollte. Stattdessen klingt sie gehaucht und einladend.

»Komm schon. Ich war ein braver Junge. Habe ich mir etwa kein Leckerli verdient?«

Der Aufzug klingelt, die Türen sind drauf und dran aufzugleiten, doch Dean hält den Türen-schließen-Knopf gedrückt, während er sich gegen mich lehnt.

Sein Mund ist ganz nah an meinem, doch er wartet. »Ich werde es erst tun, wenn du Ja sagst.« Er leckt sich über die Unterlippe und verschlingt mich mit seinen Augen, als wäre er ein halb verhungerter Wilder und ich seine unschuldige Beute.

»Ein Kuss«, flüstere ich, unfähig, ihm noch länger zu widerstehen.

Kaum habe ich die Worte ausgesprochen, landen seine Lippen auf meinen. Er schlingt einen Arm um meine Taille und zieht mich zu sich, seine Erektion drückt sich gegen meinen Bauch. Ich lege die Hände an seine Wangen, damit er mir nicht mehr entwischen kann.

Dean nimmt sich, was er will. Seine Zungenschläge haben nichts Sanftes, und er lässt es alles andere als langsam angehen. Unsere Köpfe fliegen von links nach rechts. Wir verschlingen einander, können nicht genug voneinander kriegen.

Als der Alarm des Aufzugs losgeht, weil Dean den Knopf zu lange gedrückt gehalten hat, lösen wir uns so schnell voneinander, wie wir zusammengefunden haben.

Ich brauche dringend Luft. Also rase ich aus dem Aufzug und den Flur hinab zu meiner Wohnung. Dean ist mir dicht auf den Fersen.

Als ich meine Tür erreiche, drehe ich mich um und starre zu ihm hinauf. »Hier verabschieden wir uns jetzt. Deinen Gutenachtkuss hast du schon bekommen.«

»Habe ich etwa zu hoch gepokert?«

Ich nicke.

»Sag es.«

»Was?«

»Sag mir, dass ich dich nicht noch mal küssen darf.«

»Du darfst mich nicht noch mal küssen.«

Sein Blick senkt sich auf meine Brust, wahrscheinlich fällt ihm mein unregelmäßiger Atem auf. Er lehnt sich nach vorn und senkt den Kopf.

»Dean«, sage ich, doch ich habe den Kampf bereits verloren.

Aber diesmal berühren sich unsere Lippen nicht. Er hat die Hände in die Hosentaschen gesteckt, und sein Atem kitzelt mich am Ohr. »Süße Träume, Chelsea. Danke für den schönen Abend.« Dann macht er einen Schritt zurück. »Ich warte, bis du drin bist.« Er deutet mit dem Kopf zur Tür.

»Gute Nacht, Dean.« Ich fummle an meinem Schlüsselbund herum, habe aber völlig vergessen, welcher Schlüssel der richtige ist. Endlich finde ich ihn, stecke ihn ins Schloss und schließe auf.

Ich mache das Licht an und drehe mich noch einmal zu Dean um. »Danke.«

»Viel Spaß mit *Rambo*.« Er lacht leise und geht zurück zum Aufzug.

»Viel Spaß mit *Magnolien aus Stahl*«, rufe ich ihm nach.

Kopfschüttelnd dreht er sich um. »Weißt du denn nicht, dass ich das Gedächtnis eines Elefanten habe?« Er tippt sich an die Schläfe. »Alles hier drin. Ich brauche kein Video, um mich an dich zu erinnern.«

Wissenschaftliche Studien haben ergeben, dass Delfine ein besseres Gedächtnis haben als Elefanten, aber den Kommentar spare ich mir.

»Jetzt geh rein und sperr ab. Wir hören uns morgen«, sagt er.

Er bleibt stehen und wartet.

Da ich nicht weiß, was ich noch sagen soll, schließe ich die Tür und verriegele sie. Ich wünschte, er wäre auf dieser Seite der Tür. Bei mir.

Kapitel 13

Eine Woche später stehe ich komplett ausgerüstet da, trage Jeans und mein White-Sox-Shirt, das Sweatshirt habe ich mir um die Hüften gebunden. Nur meine Cap lasse ich lieber daheim. Schließlich ist es eine Firmenveranstaltung, da will ich nicht zu schäbig wirken.

Punkt sechs Uhr klopft es an der Tür. Wieder geht in meinem Bauch ein Feuerwerk los. Das passiert inzwischen jedes Mal, wenn ich von Dean eine Nachricht bekomme. Er hatte auch versucht anzurufen, aber so weit bin ich noch nicht.

Ich öffne die Tür. »Oh, bitte entschuldige mich, ich muss mich kurz übergeben.« Ich mustere sein blau-rotes Outfit und tue so, als müsste ich würgen.

»Verdammt, du siehst sogar in diesem White-Sox-Mist toll aus.« Er betritt das Apartment.

»Komm doch rein«, sage ich sarkastisch, und er zuckt mit den Schultern. »Wie kann es sein, dass du unten nie klingeln musst?«

Eigentlich muss man klingeln, um überhaupt ins Gebäude zu kommen, aber irgendwie schafft er es jedes Mal so rein.

»Hast du meinem Vermieter etwa einen Schlüssel abgeluchst?«

»Glaub mir, es ist beängstigend, wie einfach man reinkommt. Ich habe bereits darüber nachgedacht, dich hier rauszuholen.«

Seine Jeans ist ein wenig abgewetzt, sieht aber immer noch neu aus. Das Cubs-Trikot spannt an seinen Schultern, und mir fällt auf, dass er sich ebenfalls gegen die Cap entschieden hat. Das Haar trägt er wieder unordentlicher als im Büro. Ist wohl sein Freizeitlook.

»Ist das so in Ordnung? Ist ja immerhin eine Firmenveranstaltung.« Ich deute auf mein Outfit.

Er mustert mich. »Ich weiß nicht. Dreh dich mal.«

Ich funkle ihn böse an, und er lacht leise.

»Einen Versuch war's wert.«

Ich schnappe mir mein Smartphone und stecke es in die Umhängetasche. Kann losgehen. »Fertig?«, frage ich.

»Dann lass uns mal dabei zusehen, wie die Cubs den Sox den Hintern versohlen.«

Ich verdrehe die Augen. Wir treten aus der Tür, und ich schließe ab, während Dean geduldig wartet.

Auf dem Weg zum Aufzug ergreift er meine Hand und verschränkt unsere Finger ineinander. »Wir sollten uns besser daran gewöhnen. Sie glauben, du wärst meine Freundin.« Er drückt den Knopf des Aufzugs.

»Nicht deine Ex-Frau?«

»Ich will nicht, dass sie zu viel über mich wissen.«

Ich hebe die Augenbrauen. »Dann soll ich also so tun, als wäre ich deine Freundin?«

»Triffst du dich denn mit jemandem?«, fragt er, und fast bin ich versucht zu lügen.

»Genau genommen treffe ich mich mit *gar niemandem*.«

»Steckst du jedem deiner Dates gleich die Zunge in den Hals?«

Der Aufzug erscheint, wir steigen ein, und ich lasse absichtlich viel Platz zwischen uns. »Genau genommen hast du *mir* die Zunge in den Hals gesteckt. Nur fürs Protokoll.«

Er lacht leise. »Ich würde noch ganz andere Sachen als deine Zunge schlucken, wenn du mich lassen würdest.«

Plötzlich kriege ich eine Hitzewallung. Wie eine Fünfzigjährige in den Wechseljahren. »Das mit dem Schlucken wäre wohl eher meine Angelegenheit.« Wie du mir, so ich dir.

»Darin warst du immer einsame Spitze. Aber wahrscheinlich hast du es nur gemacht, weil du keine Sauerei wolltest.« Er zwinkert.

Zum Glück öffnen sich in dem Moment die Türen des Aufzugs, und wir verlassen das Gebäude.

»Es ist so schön sonnig«, rufe ich.

»Ein richtiger Sommertag.« Wieder ergreift er meine Hand und führt mich die Straße hinab.

»Heute mit den öffentlichen Verkehrsmitteln?«, frage ich, während wir uns durch die Menschenmenge schlängeln.

»Nope.«

»Gehen wir etwa zu Fuß?« Falls ja, bin ich echt sauer, denn dafür trage ich heute die falschen Schuhe.

»Nope.«

»Und wie kommen wir dann hin?«

Er bleibt stehen, und sein Blick wandert hinüber zu einem Motorrad, das unter der Bahnbrücke steht.

Mit großen Augen starre ich ihn an. »Ich werde total scheiße aussehen, wenn wir ankommen.«

»Nein, wirst du nicht. Komm jetzt.«

Während Dean zwei Helme aus den Seitentaschen zieht, begaffe ich das zweirädrige Fahrzeug.

»Du weißt doch noch, wie man fährt, oder?«

Ich reiße ihm den Helm aus der Hand. »Natürlich weiß ich das noch.« Ich setze den Helm auf und ärgere mich darüber, dass ich heute Morgen so viel Zeit in meine Frisur gesteckt habe. »Sobald wir ankommen, kaufst du mir eine Mütze.«

»Alles klar.« Dann setzt er ebenfalls seinen Helm auf. Es ist merkwürdig, ihn so zu sehen. Auf dem College hat er nie einen getragen. Und sein altes Motorrad ist mit diesem hier überhaupt nicht zu vergleichen. Als Anwalt für Steuerrecht verdient man offensichtlich recht gut.

Er springt zuerst drauf und kickt den Ständer nach oben. Ich steige ebenfalls auf und schlinge ihm die Arme um die Taille. Dann sind wir auch schon bereit zur Abfahrt.

Wir begeben uns ins Getümmel Chicagos. Ich stelle mich schon darauf ein, dass die Fahrt fürchterlich wird, denn am Wochenende herrscht immer Stop-and-go-Verkehr. Aber ich hätte es besser wissen müssen.

Wir sind nicht mal eine Minute unterwegs, schon kommt der wahre Dean zum Vorschein. Statt hinter den Autos zu warten, brettert er nach vorn, drängt ein Auto von der Spur, bevor er fast mit einem Bus zusammenstößt.

»Ich würde heute lieber nicht sterben«, sage ich laut genug, dass er es hören kann. Ich schlinge noch fester die Arme um ihn und presse den Helm gegen seinen Rücken, denn diese Wahnsinnsfahrt kann ich nicht mit ansehen.

»Bei mir kannst du dich immer sicher fühlen.«

Als wir an einer Ampel halten und er die Füße auf den Boden stellt, entspanne ich mich ein wenig. Wir sind nur noch wenige Blocks vom Stadion entfernt. Obwohl ich es eigentlich nicht sollte, hoffe ich, dass er das Motorrad mitgebracht hat, damit wir hinterher noch woanders hinfahren können. Einfach nur fahren – wie früher.

Gerade als ich mich allmählich an seinen Fahrstil gewöhnt habe, taucht vor uns das Wrigley-Stadion auf. Dean hält am Bordstein, klappt das Visier hoch und unterhält sich mit dem Typen vom Parkservice. Dean will ihn nicht mit seinem Motorrad fahren lassen, also weist er ihm den Weg zu einer Gasse.

»Du steigst hier ab«, sagt Dean, und ich muss mich zwingen, mich von ihm loszueisen – wie ein Baby, das man seiner Mutter entreißt. Ich tue zwar so, als würde es mir nichts ausmachen, aber am liebsten würde ich mich sofort wieder an ihn schmiegen.

Deans Unterarmmuskeln spannen sich an, als er das Motorrad wieder zum Leben erweckt und röhrend die Gasse hinunterbrettert.

»Tolles Bike«, sagt der Parkservice-Typ.

Ich nicke.

»Das hier ist nicht das Comiskey-Stadion.« Er mustert mein Shirt. Da er den ursprünglichen Namen des White-Sox-Stadions benutzt, schätze ich ihn auf ungefähr Mitte dreißig.

»Aber sie spielen doch beide.« Ich zucke mit den Schultern.

»Du solltest das Shirt lieber auf deiner Seite der Stadt anziehen.« Sein Lächeln verrät mir, dass er nur Scherze macht, aber trotzdem. Ich fasse nicht, dass Dean es geschafft hat, mich dazu zu überreden, ins Wrigleys zu gehen.

»Sobald wir dieses Jahr die World Series gewinnen, bist du ganz vorn mit dabei.«

Der Kerl lacht übertrieben. »Erstens: Falls es die White Sox überhaupt bis in die Play-Offs schaffen, halte ich lieber Ausschau, ob es Hundert-Dollar-Scheine vom Himmel regnet. Und zweitens bin ich kein Schönwetterfan.«

In diesem Moment fällt uns eine Gruppe Frauen auf, allesamt in Cubs-Ausrüstung. Eine trägt sogar Schuhe mit Baseballs drauf und Rizzos Gesicht auf dem einen Schuh und Bryants Gesicht auf dem anderen. Typische Schönwetterfans.

»Ich wünschte, ich könnte für uns alle sprechen«, sagt er.

Kichernd beobachte ich, wie sich die Damen umschauen und keine Ahnung haben, wo sie hinmüssen.

»Zum Wrigleys geht's da lang, Ladys.« Er deutet auf das gigantische Metallkonstrukt, und wir wechseln einen genervten Blick.

»Bei uns gibt es so was nicht«, bemerke ich.

»Weil ihr sowieso nicht gewinnt.«

Die Sticheleien sind lustig, ein guter Zeitvertreib, während ich auf Dean warte, der gerade um die Ecke biegt.

»Dein Freund gehört zu den Guten.« Der Kerl deutet in Deans Richtung.

»Hast du ihm etwa den Spezialparkplatz zugewiesen, weil er ein echter Cubs-Fan ist?«

»Sei froh, dass du mit ihm zusammen hier bist. Vorher habe ich einen Sox-Fan zum Teufel gejagt.«

Als Dean wieder bei uns ist, legt er den Arm um meine Schulter. *Etwa eifersüchtig?*

»Vielen Dank.« Er steckt dem Kerl vom Parkservice Geld zu.

»Kein Problem.« Ohne nachzuzählen lässt er es in seiner Hosentasche verschwinden. »Los, Cubbies.« Er zwinkert mir zu.

»Ja.« Dean klingt nicht halb so enthusiastisch wie der Parkservice-Typ.

Als wir drin sind und die Treppe hochsteigen, schüttelt Dean den Kopf und sagt: »Da lässt man dich einmal ein paar Minuten allein.«

»Er war total harmlos.«

Ich sollte es nicht mögen, wenn man mich beschützt, aber es gefällt mir trotzdem. Vielleicht liegt es an meinem inneren Schulmädchen, aber die Tatsache, dass er Angst hat, mich zu verlieren, hat etwas zu heißen. Aber gehöre ich überhaupt ihm? Das ist die große Frage.

Nein, ich muss stark bleiben. Es ist nur eine Firmenveranstaltung. Das ist alles. Oder?

• • •

»DEAN!«, ruft ein angetrunkener Typ, und alle Blicke richten sich auf uns.

Sind wir wieder auf dem College, wo keine Party richtig losgeht, bevor Dean da ist?

Als wir den Barbereich betreten, kommt der Kerl direkt auf uns zu. Ich beobachte, wie die Sonne auf das Wrigley-Stadion fällt, am liebsten würde ich den Blick gar nicht abwenden.

»Mr. Heiberman.« Dean streckt ihm sofort die Hand entgegen.

Der Mann sieht zu mir, schüttelt Dean die Hand und hält mir seine riesige, haarige Pranke hin.

»Das ist Chelsea Walsh, meine Freundin«, stellt Dean mich vor.

Ich schüttle ihm die Hand. »Schön, Sie kennenzulernen, Mr. Heiberman.«

»Nennen Sie mich doch bitte Gary«, sagt er, ohne den Blickkontakt zu unterbrechen. »Wir wussten nicht mal, dass Dean eine Freundin hat, bevor er gefragt hat, ob er jemanden mitbringen kann.« Er lehnt sich weiter nach vorn. »So können Sie wenigstens den ganzen Damen heute Abend zeigen, dass er vergeben ist.«

»Ähm. Damen?« Ich setze ein Lächeln auf.

»Dean ist ein ziemlich guter Fang. Von meiner Tochter weiß ich, dass viele der weiblichen Angestellten auf ihn stehen. Jetzt ist mir klar, warum er bisher nicht angebissen hat.«

Hör auf, Magen. Nur weil er kein Interesse an den Frauen in seinem Büro hat, hat das noch lange nichts zu bedeuten. Vielleicht sind sie einfach nicht sein Typ.

»Ach, Mr. Heiberman.« Dean sieht mich an. »Er will mir nur schmeicheln.«

Gary boxt Dean in den Bauch. »Er ist zu bescheiden. Aber jetzt, da wir Sie kennengelernt haben, kennen wir ja den Grund. Sie beide sind ein hübsches Paar.«

Automatisch fasse ich mir ins Haar und frage mich, wie schlimm es nach der Fahrt mit dem Helm wohl aussieht.

»Nun gut, amüsieren Sie sich. Dean verbringt viel zu viel Zeit im Büro. Aber genau dafür lieben wir ihn.«

Eine äußerst merkwürdige Unterhaltung. Würde er nicht ein Sox-Shirt in XXXL tragen, wäre er mir wahrscheinlich völlig egal. Ich meine, wer erzählt bitte der weiblichen Begleitung seines Mitarbeiters von der großen Zahl an Frauen, die auf ihn stehen? Was ist nur los mit den Leuten?

»Komm, ich hole dir ein Bier«, sagt Dean und reißt mich aus meinen Gedanken. Er legt mir die Hand auf den Rücken und führt mich in Richtung Bar. Doch plötzlich werden wir von einer Brünetten aufgehalten, die vor meinen Augen anfängt, mit Dean zu flirten.

Muss ich heute etwa noch jemanden verprügeln?

Kapitel 14

»Hillary, das ist Chelsea«, stellt Dean mich der Brünetten vor, die gekünstelt lächelt, doch ihre Augen versprühen Giftpfeile.

»Schön, dich kennenzulernen.« Vornehm schüttelt sie mir die Hand.

»Freut mich.«

»Wie kommt's, dass du deine Freundin noch nie erwähnt hast?« Sie dreht sich komplett zu Dean, als würde ich überhaupt nicht existieren. Ich verdrehe die Augen.

»Ist noch frisch.«

»Besser gesagt alt«, werfe ich gekünstelt lächelnd ein.

Denkt von mir, was ihr wollt, aber ich hasse es, wenn Frauen sich aufführen, als müssten sie einen Wettbewerb im Weitpinkeln gewinnen. Können wir es anderen Mädels nicht einfach gönnen, mit einem Typen glücklich zu sein? Wenn er bisher nicht auf deine Avancen angesprungen ist, hat er schlichtweg kein Interesse. Such weiter. Warum willst du einen Kerl, der nicht an dir interessiert ist? Du bist mehr wert.

Dean lacht leise und sieht mich mit funkelnden Augen an.

»Dann führt ihr also eine On-Off-Beziehung?«, fragt Hillary.

»Das kann doch nicht dein Ernst sein«, rutscht es mir heraus, bevor ich mich zügeln kann.

Deans Hand landet auf meinen Rippen und drückt leicht zu.

»Wie bitte?« Lediglich ihr Kopf dreht sich zu mir.

»Nichts.« Ich verkneife mir einen weiteren Kommentar. Dafür ist mir Dean echt was schuldig. Ich drehe mich zu ihm und lege ihm die Hand auf die Brust. »Ich hole uns einen Drink.« Ich stelle mich auf die

Zehenspitzen, küsse ihn sanft auf die Wange und sehe Hillary an. »War schön, dich kennenzulernen.«

Sie lächelt, und ich verschwinde, bevor mich jemand anschreit oder gar Fäuste fliegen.

Die Barkeeperin legt mir eine Serviette hin. Zum Glück eine Frau, die nicht auf Dean steht. Zumindest noch nicht. »Was darf's sein?«, fragt sie.

»Nur ein Miller Lite.«

Ich halte den Blick auf den Fernseher gerichtet und verbiete es mir, zu Dean und Hillary zu sehen. Er gehört mir nicht. Ich tue ihm mit meiner Anwesenheit nur einen Gefallen. Ja, er sagt zwar, dass er mich zurückwill, aber ich weiß noch nicht, ob er sich tatsächlich geändert hat.

Ich täusche Interesse vor und starre weiter auf den Fernseher. Manchmal bin ich so gut darin, so zu tun, als wäre mir alles egal, dass es mir Angst macht.

»Dich mag ich.« Die Barkeeperin spült ein Glas, und ich wundere mich, dass nur so wenig Leute hier sind. Das kann unmöglich die ganze Belegschaft sein. »Mutig, ein Sox-Trikot zu tragen.«

»Ich werde nicht so tun, als sei ich Cubs-Fan.«

Lächelnd nimmt sie ein weiteres Glas. Sie ist vielleicht Ende dreißig, an der linken Hand trägt sie einen schlichten Ehering.

»Das ist gut. Bringt sowieso nichts, jemand sein zu wollen, der man nicht ist. Kommt nichts Gutes bei raus.«

»Das stimmt.« Ich nehme einen Schluck von meinem Bier, setze mich auf einen Barhocker und verfolge die Übertragung eines anderen Spiels in einer anderen Stadt.

Ich spüre einen Kloß im Hals. Ihr Satz geht mir nicht aus dem Kopf. Ist es das, was Dean tut? Gibt er nur vor, sich geändert zu haben? Da meine Unsicherheit in diesem Moment stärker ist als mein Stolz, spähe ich zu Dean hinüber, der sich inzwischen mit zwei Männern unterhält. Erleichterung überkommt mich. Ich lasse den Blick durch den Raum schweifen und entdecke Hillary am Eingang der Bar. Sie unterhält sich mit einer Gruppe Frauen. Wahrscheinlich beratschlagen sie gerade, ob ich überhaupt würdig bin, Dean Bennett zu daten.

Kurz darauf gesellt sich Dean zu mir, winkt der freundlichen Barkeeperin zu, auf deren Namensschild Noelle zu lesen ist. »Nur ein Wasser, bitte.«

»Bist du am Verbluten?«, frage ich, und seine große Gestalt nimmt auf dem Hocker neben mir Platz.

»Was?«

»Nachdem sie ihre Krallen in dich hineingebohrt hat.«

Er lacht leise. »Ich habe es schon immer geliebt, wenn du eifersüchtig bist.«

»Du hast ja auch einiges dafür getan, um mich eifersüchtig zu machen.«

Noelle öffnet die Wasserflasche, stellt sie auf die Serviette und schiebt sie Dean zu.

»Sie ist Heibermans Tochter«, beichtet er, und plötzlich ergibt alles Sinn.

»Und sie will dich?«

»Ich bin nicht mehr zu haben.« Er trinkt die Flasche zur Hälfte aus und stellt sie wieder ab.

»Doch, bist du.« Samt Hocker drehe ich mich zu ihm und stelle fest, dass sich die Damen immer noch die Köpfe zerbrechen. Ich kann sie förmlich hören. »Warum verschwendet Dean seine Zeit an sie?« Ich könnte ihnen zig gute Eigenschaften aufzählen, aber wahrscheinlich würden sie es trotzdem nicht verstehen.

»Selbst wenn du nicht meine Freundin sein willst, heißt das nicht, dass ich zu haben bin. Mein Herz gehört allein dir. Daran hat sich nichts geändert.« Sein Gesichtsausdruck ist aufrichtig.

Worte, die Dean vor fünf Jahren niemals gesagt hätte.

Ich fasse ihm an die Stirn. »Geht's dir gut?«

Er ergreift meine Hand und legt sie in seinen Schoß. »Ging mir nie besser.« Als die Nationalhymne ertönt, steht er auf. »Ich glaube, wir sind hier, um uns ein Baseballspiel anzusehen.«

»In der Tat.« Ich lasse zu, dass er mich nach draußen führt. Wir setzen uns auf die gegenüberliegende Seite von Du-weißt-schon-wer.

Wir gesellen uns zu einem anderen Steueranwalt und dessen Frau. Obwohl sie schon ein wenig älter sind, haben sie ihre Freude daran, mich damit aufzuziehen, dass ich Sox-Fan bin. Als die Sox gegen die Cubs einen Punkt erzielen, nehmen sie meine Retourkutsche gelassen.

»Willst du noch ein Bier?« Dean lehnt sich nach vorn, sein Mund ist gefährlich nah an meinem Ohrläppchen.

»Vielleicht ein Wasser.«

Er nickt, steht auf und geht zur Bar.

Keine Minute später setzt sich Hillary auf seinen Platz.

»Hi, ich wollte dir nur sagen, dass ich dich vorhin nicht beleidigen wollte. Aber wenn ein Kerl nicht erwähnt, dass er eine Freundin hat, ist es meist nur ein Techtelmechtel.«

Zuerst starre ich auf ihren Drink – vermutlich ein Long Island Ice Tea –, dann in ihr Gesicht. Hoffentlich benimmt sie sich nur so, weil sie betrunken ist.

»Ich bin alles andere als nur ein Techtelmechtel.« Meine Aufmerksamkeit wandert aufs Spielfeld, wo sich gerade der neue Pitcher aufwärmt.

»Ist doch nicht schlimm. Wie gesagt, ich wollte dich nicht beleidigen.«

Tu dir selbst einen Gefallen, Hillary. Hör auf zu trinken und geh zurück auf deine Seite.

»Hör zu.« Ich drehe mich zu ihr. Das nette Paar hinter uns ist zu höflich, um mich aufzuhalten. »Er will dich nicht. Tut mir leid, dass ich diejenige bin, die dir das sagen muss. Ich weiß, dass du höchstwahrscheinlich ein wenig alkoholisiert bist, aber Dean würde mich auf der Stelle heiraten, wenn ich ihn jetzt fragen würde. Er hat mich ausfindig gemacht, weil er mich zurückwill. Ich merke, dass du ihn schon ziemlich lange magst, und ich verstehe dich, ich bin selbst seit fünf Jahren Single. Man muss tief graben, um einen anständigen Typen zu finden, der noch nicht vergeben ist, und Dean ist ein guter Fang.« Ich lege die

Hand auf ihr Bein, und sie starrt sie an, als hätte sie gerade ein Vogel angekackt. »Du verdienst jemanden, der mit dir zusammen sein will. Der um dich kämpft. Einen Mann, der noch zu haben ist. Versuch also nicht, das Selbstwertgefühl einer anderen Frau zu zerstören, nur weil du ihren Kerl haben willst.«

Mit Daumen und Zeigefinger nimmt sie meine Hand und legt sie zurück in meinen Schoß. »Du hast ja keine Ahnung. Im Moment mag er dich vielleicht noch, aber ich gebe dem Ganzen höchstens zwei Wochen.«

Sie steht auf und geht zurück auf die andere Seite der Tribüne. Als sie weg ist, klopft mir die Frau hinter mir auf die Schulter. Deans große Gestalt schlüpft an mir vorbei. Ohne ein Wort setzt er sich und reicht mir die gekühlte Wasserflasche.

»Danke.«

»Nun ja, ich muss schließlich das Bild des guten Fangs aufrechterhalten.« Ich ramme ihm den Ellbogen in die Rippen, und er tut, als hätte ich ihn verletzt. »Aber mir hat es gefallen, wie du mich für dich beansprucht hast.«

»Da hast du wohl was falsch verstanden«, erwidere ich.

»Das glaube ich nicht.«

»Ich habe gesagt, dass du *mich* für *dich* beansprucht hast.« Ich richte meine Aufmerksamkeit auf das Spielfeld. In diesem Moment würde ich alles tun, um der Anziehungskraft zwischen uns nicht nachzugeben.

»Eines Tages wirst du mich für dich beanspruchen.« Er hebt ein Bein und legt den Knöchel aufs Knie. Dann legt er lässig den Arm um meine Schulter.

»Guter Schachzug«, murmle ich.

»Nun ja, bei Hillary habe ich jetzt sowieso keine Chance mehr, nachdem du sie so zurechtgewiesen hast.« Wieder ramme ich ihm den Ellbogen in die Rippen. »Okay, das hat wehgetan.«

»Gut«, erwidere ich trocken.

»Und jetzt sitzen wir einfach brav da und warten auf die Kusskamera.«

Ich spähe zu ihm hinüber. Wie immer grinst er. »Übertreib's nicht.«

»Ach, komm schon. Ich erwarte gar keinen Kuss, von dem ich wieder einen Steifen kriege, wie gestern im Aufzug. Nur einen ganz kleinen, der keinem wehtut.«

»Tut mir leid, dir das sagen zu müssen, aber für die Kusskamera sitzen wir zu weit oben.«

»Verdammt. Keine Nachos und keine Kusskamera. Was ist das bitte für ein Baseballspiel?«

Ich kichere, und aus irgendeinem Grund sitzen wir plötzlich enger beieinander.

Das Paar hinter uns geht zur Bar, nun sind wir allein. Drüben beim Büfett unterhält Mr. Heiberman Deans Kollegen mit einer Story. Ich glaube nicht, dass er bisher viel vom Spiel mitbekommen hat.

Hillary und ihre Freundinnen haben inzwischen an einem Tisch Platz genommen. Wir und ein paar vereinzelte Mitarbeiter sind die Einzigen, die sich wirklich das Spiel ansehen.

»Macht es dir was aus?« Ich stelle die Frage, die mir schon den ganzen Tag im Kopf herumschwirrt. Ach, was sage ich. Seit er mich gefragt hat, ob ich ihn zum Spiel begleite.

»Was? Dass wir uns ein Baseballspiel ansehen?« Seine Stimmung verändert sich, und ich bereue umgehend, das Thema angeschnitten zu haben. Aber wenn er sich wirklich geändert hat, dann werde ich es jetzt herausfinden. Ich muss es einfach wissen.

»Dass du selbst auf dem Spielfeld stehen könntest«, sage ich sanft.

Er zuckt mit den Schultern. »Vielleicht hätte ich es gar nicht geschafft. Ich meine, die Leute gehen davon aus, dass ich groß rausgekommen wäre, aber dafür gab es nie eine Garantie. Ich könnte jetzt auch in einem Bus zu einem Regionalligaspiel sitzen.«

»Denkst du oft darüber nach?«

»Natürlich. Es war mein großer Traum.«

Dean war schon kurz davor, in ein Team aufgenommen zu werden, bevor er in einer Bar mit einem Typen aneinandergeraten ist, der ihm die Schulter ruiniert hat. Kein Team will einen Pitcher mit einer verletzten Schulter. Plötzlich blieben die Anrufe der Teamscouts aus, und Dean verfiel in eine Depression. Eine Depression, die uns unsere Ehe gekostet hat.

»Aber …«

»Nein, ich versinke nicht in Selbstmitleid.« Er sieht mir direkt in die Augen, als wollte er, dass ich darin die Wahrheit erkenne. »Ich bin gern Anwalt für Steuerrecht. Ob du's glaubst oder nicht. Ob ich mir manchmal ausmale, wie es gewesen wäre? Ständig. Aber es gibt Wichtigeres im Leben, als Profibaseballer zu sein.«

»Früher hast du das anders gesehen.« Selbst mir fällt die Verbitterung in meinem Ton auf, also nehme ich schnell einen Schluck Wasser, um den Kloß im Hals hinunterzuspülen.

»Ich habe dir gesagt, dass ich mich geändert habe. Ich lüge nicht, Chelsea. Ich weiß, dass ich unsere Beziehung zerstört habe. Und ich versichere dir, dass es kein zweites Mal passieren wird.«

Mir kommt das Sprichwort »Die Katze lässt das Mausen nicht« in den Kopf.

»Das heißt, du beschäftigst dich lieber mit Steuern, als da draußen zu stehen?« Ich deute auf das Spielfeld.

»Wenn es bedeutet, dass ich mit dir zusammen sein kann, dann jederzeit.«

»Oh Mann, das sind große Worte heute Abend.« Lächelnd schüttle ich den Kopf.

Er zwinkert. Das Zwinkern, das meinen Bauch zum Kribbeln bringt. »Und? Funktioniert es?«

Ich hebe Daumen und Zeigefinger und deute eine kleine Lücke an.

»Wie wäre es mit einer Wette?« Er sieht hinüber auf die Spielstandanzeige, und ich tue es ihm gleich.

Cubs neun Punkte. Sox acht. Knappes Spiel.

»Lass mich raten. Irgendwas Sexuelles?«

»Was sonst?«, fragt er und hebt eine Augenbraue.

»Bei dir? Stimmt.« Ich kichere.

Er dreht sich zu mir, das Spiel interessiert ihn nicht länger. »So bringe ich dich dazu, Dinge zu tun, die du eigentlich machen willst, es aber nicht zugibst, weil du zu stur bist.« Er ergreift meine Hand und drückt sie.

»Vielleicht will ich dein Spielchen aber nicht mitspielen.« Ich verschränke die Arme vor der Brust.

»Oh doch, du willst. Wie wäre es damit? Derjenige, der gewinnt, kriegt danach was Leckeres.«

»Einen doppelten Cheeseburger? Deal.« Ich halte ihm die Hand entgegen.

Er sieht auf meine Hand und wieder in meine Augen. »Ich glaube, ich muss mich deutlicher ausdrücken. Derjenige, der gewinnt, darf Stufe zwei betreten.«

»Und Stufe eins lassen wir aus?«

»Die würde ich bei dir niemals auslassen, Chels.«

Seine Worte bringen das Blut in meinen Adern zum Kochen, doch ich versuche, es zu ignorieren. »Warum habe ich das Gefühl, bei diesem Deal den Kürzeren zu ziehen? Ich darf dann deine Nippel anfassen. Juhu.«

Er spreizt die Beine. »Du kannst gern direkt zu Stufe drei übergehen.«

Hitze schießt mir in die Wangen. »Nun ja, du aber nicht.«

Wir schlagen ein. Plötzlich ist das Spiel noch viel interessanter.

Kapitel 15

Die Sonne geht langsam unter, und ich lächle in mich hinein, während Dean den Lake Shore Drive hinabbrettert.

Die Arme habe ich fest um seine Taille geschlungen, meine Wange presst sich gegen seinen Rücken. Schade, dass ich diesen Helm tragen muss. Nur zu gern hätte ich seine Wärme auf meiner Haut gespürt. Ich fühle, wie sich seine Muskeln bewegen, während er das Motorrad zwischen den Autos hindurchmanövriert. Vom See weht eine kühle Brise herüber, und ich bin froh, dass ich mein Sweatshirt angezogen habe, bevor wir losgefahren sind.

Die Fahrt endet viel zu schnell. Er bremst ab, parkt an der Bordsteinkante, der Michigansee liegt zu unserer Linken, der Grant Park zu unserer Rechten. Er klappt den Ständer herunter, steigt ab und hält mir die Hand hin.

Nachdem er die Helme in den Seitentaschen verstaut hat, gehen wir Hand in Hand den Bürgersteig entlang. Der Buckingham-Brunnen rückt in unser Sichtfeld, Lichter erhellen die Wasserfontänen, die aus dem Betonfundament herausschießen.

»Wegen deiner Frage vorhin ...«

Auf der fünfminütigen Fahrt vom Stadion hierher hat sich seine Stimmung von flirtend zu ernst verändert, was mich nervös macht.

»Ja?«

»Ich habe nicht alles gesagt, was ich hätte sagen sollen.«

Die Kieselsteine knirschen unter unseren Sohlen, und ich bewundere die schöne Szenerie vor uns – die Wasserfontäne mit der Skyline

Chicagos im Hintergrund. Der Anblick steht in völligem Kontrast zu der Unterhaltung, die wir gleich führen werden. Ich habe sie so lange wie möglich hinausgezögert, aber an Deans Gesichtsausdruck erkenne ich, dass es nun kein Entrinnen mehr gibt. Trotzdem. Ich weiß nicht, ob ich schon bereit bin, über ... alles zu sprechen.

»Was denn?«

»Ich bereue nur eine Sache.«

»Du solltest nichts bereuen.«

Er stoppt mich und platziert mich auf einer Bank in der Nähe des Springbrunnens. »Bitte lass mich ausreden.«

Ich wende mich ihm zu. Er klingt frustriert.

»Ich bereue nur eine Sache«, wiederholt er mit intensivem Blick.

»Die Schlägerei? Ich weiß. Das war scheiße.«

»Meine Güte, Chelsea.« Er klingt sauer, und ich kapiere nicht wieso.

»Was?«

»Hör mir zu.« Er packt mich an den Schultern und drückt leicht zu. »Es geht nicht um die Schlägerei. War nicht mein bester Moment, aber das ist es nicht.«

Ich schweige und gebe ihm mit einem Blick zu verstehen, dass ich ihn nicht mehr unterbrechen werde.

»Es geht um dich. Dich verloren zu haben, bereue ich am allermeisten.« Seine Stimme wird brüchig, und er nimmt meine Hand in seine. »Ich versuche, es langsam angehen zu lassen. Ich versuche, dich nicht unter Druck zu setzen. Aber bitte sag mir, dass wir uns vorwärtsbewegen.« Er klingt verzweifelt. Als hätte er nur noch eine Minute zu leben und würde auf dem Sterbebett zu einer höheren Macht sprechen.

»Dean.« Seufzend ziehe ich meine Hand weg und gehe auf den Springbrunnen zu.

»Warum kannst du mir darauf keine Antwort geben?« Er stellt sich neben mich.

Zum Glück verweilen hier nicht viele, und die, die hier sind, schenken uns keine Beachtung. Ich seufze erneut. »Du verlangst eine ganze Menge von mir.«

Ich bewundere die Fontänen, die Farben und versuche mal wieder, die Anziehungskraft zwischen uns zu ignorieren.

»Was kann ich noch tun, damit du uns eine echte Chance gibst?«, fragt er.

»Ich bin zweimal mit dir ausgegangen, wir haben uns geküsst, und wenn wir unsere Wette tatsächlich einlösen, darfst du mich heute Abend befummeln.« Ich drehe mich zu ihm. Ein Lächeln umspielt seine Lippen.

Natürlich. Welcher Kerl will bitte keine Möpse anfassen?

»Ich mache es nur, wenn du es willst. Aber du willst es doch, oder?« Leise lachend schlingt er die Arme um meine Taille und zieht mich zu sich. »Ich weiß, dass du es fühlst.« Er streicht mir eine Haarsträhne hinters Ohr. »Wann fängst du endlich an, ehrlich zu dir selbst zu sein?«

Die Jahrhundertfrage.

Man kann doch jemanden wollen, ohne sich auf ihn einzulassen, weil man genau weiß, dass er einem nicht guttut, oder?

»Ich kann es nicht leugnen, Dean. Aber das ist nicht der Grund, warum ich zögere.« Statt mich von ihm zu entfernen, rücke ich näher an ihn heran. Ich muss seine Nähe spüren. Ich will, dass er mich hält. Ich brauche die Geborgenheit seiner Umarmung. »Ich habe Angst.« Ich stütze das Kinn auf seine Brust und sehe zu ihm auf. »Ich überlebe es nicht, wenn du mir noch mal das Herz brichst.« Eine einzelne Träne rinnt mir über die Wange. »Du hast mich hinterher nicht erlebt.«

»Du mich auch nicht.« Er wischt die Träne mit dem Daumen weg, bevor sie herunterfällt. »Ich war vielleicht der Grund für unsere Scheidung, das heißt aber nicht, dass es für mich einfacher war. Es hat lange gedauert, bis ich mich wieder auf die Reihe gekriegt habe, aber ich habe es geschafft. Es hat lange gedauert, bis ich nach dir gesucht habe, aber jetzt bin ich hier. Und ich werde warten, bis du so weit bist, Chelsea. Sag mir nur, dass ich auf dem richtigen Weg bin. Sag mir, dass ich diesen Kampf gewinnen werde, dann werde ich weiterkämpfen.«

Ich blicke in seine schokobraunen Augen. Bevor ich richtig darüber nachdenken kann, lasse ich mein Herz für mich sprechen. Ich stelle mich auf die Zehenspitzen, halte mich an seinen Schultern fest und drücke meinen Mund auf seinen. Wärme durchströmt meinen Körper, und ich sinke zurück auf die Fersen. »Du gewinnst.«

Langsam schiebt er seine Hand in meinen Nacken und zieht mich zu sich, ein Arm fest um meine Taille geschlungen, mit der anderen Hand hält er meinen Kopf.

»Hier.« Er lässt mich los, kramt in seiner Hosentasche und zieht zwei Pennys hervor. Einen davon gibt er mir. »Wünsch dir was.«

Ich nehme die Münze und gehe zum Brunnenrand. Ich schließe die Augen und wünsche mir etwas, das ich mir schon einmal gewünscht habe. Hunderte Kilometer entfernt an einem Brunnen auf dem Vegas Strip. Diesmal geht mein Wunsch hoffentlich in Erfüllung.

Dean küsst seinen Penny und wirft ihn hinein.

»Was hast du dir gewünscht?«, frage ich.

»Hoffentlich dasselbe wie du.« Wieder ergreift er meine Hand. »Und jetzt musst du mir alles erzählen, was in den letzten fünf Jahren passiert ist.« Er führt mich einen Weg entlang, der weiter hinein in den Grant Park führt.

Ich kichere. »Kurz gefasst habe ich meinen Abschluss gemacht, hatte jede Menge Jobs, bis ich meinen jetzigen ergattert habe.«

»Komm schon. Ich will Details. Ich will das Gefühl haben, die ganze Zeit dabei gewesen zu sein.«

»Nun ja, ich habe unser Apartment verlassen und saß eine Stunde lang im Auto …«

Kurz runzelt er die Stirn und sagt: »Spulen wir lieber ein paar Monate vor.« In seinem Ton schwingt kein bisschen Wut mit, nur ruhige Akzeptanz.

»Ich bin in die Stadt gezogen.«

Eine Stunde lang erzähle ich ihm von meiner Ausbildung, davon, wie anders das Leben in der Großstadt ist im Vergleich zu der Kleinstadt, in der wir uns kennengelernt haben. Wir reden darüber, dass ich keinen Job gefunden habe, der mir Spaß gemacht hat, und wie ich schließlich bei RISE gelandet bin. Über meine Eltern, Skylar und Beckett, Zoe und Vin. Schließlich gibt er zu, dass er Mikey vor drei Jahren mal in einem Club getroffen hat. Als er ihn nach mir gefragt hat, hat Mikey ihm eins auf die Nase gegeben.

»Hat er nicht!« Entsetzt schlage ich die Hand vor den Mund, während wir uns seinem Motorrad nähern.

»Ich habe ihm gesagt, dass du mir fehlst und habe ihn nach deiner Nummer gefragt.« Er reicht mir den Helm.

»Das fand er wahrscheinlich nicht so gut.« Ich setze ihn auf.

»Ich musste meinem Chef erzählen, ich hätte beim Basketball einen Ellbogen ins Gesicht bekommen.«

»Warum hast du so lange gewartet? Du hättest im Internet nach mir suchen können.«

»Es war noch nicht der richtige Zeitpunkt. Ich bin froh, dass Mikey das wusste.« Er setzt seinen eigenen Helm auf. »Wie wär's mit einer Spritztour? Wie früher.«

Ich lächle. »Ich dachte schon, du würdest nie fragen.«

»Die Sonne geht ziemlich schnell unter. Nur eine kurze Fahrt den Lake Shore Drive hinauf und dann zurück zu deinem Apartment.«

Ich nicke und steige auf das Motorrad, bereit, wieder meine Koalaposition einzunehmen. »Dean?«

»Ja?« Er wartet, bevor er den Motor startet.

»Lass uns danach zu dir fahren.«

Ohne sich umzudrehen legt er seine Hand auf meine, die auf seinem Bauch liegt.

»Bist du dir sicher?«

Ich schlinge ihm noch fester die Arme um die Taille und drücke meinen Kopf gegen ihn. »Ja, ich bin mir sicher.«

»Willst du trotzdem noch eine Spritztour machen?«

Ich kichere. »Eine romantische Fahrt am See entlang ist doch ein großartiges Vorspiel.«

»Scheiß auf das Bike. Da habe ich ganz andere Moves drauf.«

Er dreht den Schlüssel im Zündschloss, und das Motorrad erwacht röhrend zum Leben. Er macht einen U-Turn und fährt in die andere Richtung.

Mit großen Schritten steuere ich auf die Klippe zu. Hoffentlich befindet sich unter mir tiefes Wasser und nicht nur scharfkantige Felsen.

...

Fünfundvierzig Minuten später ist die Sonne hinter dem Horizont verschwunden. Als wir in eine Garage fahren, erwache ich allmählich aus meinem benommenen Zustand. Dean stellt das Motorrad ab, führt mich schweigend zum Aufzug und drückt den Knopf.

Er hält meine Hand, und mein Körper ist sich seiner Nähe mehr als bewusst. Ich kann an nichts anderes denken, als an das, was wir gleich tun werden.

Er drückt die Taste für das neunzehnte Stockwerk. Schweigend fahren wir nach oben. Geht es ihm wie mir? Wir sind kurz davor, eine Entscheidung zu treffen, die wir nicht mehr zurückziehen können.

Die Türen gleiten auf. Mit einer Handbewegung bedeutet er mir voranzugehen. Dann verschwindet meine Hand sofort wieder in seiner. Während wir Tür um Tür passieren, hämmert mein Herz wie verrückt, bis wir schließlich vor der Tür am Ende des Flurs stehen bleiben. Apartment neunzehn einundzwanzig.

Dean lebt in Apartment Nummer neunzehn einundzwanzig.

Irgendwie ist es seltsam, dass ich bisher nicht gewusst habe, wo er wohnt. Ich bin gespannt, was mich auf der anderen Seite der Tür erwartet.

Nur vier kurze Monate habe ich mit Dean zusammengelebt. Ich kannte seine schlechten Angewohnheiten – dass die Zahncreme überall im Waschbecken klebte, er die leeren Shampooflaschen in der Dusche stehen ließ und nie das Geschirr abspülte, bevor er es in die Spülmaschine steckte. Ich wusste, wie er morgens roch und dass er nicht einschlafen konnte, ohne die Hand auf meinen Hintern zu legen.

Jetzt weiß ich nichts mehr über ihn. Ich dachte, ich wüsste alles, aber jetzt wird mir klar, dass ich den Mann neben mir nicht mehr kenne.

»Du musst nicht, wenn du nicht willst«, sagt er, als er merkt, wie ich die Tür anstarre.

»Doch, ich will.« Ich sehe ihn an.

Er lächelt sanft und ist wohl froh, dass ich den nächsten Schritt wagen will. »Willkommen in deinem zukünftigen Zuhause.« Er öffnet die Tür und hält sie für mich auf.

Ich schlage ihm auf den Bauch und versuche, meine Erwartungen herunterzuschrauben, während ich die Schwelle übertrete.

»Das kann doch nicht dein Ernst sein.« Ich beuge mich herunter. »Versuchst du etwa, mich zu bestechen?«

Kapitel 16

»Das ist Grover«, sagt Dean hinter mir und schließt die Tür. »Ich muss kurz mit ihm raus.« Er schlendert zum Tisch neben der Eingangstür und schnappt sich eine lange schwarze Hundeleine.

Der Hund rollt sich auf den Rücken und lässt sich von mir streicheln, als er aber das Klicken der Leine hört, springt er schwanzwedelnd auf.

»Ich hätte nie gedacht, dass mich mein Hund mal ausbremsen würde. Nicht abhauen, okay?«

Ich kichere. »Ich komme mit.«

»Wirklich?« Dean wirkt überrascht, und ich verstehe gar nicht warum, schließlich bin ich verrückt nach Hunden.

»Ich könnte auch hierbleiben und ein bisschen rumschnüffeln.«

»Komm, es ist ein schöner Abend für einen Spaziergang.« Er legt den Arm um meine Schultern und tut, als wollte er mich nicht allein in seiner Wohnung lassen.

Ich geb's zu, ich schnüffle tatsächlich gern herum – und das will ich Dean nicht antun.

Wir verlassen das Apartment und gehen zum Aufzug. »Was ist das für eine Rasse?«

»Bulldogge.«

»Er sieht aus, als würde er sabbern. Verliert er viel Fell?«

Dean lacht leise. »Stellst du dir schon vor, wie du hinter ihm herräumst?«

»Du machst dir viel zu große Hoffnungen.«

»Ich bin optimistisch. Das ist was anderes.«

Der Aufzug klingelt, die Türen öffnen sich, und wir steigen ein. Während wir hinabfahren, hechelt Grover melodiös vor sich hin. Ich beobachte, wie sein Sabber in einem langen Faden zu Boden tropft.

Bitte nicht schütteln. Bitte nicht bewegen.

Als hätte er meine Gedanken gehört, blickt er neugierig zu mir auf. Der ekelhafte Sabberfaden löst sich und landet auf dem Teppich.

»Was hätte gegen einen Labrador oder Golden Retriever gesprochen? Oder einen kleinen Pudel?«

Die Aufzugstüren öffnen sich, und wir betreten ein großes Foyer, das mit Messing und Marmor ausgestattet ist. »Ein Portier? Nicht schlecht.«

»Nun ja, ich bin schließlich Anwalt.« Er richtet sich auf und tut, als wäre er der Größte, aber ich weiß, dass es nur gespielt ist.

Als ich vor fünf Jahren abgehauen bin, lag er völlig komatös auf einer Matratze, ohne Bettgestell und ohne Lattenrost. Wir aßen von Papptellern – und zwar von den billigen, von denen man sich automatisch zehn nimmt, weil es schier unmöglich ist, sie auseinanderzubekommen. Kein Tafelbesteck, keine Gläser. Aber wir aßen sowieso kein Steak, für das man ein anständiges Messer gebraucht hätte. Wir waren Collegestudenten. Alles, was wir hatten, war Liebe. Aber das war nicht genug.

Jetzt lebt er in einer Eigentumswohnung und hat einen Portier, der ihm die Türen öffnet. Allein das Foyer ist größer als unsere damalige Wohnung. Eigentlich sollte ich nicht überrascht sein. Damals hat er alles dem Baseball geopfert, auch mich. Warum sollte er das nicht auch für sein neues Ziel tun, nachdem der Traum von der Profiliga ausgeträumt war?

Plötzlich kommt mir ein Gedanke, als hätte man in meinem Kopf eine Glühbirne angeknipst. Mir wird klar, dass er mit derselben Hartnäckigkeit versuchen wird, mich wieder herumzukriegen. Der Sache bin ich nicht gewachsen.

»Clark, das ist Chelsea. Chelsea, das ist Clark.«

Der große Mann erhebt sich hinter der Theke. »Schön, Sie kennenzulernen, Miss …«

»Walsh. Aber bitte nennen Sie mich doch …«

»Guten Abend, Miss Walsh. Was für ein herrlicher Abend für einen Spaziergang.« Er umrundet die Theke und sieht Grover an. »Was geht ab, Grover? Scheint, als hättest du heute Abend Gesellschaft.« Er wirft Dean ein Lächeln zu.

»Hoffentlich zeigt er sich von seiner besten Seite und vergrault sie nicht«, scherzt Dean und geht zur Tür.

Clark beeilt sich hinterherzukommen.

»Ich mach das schon, Clark.« Dean öffnet die Tür, doch Clark übernimmt.

»Danke«, sage ich.

Clark nickt. »Gern geschehen. Viel Spaß beim Gassigehen, Grover.«

Die Tür schließt sich, und wir drei gehen nebeneinander her. Grover scheint gut an der Leine zu laufen. Vielleicht kostet es ihn aber auch schon genug Energie, den pummeligen Körper auf den vier Beinen zu halten.

»Ganz in der Nähe befindet sich ein Hundepark. Nachdem er sein Geschäft verrichtet hat, können wir wieder zurück. Grover macht sich nicht viel aus Bewegung.«

»Alles klar.«

Wir gehen die Straße hinab, Dean in der Mitte, die Leine in der linken Hand. Seine rechte Hand tastet nach meiner. Als sich unsere Finger ineinander verschränken, bekomme ich Gänsehaut. Mittlerweile habe ich mich an diese Art von Zuwendung gewöhnt, und obwohl mein Körper mehr will – so liebevoll sind wir noch nie miteinander umgegangen.

»Was ist nur schiefgelaufen?«, frage ich unter dem dunklen Nachthimmel. Zwischen den Hochhäusern zu beiden Seiten sind nur vereinzelte Sterne auszumachen.

»Ich. Ich bin schiefgelaufen.«

»Nein, dazu gehören immer zwei. Ich habe nicht gerade um uns gekämpft.«

»Chels.« Mitten auf dem Bürgersteig bleibt er stehen. Grover hechelt, als wären wir gerade den Chicago-Marathon gelaufen. »Du hast das Richtige getan.«

Mein Blick wandert zu einem Paar, das lachend und Hand in Hand an uns vorbeischlendert. Der Mann nickt uns zu, die Frau lächelt. Höflich tun wir es ihnen gleich.

In meiner Brust macht sich die Angst breit, dass ich niemals das haben werde, was die beiden haben. Dean und ich sind entweder so heiß, dass wir schnell verglühen, oder so kalt, dass wir wie festgefroren sind. Wir schaffen es einfach nicht, die goldene Mitte zu finden.

»Manchmal denke ich, ich hätte ...«

»Nicht«, unterbricht er mich. »Ich will nicht, dass du irgendwas bereust.« Wir erreichen einen Zaun aus schwarzen Eisenstangen. Dean öffnet das Tor zum Hundepark, wir treten ein und schließen es hinter uns.

»Guten Abend«, grüßt Dean eine Frau Mitte fünfzig, die mit ihrem kleinen Pudel unterwegs ist.

Sie lächelt zuerst Grover an und dann uns. »Herrlicher Abend.«

»Eine perfekte Frühlingsnacht. Der Sommer steht vor der Tür«, antworte ich.

Dean führt uns zu einer weißen Wand aus Stein, setzt sich und lässt Grover von der Leine. Er watschelt umher und beschnüffelt die Bäume und das Gras. Wieder ergreift Dean meine Hand und legt unsere Hände in seinen Schoß. »Ich weiß, dass wir eine Menge Mist zu verarbeiten haben, aber ich wünschte, wir könnten das alles hinter uns lassen und noch mal von vorn beginnen.«

»In einer perfekten Welt könnten wir das«, erwidere ich.

Sein Blick bleibt auf Grover gerichtet, der so langsam geht wie meine Großmutter Rita.

»Glaubst du, du kannst mir je verzeihen?«

Der Mann neben mir ist nicht der Dean, den ich mal gekannt habe. Er ist nicht der Mann, den ich damals geheiratet habe. Der Mann von früher wäre davon ausgegangen, dass ich ihm nach einer flapsigen Entschuldigung sofort verzeihe.

»Sonst wäre ich jetzt nicht hier. Aber ich zögere, Dean. Ich mag vielleicht diejenige gewesen sein, die gegangen ist, aber damit habe ich mir selbst das Herz gebrochen, bevor du es tun konntest.«

Er sieht mich an. Seine Augen sind wie zwei Fenster, durch die ich erkennen kann, wie sehr ihn meine Worte getroffen haben.

»Ich sage das nicht, um dich zu verärgern.«

Noch bevor ich den Satz zu Ende gesprochen habe, schüttelt er den Kopf. »Ich weiß.«

»Ich habe Angst, dass mein Herz noch einmal gebrochen wird. Aber du hattest recht.«

»Ich hatte recht?« Sein Ton klingt nun ein wenig heiterer, was mich zum Lächeln bringt.

»Na ja, ein blindes Huhn findet auch mal ein Korn.« Ich stoße ihn mit der Schulter an. »Du hast immer noch dieselbe Anziehungskraft auf mich wie früher, als ich achtzehn war. Ich glaube zwar nicht an Schicksal, aber das kann ich nicht leugnen.«

Er lässt meine Hand los und dreht sich mit dem ganzen Körper zu mir. Alles verlangsamt sich. Ich denke nicht mehr daran, dass wir uns in der Öffentlichkeit befinden oder an die Dame auf der Parkbank. In diesem Moment gibt es nur noch Dean und mich. Er hebt die Hände und legt sie mir an die Wangen. Als sich sein Mund auf meinen zubewegt, versprühen seine Augen so viel Liebe, dass mich meine Gefühle zu übermannen drohen.

Er nähert sich ohne Eile. Man könnte sogar denken, es wäre unser erster Kuss, so behutsam wie sein Mund auf meinem landet. Sanft fährt er mit der Zunge über meine Lippen, und ich öffne sie für ihn. Unter dem Nachthimmel Chicagos küssen wir uns, das leise Rauschen der Wellen dringt vom See zu uns herüber, von weiter weg hört man die Geräusche des chaotischen Nachtlebens einer Großstadt. Irgendwie schaffen wir es, die goldene Mitte zu finden. Wir genießen den Kuss wie einen langsamen Tanz, der ewig währen könnte.

Als Grovers Vorderpfoten auf meinen Schenkeln landen, weiche ich zurück. Dean lässt sich Zeit, seine große Hand schmiegt sich noch immer an meine Wange. »Ich muss wohl ein ernstes Wörtchen mit ihm reden.«

Ich lächle den hechelnden Grover an, der eben auch ein bisschen Aufmerksamkeit will, und lege den Kopf auf Deans Schulter.

»Ich glaube, so etwas haben wir noch nie getan«, sage ich mit leiser Zufriedenheit.

Er drückt mein Knie. »Ich glaube, wir werden langsam alt.«

Nachdem ich Grover kurz gestreichelt habe, legt er sich zu unseren Füßen nieder.

»Es gefällt mir«, sage ich.

»Mit dir gefällt mir alles.«

Wieder regen sich Schmetterlinge in meinem Bauch. Ich liebe es, wenn Dean und ich nicht genug voneinander kriegen, aber ich mag auch das hier.

»Ich werde heute nicht mit dir schlafen.«

Er lacht leise. »Okay.«

»Es ist nicht so, als würde ich nicht wollen. Mein Körper bettelt förmlich danach, dir die Klamotten vom Leib zu reißen, sobald du einen Raum betrittst.« Wieder lacht er. »Aber ich will trotzdem die Nacht mit dir verbringen.«

»Okay.«

Ich hebe den Kopf und schlinge die Arme um seinen Hals. »Du bist so zuvorkommend.« Ich küsse ihn auf die Wange, und sofort landet Grovers Pfote auf Deans Knie.

»Ich kann mich nicht beschweren. Ich habe ohnehin schon viel mehr bekommen, als ich überhaupt verdiene. Es ist mir egal ... na ja ... ich will nicht lügen. Ich will dich so sehr wie damals, als du dir die Catcher-Ausrüstung meines Teamkollegen borgen wolltest und nichts drunter hattest. Aber was ich eigentlich sagen will, ist, dass mir das hier vollkommen genügt.«

Als ich an diesen Moment zurückdenke, muss ich kichern. Wie ungeniert ich doch war.

Dean lehnt sich nach vorn und befestigt die Leine an Grovers Halsband. Dann steht er auf und streckt mir die Hand entgegen. Wir machen uns auf den Rückweg zu seinem Apartment. Als wir uns dem Gebäude nähern, kann ich noch immer nicht fassen, dass er nun in einer so schicken Wohnung lebt. Versteht mich nicht falsch. Nach der Hochzeit hatten wir uns oft darüber unterhalten, wie viel Geld er als professioneller Baseballspieler verdienen würde. Darüber, was wir uns alles kaufen würden. Dass wir Kindermädchen haben würden, damit ich zu jedem Spiel kommen und gemeinsam mit ihm und dem Team auf Reisen gehen könnte. Hirngespinste armer Kids. Jetzt, da ich älter und klüger bin, glaube ich nicht mehr, dass ich meinem Mann von Stadt zu Stadt folgen würde.

Als wir das Foyer des Wohngebäudes betreten, erhebt sich Clark von seinem Stuhl. »Wie war der Spaziergang?«, fragt er und sieht Grover an, der seine Zunge heraushängen lässt und so wirkt, als müsste er sich dringend ausruhen.

»Es ist ein wunderschöner Abend«, erwidert Dean und drückt den Knopf des Aufzugs.

»Das liegt bestimmt an der wunderschönen Begleitung.« Clark deutet mit dem Kopf auf mich, und ich bin mir sicher, dass ich gerade knallrot werde.

»Das stimmt«, erwidert Dean und tastet nach meiner Hand. »Erstaunlich, wie sich alles ändert, wenn man eine tolle Frau an seiner Seite hat.«

Clark lächelt, und die Türen des Aufzugs öffnen sich. »Einen schönen Abend noch«, sagt er.

»Gute Nacht, Clark.« Wir winken ihm zu, und die Türen schließen sich.

»Ich kann immer noch nicht fassen, dass du einen Portier hast.«

»Die halbe Stadt hat einen.«

Ich schüttle den Kopf. Er ist verrückt.

»Ich würde dich ja fragen, ob du bei mir einziehen willst, aber ich will nicht den Abend ruinieren.«

»Hörst du eigentlich jemals auf, so zu drängen?«, frage ich.

»Nein.«

»Na gut.« Ich zucke mit den Schultern.

Die Aufzugstüren öffnen sich, und kurz darauf stehen wir vor seiner Wohnung.

»Aber ich will dir all das geben, was ich früher nicht konnte«, murmelt er, während er die Tür hinter uns schließt und Grover von der Leine nimmt.

»Hätte ich das etwa nicht hören sollen?«, frage ich und bleibe stehen. Auch wenn ich mich mit Dean wohlfühle – seine Wohnung verrät mir, dass er nicht mehr der ist, den ich mal gekannt habe.

»Was zu trinken?«, fragt er, umrundet mich und geht in die Küche, die sich an das Wohnzimmer anschließt.

»Gern.«

Ich folge ihm, setze mich auf einen der Barhocker und beobachte ihn. Das einzige Geräusch kommt von Grover, der Wasser aus seiner Schüssel schlabbert. Dean beugt sich hinunter zum Gefrierschrank, und ich genieße die freie Sicht auf seinen Hintern. Wenn ich doch nur ein wenig Kleingeld bei mir hätte.

»Milchshake?« Er zieht eine Packung Vanilleeis heraus, tritt die Tür des Gefrierschranks zu, öffnet den Kühlschrank und zaubert eine Flasche Schokosoße hervor.

Dieser Mann und seine Schokoshakes.

»Perfekt.« Ich lächle ihn an.

Während er nach dem Stabmixer und weiteren Utensilien kramt, fühle ich mich irgendwie nutzlos. Wenn man in einer Großfamilie aufgewachsen ist, kann man nicht einfach tatenlos herumsitzen, während die anderen arbeiten.

»Verrätst du mir, wie du das gemeint hast?«, frage ich.

Er stützt die Hände auf die Granitplatte und sieht mir direkt in die Augen. »Ach, nichts. Als ich mir die Schulter kaputt gemacht habe, habe ich gleichzeitig die Möglichkeit ruiniert, dir ein Leben wie dieses hier zu bieten.« Er hebt die Hand. »Bevor du etwas sagst, ich weiß, dass ich dir nicht alles hätte bieten können, wenn es geklappt hätte. Zumindest nicht sofort. Aber wenn ich es geschafft hätte, hätte es dir an nichts gemangelt.«

Ohne den Blick von ihm zu wenden, rutsche ich vom Hocker und umrunde die Theke. Als ich mich ihm nähere, dreht er sich zu mir, und ich lege ihm die Hände an die Wangen. »Glaubst du, deshalb habe ich dich geheiratet?«

»Nein, aber es hat bestimmt zu deiner Entscheidung beigetragen.« Er will sich wegdrehen, doch ich halte ihn fest und zwinge ihn, mir in die Augen zu sehen.

»Willst du wissen, warum ich dich geheiratet habe?«

Er schweigt.

»Ich werde es dir sagen.« Langsam und verführerisch lasse ich die Hand über seine Brust gleiten, hinunter zu seinem Schritt. *Keine gute Idee. Gar keine gute Idee.* »Deshalb. Weil du einen riesigen Schwanz hast.«

Seine Augen leuchten auf, und ich spüre, dass er einen Steifen bekommt. Ich weiß, dass ich ihn gerade reize, aber ich wollte nur die Stimmung auflockern. Ich bin es nicht gewohnt, dass es zwischen uns so ernst ist.

Ich weiche zurück und beginne, das Eis in den Mixer zu kratzen. Plötzlich steht er hinter mir und packt mich an den Hüften, seine Brust presst sich gegen meinen Rücken, und ich spüre seinen Schwanz an meinem Hintern.

»Du spielst mit dem Feuer«, raunt er.

»Ich mag Zündhölzer.«

»Ich habe aber keinen Feuerlöscher.« Er nimmt die Schokosoße und drückt etwas davon in den Mixer.

»Gut.«

Als er die Milch hinzufügt, spannen sich die Muskeln in seinem Unterarm an. Ich schließe die Augen, atme tief ein und versuche, meinen Sexhunger im Zaum zu halten. Dean hatte schon immer die schönsten

Unterarme. Die Unterarme eines Pitchers. Wenigstens eine Sache, die sich nicht verändert hat.

Ich setze den Deckel auf den Mixer und drücke die ON-Taste.

Wir bereiten weiter unsere Milchshakes vor, als hätte er mir nicht eben seine verletzliche Seite offenbart. Ich hasse mich dafür, dass ich ihn nicht habe ausreden lassen, aber das konnte ich unmöglich riskieren. Sonst hätte ich mich ebenfalls öffnen müssen, und dazu bin ich noch nicht bereit. Ich kann noch nicht über alles sprechen, was uns entzweit hat. Es gibt da etwas, das er nicht weiß.

Außerdem bin ich noch nicht bereit, mich wieder voll und ganz in ihn zu verlieben ... noch nicht.

Kapitel 17

Als ich Montagmorgen ins Büro komme, sind Victoria und Hannah bereits da.

Beim Reinkommen werfe ich einen Blick auf die Uhr.

»Nein, du bist nicht zu spät. Hannah ist zu früh.« Victoria lächelt, und ich stelle fest, dass sie nun ein weiteres Foto auf dem Schreibtisch stehen hat.

»Wer ist da drauf?«, frage ich.

Sie dreht es um. Es sind sie, Reed, Jade und Henry auf dem Seadog-Schnellboot am Navy Pier.

»Süß.«

Ich gehe über den Flur und höre, wie mir zwei Paar High Heels folgen.

»Ich habe heute keine lustige Datingstory für euch«, sage ich. Ich habe das Gefühl, unsere montagmorgendlichen Geschiedenen-Dating-Geschichten werden allmählich im Sand verlaufen, es sei denn, Hannah springt auf den Datingzug mit auf.

»Das wissen wir«, erwidert Hannah.

Sie betreten mein Büro, Hannah setzt sich, und Victoria bleibt im Türrahmen stehen, falls sie schnell ans Telefon muss. Eigentlich wie immer.

Ich starre auf die große Kiste auf meinem Schreibtisch. »Was ist das?«

»Stand heute Morgen vor der Tür.« Victorias Gesicht bekommt einen verträumten Ausdruck, als würde sie gerade Zeugin eines Happy Ends werden.

»Und ihr glaubt nicht, dass ich ein wenig Privatsphäre brauche, um es zu öffnen?«

»Nicht wirklich.« Hannah späht zuerst über die Schulter zu Victoria und sieht mich dann kopfschüttelnd an. »Komm schon. Wir haben schon Wetten abgeschlossen.«

Ich stelle meine Taschen auf dem Stuhl ab und löse das Band, das die Kiste zusammenhält. Sie öffnet sich quietschend, und zum Vorschein kommt eine Pflanze. Eine lebende Pflanze.

»Ich werde sie töten.« Ich hebe sie aus der Kiste und stelle sie auf meinen Schreibtisch.

Victoria kommt näher. Ich weiß, dass der Mutterinstinkt in ihr genau wissen will, um was für eine Pflanze es sich handelt, damit sie danach googeln kann.

Ich zupfe die Karte heraus.

Es war schön, am Wochenende mit dir in alten Erinnerungen zu schwelgen. Danke, dass du uns die Chance gibst, neue zu schaffen.
In Liebe,
Dean

Obwohl mein Herz Purzelbäume schlägt, drücke ich die Karte nicht wie ein liebeskranker Teenager an meine Brust. Ich lege sie auf den Schreibtisch und beuge mich hinunter, um an der Pflanze zu riechen.

»Jasmin«, erklärt Victoria, und ich verdrehe die Augen.

»Ernsthaft, Vic?«

Sie zuckt mit den Schultern. »Ich habe es schon gerochen, als ich sie hereingetragen habe.«

Ich weiß genau, dass sie lügt.

»Arme Jade«, sagen Hannah und ich wie aus einem Mund.

»Sobald ihr eine Tochter habt, könnt ihr mitreden.« Tadelnd wedelt sie mit dem Zeigefinger. »Eine Pflanze ist kein Tagebuch.«

»Ich kann mich nicht daran erinnern, dass dein Name auf der Karte stand«, scherze ich.

»Es war ziemlich leicht herauszufinden, okay? Ich habe nach dem Firmennamen gesucht – und siehe da. So viele Möglichkeiten gab es nicht, was in der Kiste hätte sein können.«

Hannah und ich lachen über unsere neurotische, ungeduldige Assistentin, die uns immer einen Schritt voraus ist. Jetzt wissen wir auch, warum.

»Und?« Ich sehe Vic mit gehobener Augenbraue an.

Doch sie lächelt nur.

»Sag's mir.« Sie soll mir endlich verraten, was sie herausgefunden hat.

»Jasmin ist die Blume der Erinnerung.« Sie beißt sich auf die Unterlippe, und ich schüttle den Kopf.

»Das habe ich mir anhand der Karte schon gedacht. Wollte nur dein Wissen testen.«

Das Telefon klingelt. Victoria erwidert: »Du liebst es doch, dass ich Google-Expertin bin.« Dann verlässt sie den Raum.

Hannah sitzt noch immer mit übereinandergeschlagenen Beinen da, die Hände hat sie gefaltet und die Ellbogen auf die Armlehnen gestützt. »Schönes Wochenende gehabt?«

»Ja.« Ich stelle die Kiste neben den Mülleimer, platziere die Pflanze auf der Schreibtischkante und lege die Anleitung daneben, damit ich sie mir durchlesen kann, sobald ich Zeit habe. Ich nehme den Laptop und den Tagesplaner aus der Tasche und arrangiere alles so, wie ich es für sinnvoll halte.

»Das ist alles? Mehr willst du mir nicht erzählen?«, fragt Hannah. »Erinnerungen bedeuten, dass ihr euch über die Vergangenheit unterhalten habt.«

»Nun ja, wir haben ein paar Dinge geklärt, ja.«

»Hast du mit ihm geschlafen?« Ohne zu zögern. Gerade heraus. Noch mal: In meinem nächsten Leben will ich als Hannah Crowley wiedergeboren werden.

»Nein, aber ich wollte. Wirklich.« Ich lehne mich zurück, denke daran, wie sich seine Brust gegen meine gepresst hat und ich ganz weiche Knie bekommen habe.

»Warum hast du nicht?«

Victorias High Heels klappern schnell über den Flur. »Ich kann nicht fassen, dass ich nicht eingeweiht werde.« Sie holt tief Luft. »Es war nur Jagger.«

Hannah lacht.

Victoria verdreht die Augen.

»Irgendwann will ich ihn mal kennenlernen«, sage ich. Ihr ehemaliger Chef aus L. A. macht mich ganz neugierig.

»Glaub mir ...« Victoria hebt die Hand.

»Willst du nicht«, vervollständigt Hannah den Satz.

»Was habe ich verpasst?«, fragt Vic.

Hannah rutscht rüber, um ihr Platz zu machen. RISE nimmt sich wohl eine Auszeit, nur um meiner Geschichte zu lauschen.

»Sie hat nicht mit ihm geschlafen«, verkündet Hannah im Tonfall einer TMZ-Reporterin.

»Warum nicht?«, fragt Vic mit großen Augen. »Falls du dich aus irgendeinem Grund für deinen Körper schämst, bist du völlig verrückt. Frag mich mal. Mein Bauch wurde bis hierhin gedehnt.« Im Abstand von dreißig Zentimetern hält sie sich die Hände vor den Bauch.

Innerlich winde ich mich, ignoriere aber ihren Kommentar.

Ich habe mich tatsächlich ein wenig unsicher gefühlt, doch dann dachte ich mir, falls ich ihm ohne Klamotten nicht gefalle, ist das sein Problem.

»Nein. Es ist nur ... Ich wollte es. Sehr sogar. Doch dann sind wir mit seinem Hund Gassi gegangen und ...«

»Er hat einen Hund?« Wieder wird Victorias Blick ganz sanft. »Jade bettelt schon die ganze Zeit, dass sie einen will.« Sie sieht Hannah an.

»Du solltest Lucy nehmen. Zwischen uns läuft es gerade nicht so gut.«

Hannahs Hündin Lucy ist eine junge Deutsche Schäferhündin, die noch nicht ganz stubenrein ist und noch nicht weiß, dass ein La Perla-BH kein Spielzeug ist. Ich würde meine rechte Brust für einen BH von La Perla hergeben. Andererseits hätte ich dann aber keine Brust mehr, um ihn auszufüllen. *Okay, Konzentration, Chels.*

»Das wird schon. Sie ist noch ein Welpe. Gib ihr ein wenig Zeit«, sagt Victoria.

»Mein Bankkonto ist kurz davor, ihr den Unterhalt zu streichen.«

Wir müssen lachen, denn wir wissen nicht genau, warum sich Hannah überhaupt einen Hund zugelegt hat. Und dann auch noch einen großen Wachhund.

»Zurück zu dem Fakt, dass du keinen Sex hattest.« Hannah richtet sich gerade auf, sie und Victoria sitzen da wie zwei Musterschülerinnen.

»Ich wollte wissen, wie es ist, wenn wir miteinander Zeit verbringen, ohne Sex zu haben. Als wir noch verheiratet waren, haben wir entweder gerammelt wie die Hasen oder kein Wort miteinander gesprochen. Ich habe dieses Zwischending sehr genossen. Ihr wisst doch, dass Sex alles ruinieren kann.«

Hannah nickt.

»Bei Reed und mir nicht«, erwidert Victoria.

»Reed ist auch ein toller Kerl. Das hätte er nicht zugelassen. Aber Dean ist immer heiß. Sex war nie ein Problem zwischen uns. Es sind der Alltag, die ganz normalen Begegnungen und Gespräche, die wir nicht sonderlich gut beherrschen.«

»Willst du damit etwa sagen, mein Sexleben wäre langweilig?« Sie verschränkt die Arme vor der Brust.

»Überhaupt nicht. Ich bin sicher, Reed bringt deine Welt zum Beben, aber danach will er bestimmt schneller kuscheln als du.«

Sie löst die Arme, und ihr Schweigen verrät mir, dass ich recht habe.

»Mit Reed ist alles in bester Ordnung. Er ist perfekt.« Hannah legt die Hand auf Victorias.

»Okay, denn letzte Nacht ging es heiß her. Nur damit ihr's wisst.« Victoria nickt ungefähr eine Million Mal pro Sekunde, als würden wir ihr nicht glauben. Reed ist so verdammt heiß, dass er mit hundertprozentiger Sicherheit weiß, wie man mit dem Körper einer Frau umgeht. Wahrscheinlich hat er inzwischen seine Fähigkeiten perfektioniert und weiß genau, was Victoria will, bevor sie es selbst weiß.

»Ich will damit nur sagen, dass Dean eine ganz andere Spezies ist als Reed.«

»Ich glaube, das war gut so«, sagt Hannah. »Halte die Beine geschlossen, bis du wirklich bereit bist, deine Milch herzugeben.«

Wir lachen, weil der Spruch totaler Blödsinn ist. Wenn ich ihn meine Milch probieren lasse und er die Kuh nicht kaufen will, dann scheiß auf ihn. Dann will ich den Arschloch-Bauern sowieso nicht.

»Langsam werde ich schwach. Aber ich bin stolz, dass ich gestern Nacht stark geblieben bin«, sage ich.

Victoria und Hannah stehen auf. Irgendwann muss der Arbeitstag schließlich beginnen.

»Wir lassen dich mal allein. Dann kannst du ihn anrufen und dich bedanken«, sagt Victoria, romantisch wie immer.

»Ich glaube, ich schaue in der Mittagspause bei ihm im Büro vorbei, um mich zu bedanken.« Ich beiße mir auf die Unterlippe und frage mich, ob ich sein Büro betreten kann, ohne daran zu denken, dass wir uns dort geküsst haben.

»Pass lieber auf, sonst wird es noch ein nachmittägliches Vergnügen«, sagt Hannah auf dem Weg nach draußen.

Wir lachen alle. Dann bin ich ganz allein mit meinen Gedanken.

Ich greife nach dem Smartphone, um Dean eine Nachricht zu schreiben, doch ein Überraschungsbesuch ist viel besser.

...

In der Mittagspause sind so viele Menschen unterwegs, dass man glatt denken könnte, irgendwo in der Stadt stünde eine riesige Pendeluhr, die Punkt zwölf zum Essen ruft. Zum Glück gibt es bei uns im Firmengebäude den Sandwichladen. Inzwischen kennt man uns dort so gut, dass ich schon gar nicht mehr bestellen muss.

Die Millionen-Dollar-Wolkenkratzer reflektieren die Sonnenstrahlen, die auf die Straßen der Stadt fallen, also beschließe ich, lieber zu Fuß zu Deans Büro zu gehen, statt ein Taxi zu nehmen. Hoffentlich hat er kein Meeting oder trifft sich mit irgendjemandem zum Mittagessen.

Nachdem ich mindestens fünfmal angerempelt wurde, biege ich endlich um die Ecke und lächle, als sein Firmengebäude in Sicht kommt.

Ich habe eine Menge Ärger am Hals.

Obwohl ich es langsam angehen lassen will, fordert mein Körper nur eins – Dean.

Ich drücke den Ampelknopf und beobachte die Leute um mich herum. Die meisten tragen Ohrstöpsel und schenken dem herrlichen Frühlingstag keinerlei Beachtung. Bei gutem Wetter ist die Stadt viel lebendiger.

Gut gelaunt überquere ich die Straße. Selbst dem Taxifahrer, der mich anhupt, weil ich es nicht schnell genug auf die andere Seite schaffe, zeige ich nicht den Stinkefinger.

Als ich mich nach links wende, verlässt eine große Gruppe Männer Deans Firmengebäude. Danach folgt *er*. Dean bleibt stehen und fährt sich durch das dunkle Haar. Ich bewundere den Mann, der vor so langer Zeit mein Herz erobert und sich geweigert hat, es zurückzugeben, obwohl ihm das nicht bewusst ist. Selbst mit dem gestressten Gesichtsausdruck sieht er unglaublich gut aus, seine große Gestalt, die schlanken Muskeln, die starken Schultern. Ich bin zu weit weg, um ihn richtig erkennen zu können, doch vor meinem geistigen Auge sehe ich seine herzförmigen Lippen, seine stechenden dunklen Augen, seine gerade Nase, seinen definierten Kiefer.

Eine Frau geht an ihm vorbei und beäugt ihn mit dem Blick eines Raubtiers.

Hände weg. Er gehört mir.

Gerade als ich mich auf ihn zubewege, macht er auf dem Absatz kehrt und geht in die entgegengesetzte Richtung.

»Dean«, rufe ich, doch meine Stimme wird vom lauten Brummen eines Lieferwagens übertönt.

Ich erhöhe die Geschwindigkeit. An der nächsten Ampel werde ich ihn bestimmt einholen. Auf der Straße herrscht so viel Betrieb, dass er mir unmöglich entwischen kann. Ich stelle mir vor, wie ich ihm gleich von hinten die Augen zuhalte. Wie er die Arme um meine Taille schlingt und mich überrascht hochhebt.

Die Ampel schaltet bereits um, als ich höchstens die Mitte des Häuserblocks erreicht habe.

Scheiße.

»Dean!«, rufe ich erneut, doch er hört mich nicht.

Ein paar Leute drehen sich zu mir um, doch ich ignoriere ihre neugierigen Blicke.

Verdammt. Für eine Hetzjagd habe ich heute nicht meine schönsten High Heels angezogen. Verführung? Ja. Ein Wettrennen? Eher weniger.

Ich schaffe es gerade noch über die Ampel, doch als ich auf der anderen Straßenseite ankomme, bin ich völlig außer Atem. Aber ich gebe nicht auf. In dem Moment sehe ich, wie er im McDonald's im Brooks Building verschwindet. Als die rote Hand der Ampel aufleuchtet, verlangsame ich meinen Schritt. Um diese Uhrzeit wird es eine Weile dauern, bis er sein Essen bekommt, ich habe also noch Zeit.

Während ich geduldig darauf warte, dass die Ampel auf Grün schaltet, versuche ich ihn durch das Fenster zu erspähen, doch es ist total überfüllt.

Aus einem wartenden Taxi ertönt der »Oogum Boogum Song« von Brenton Wood, und mein Kopf und meine Schultern beginnen, sich im Takt zu bewegen. Dass aus allen Autos Musik erklingt, ist das Beste am Frühling und am Sommer. In den warmen Monaten bekommt die Stadt ihren eigenen Soundtrack.

Ich überquere die nächste Straße und erreiche schließlich das Goldene M. Endlich habe ich ihn.

Als ich eintrete, schlägt mir der unangenehme Geruch von Parfum gemischt mit Fastfood entgegen. Mein Blick wandert zuerst in die eine, dann in die andere Richtung.

Kein Dean.

Ich stelle mich neben die Eingangstür. Vielleicht ist er ja auf der Toilette. Doch nachdem fünf Männer hineingegangen und wieder herausgekommen sind, bin ich mir ziemlich sicher, dass er dort nicht ist. Ich gehe zu den Toiletten, warte, bis der Nächste herauskommt und halte ihn auf.

»Ist da sonst noch jemand drin?«

»Tut mir leid, Lady, aber ich halte den Blick immer geradeaus gerichtet.« Er geht weiter, dreht sich aber noch mal um. »Aber ich glaube, ich war allein.«

Meine Schultern sacken zusammen, und ich gehe gedanklich noch mal durch, was ich gesehen habe. Ich bin mir sicher, dass er durch diese Tür gegangen ist.

Ich verlasse den McDonald's und sehe mich nach einer weiteren Tür um, durch die er verschwunden sein könnte. Wahrscheinlich wirke ich wie ein verlorenes Mädchen aus Kansas. Doch ich sehe nichts, keine Anzeichen dafür, dass es in dem Gebäude noch mehr Restaurants gibt. Ich ziehe mein Handy aus der Tasche. Dann werde ich ihn eben nicht überraschen und ihm einfach schreiben.

Ich: *Hey, wo isst du zu Mittag?*

Während ich darauf warte, dass die drei Punkte erscheinen, eilen Menschen an mir vorbei, die sich über ihre Chefs, ihre Zeitpläne, ihre Kinder und ihre Ehe unterhalten. Da Montag ist, herrscht trotz des schönen Wetters nicht sonderlich viel Optimismus.

Ein paar Meter vor mir geht eine gut gekleidete Frau durch eine Tür, und ich folge ihr schnell. Vielleicht ist er hier. Sie geht eine Treppe hinauf und dreht sich lächelnd zu mir um, als sie mich hört. Ich erwidere das Lächeln. Ist das unheimlich? Ein bisschen. Verzweifelt? So sehr, dass ich es nicht zugeben will.

Sie biegt rechts ab und verschwindet in einem Raum. Ich gehe ihr nach. Als ich den Raum betrete, bleibe ich wie angewurzelt stehen.

»Sind Sie neu hier?« Ein Mann kommt von hinten auf mich zu. Warum habe ich ihn nicht gehört?

»Ähm …«

»Kein Grund zur Schüchternheit.« Er führt mich weiter in den Raum hinein.

»Ich glaube, ich bin hier falsch«, erkläre ich und versuche, den Rückzug anzutreten.

Als ich die Frau von eben entdecke, wie sie in kurzem Rock und freizügiger Bluse mit Dean an einem mit Kaffee und Sandwiches gespickten Tisch sitzt, bin ich wie erstarrt. Während sie redet, hört er mit zusammengepressten Lippen zu.

Ich sehe mich um. »Das muss ein schlechter Scherz sein«, murmle ich.

Ein Stuhlkreis.

Vorn steht ein Mann. Als er ein paar Leute begrüßt, richten sich alle Blicke auf ihn. Er scheint wohl das Sagen zu haben.

Nein. Das passiert gerade nicht wirklich.

Während alle ihre Plätze einnehmen, gehe ich vorsichtig rückwärts. Zum Glück hat mich Dean noch nicht entdeckt.

»Kommen Sie doch bitte rein. Sie müssen auch nichts sagen.« Der Berater winkt mich herbei, und alle – inklusive Dean – sehen mich an.

Mit gehobener Augenbraue legt er den Kopf schief.

»Ich, ähm …«

Sag etwas, Chelsea. Sag etwas!

Die Dame, die sich eben mit Dean unterhalten hat, hakt sich bei mir unter und führt mich zu einem Stuhl. Direkt gegenüber von Dean.

Wir blicken uns in die Augen, und sein Grinsen verrät mir, dass er mich für immer und ewig damit aufziehen wird.

Kapitel 18

»Wenn sie nicht hier sein will, sollten wir sie nicht dazu zwingen«, sagt Dean. Der ganze Raum sieht ihn an, als wäre er ein Arsch.

»Sei nicht albern.« Die Frau neben mir wirft ihm einen fiesen Blick zu und wendet sich wieder an mich. »Ich bin Pam. Bleib hier und hör einfach zu.«

»Ich kann nicht.« Ich springe auf. »Es tut mir wirklich leid. Ich bin durch einen dummen Zufall hier gelandet. Es geht mich nichts an, was hier besprochen wird.«

Pam legt den Kopf in den Nacken.

»Was glaubst du, was wir hier machen?«, fragt Dean, der sich das Grinsen nicht verkneifen kann. »Vielleicht sind wir eine Swingergruppe, die auf der Suche nach neuen Mitgliedern ist.«

Ich funkle ihn böse an und sehe dann den Gruppenleiter an.

»Sind das hier die Anonymen Alkoholiker?«

Er nickt.

»Ich bin aber keine Alkoholikerin.«

Der Gruppenleiter steht auf. »Darf ich fragen, warum Sie dann überhaupt hier sind?« Meine Augen wandern zu Dean, und der Gruppenleiter folgt meiner Blickrichtung.

»Sie kennen Dean?«

»Sie ist meine Ex-Frau.« Aus irgendeinem Grund schmerzt es mich, Dean das sagen zu hören. Wir haben uns so weit von diesem Wort entfernt. Aber wie kann ich ihm böse sein? Schließlich ist es die Wahrheit.

Alle Teilnehmer lassen die Schultern sinken und blicken uns mitleidig an.

Nein. Nope. Das mache ich nicht mit.

Wie viel hat er ihnen bereits über mich erzählt? Über uns?

»Tut mir leid, dass ich gestört habe«, sage ich und rase aus dem Raum, bevor mich jemand in den Arm nehmen und trösten kann.

Dean folgt mir. War ja irgendwie klar.

»Chels«, ruft er in den leeren Flur.

»Es tut mir leid. Ich wollte dich im Büro überraschen und mit dir zu Mittag essen. Dann bin ich dir hinterhergerannt und bis hierher gefolgt.«

»Warum bist du mir gefolgt? Weil du mir nicht vertraust?« Er schiebt die Hände in die Hosentaschen.

»Ich habe dir hinterhergerufen, aber der Verkehr war so laut, dass du mich nicht gehört hast. Dann habe ich dir eine Nachricht geschrieben, aber du hast nicht geantwortet.«

Er zieht das Handy hervor und nickt. »Ich stelle es auf lautlos, wenn ich hierherkomme.«

»Oh.«

Es entsteht eine merkwürdige Stille, bevor er wieder das Wort ergreift. »Ich bin seit drei Jahren trocken.«

»Das ist großartig.« Hoffentlich merkt er, dass ich es ernst meine – und ehrlich gesagt sehr erleichtert darüber bin.

Ohne den Blick von mir zu wenden nickt er langsam. »Willst du bleiben?« Das freche Funkeln in seinen Augen ist einer Abgeschlagenheit gewichen, die ich bei ihm bisher nur selten gesehen habe.

»Nein, ihre Geschichten und Gedanken sind nicht für meine Ohren bestimmt.«

»Das macht ihnen nichts aus. Außerdem bin ich heute dran, und ich will, dass du es hörst. Es könnte uns dabei helfen, nach vorn zu blicken.«

»Ich kann nicht, Dean.« Panik macht sich in meiner Brust breit. Ich kann kaum noch atmen.

Doch er schüttelt bereits den Kopf. »Mach dir keine Sorgen. Es wird alles gut. Das verspreche ich dir.« Er streicht über meine Arme, verschränkt unsere Finger ineinander und zieht mich von der Wand weg. »Ich will, dass du auch diesen Teil von mir kennenlernst.«

Er führt mich über den Flur, und unsere schicken Schuhe klackern über den Linoleumboden. Als wir den Raum betreten, beäugt der Gruppenleiter die zwei leeren Stühle.

Wir setzen uns, und ich spüre, wie alle Augen auf mich gerichtet sind. Ich bin keine von ihnen. Um genauer zu sein habe ich einen von ihnen verlassen, als er vollkommen in seiner Sucht versank. Wahrscheinlich halten sie mich für einen schlechten Menschen.

»Das ist Chelsea«, sagt Dean.

Alle sagen hallo.

»Ich bin seit fast drei Jahren trocken.«

Alle klatschen, auch ich.

»Es hat ewig gedauert, bis ich mir Hilfe gesucht habe. Chelsea und ich haben uns vor fünf Jahren scheiden lassen. Ich gebe es nur ungern zu, aber die Hochzeit war wahrscheinlich meine Idee, als ich mal wieder dicht war. Chelsea war erst achtzehn, ich einundzwanzig.«

Ich verschränke die Finger im Schoß. Es klingt alles so dumm, wenn man es anderen Leuten erzählt. Damals fand ich es romantisch. Kein Wunder, dass mich meine Familie für eine Vollidiotin hält.

»Ich habe früher Baseball gespielt. Wollte in die Profiliga. Aber ich habe auch zu viel getrunken und wurde schnell wütend. Nachdem ein Kerl meine Frau angemacht hat, bin ich in eine Kneipenschlägerei geraten und habe mir die Schulter ruiniert.« Er sieht mich an. Das war der Anfang unseres Untergangs. »Hätte ich an diesem Abend nicht getrunken, wäre es vielleicht nicht zu der Schlägerei gekommen. Wer weiß. Nachdem mir der Traum vom Baseball genommen worden war, wurde es mit dem Trinken immer schlimmer. Ich war jede Nacht unterwegs. Wenn ich nach Hause kam, lag Chelsea schon seit Stunden im Bett. Ich habe sie nie angerufen, um ihr Bescheid zu sagen, wo ich bin oder mit wem ich unterwegs bin. Zuerst hat Chelsea versucht mitzuhalten, doch als sie nicht mehr mitkam, habe ich sie eine Spielverderberin genannt. Ich habe ihr gesagt, sie würde ihre besten Jahre verschwenden.«

Ich starre auf meine Hände im Schoß, traue mich nicht aufzusehen und in all die Gesichter zu blicken, die mich wahrscheinlich mitleidig anstarren. Unsere Geschichte ist ihnen sicherlich nicht unbekannt, doch unsere schäbige Liebesaffäre Revue passieren zu lassen macht mir mal wieder klar, wie dumm ich war.

»Ich habe aufgehört, mit ihr zu kommunizieren. Immer wenn sie mich auf die Scheiße, die ich abgezogen habe, angesprochen hat, habe ich angefangen, mit ihr zu streiten, um nicht über das eigentliche Problem sprechen zu müssen – nämlich mich. Ich habe sie schlecht behandelt. Immer und immer wieder. Gegen Ende muss es sich für sie angefühlt haben, als wäre sie mit einem Fremden verheiratet.« Er seufzt laut. »Damit wir nicht den ganzen Tag hier sitzen, mache ich es kurz.«

Gott sei Dank. Mehr kann ich kaum ertragen.

»Es war richtig von ihr, dass sie mich eines Nachts verlassen hat.« Als ich aufblicke, merke ich, dass er mich ansieht. »Oder eines Morgens.«

Ich nicke geistesabwesend.

»Es hat zwei Jahre gedauert, bis ich mir Hilfe gesucht habe, und noch mal drei Jahre Abstinenz, bevor ich ihr wieder unter die Augen treten konnte.« Er ergreift meine Hand und drückt sie fest. »Wir versuchen, nach vorn zu blicken. Etwas Neues aufzubauen. Etwas Besseres.«

Tränen steigen in mir auf, und ich versuche, meinen Herzschlag zu verlangsamen. Da ist er – mein Dean Bennett. Die Seite an ihm, die keiner sonst auf dem College kannte. Die Seite, die ich nach der Trennung verleugnet habe. Als wäre diese liebenswerte, ehrliche Seite nur eine Illusion gewesen und hätte nie wirklich existiert.

»Das ist großartig, Dean. Herzlichen Glückwunsch zu drei Jahren ohne Alkohol. Und denk dran: Ein Tag nach dem anderen«, sagt der Gruppenleiter. »Chelsea, du bist jederzeit herzlich willkommen. Aber vielleicht wäre Al-Anon besser für dich. Es ist eine Selbsthilfegruppe für

Angehörige von Alkoholkranken. Vielleicht hilft es dir zu vergeben und nach vorn zu blicken – mit oder ohne Dean.«

Das Wort *vergeben* steckt mir im Hals wie ein riesiges Stück Steak, das ich ohne zu kauen heruntergeschluckt habe.

Wir bleiben bis zum Schluss. Es scheint die anderen nicht zu stören, dass ich zuhöre. Jeder erzählt eine andere Geschichte, und doch sind sie alle ähnlich. Alle haben einen geliebten Menschen verletzt, und manche wissen nicht, wie sie die Beziehung kitten können. Dean gibt einem den Rat, einfach sein Bestes zu versuchen. Sie sprechen über das Zwölf-Schritte-Programm und darüber, dass nicht jeder ihnen verzeihen wird. Jeder darf seinen Gefühlen freien Lauf lassen.

Während ich auf dem Plastikstuhl sitze, umgeben von abgestandenem Kaffeeduft, habe ich das Gefühl, jemand hätte mir endlich einen Stift in die Hand gedrückt, der es mir ermöglicht, alle Punkte miteinander zu verbinden. Zum ersten Mal glaube ich aus tiefstem Herzen, dass er sich tatsächlich geändert hat.

Als das Treffen zu Ende ist, will ich nur noch mit Dean allein sein, ihn fest in den Arm nehmen und nie wieder loslassen. Dieser Mann ... Seine Stärke kennt keine Grenzen.

Nachdem alle das Gelassenheitsgebet gesprochen und Dean und ich uns von den anderen verabschiedet haben, führt er mich durch die Tür und die Treppe hinab auf die Straßen Chicagos, die nun wesentlich ruhiger sind, jetzt da die Mittagspause vorbei ist.

»Musst du zurück zur Arbeit?«, fragt er.

»Ich glaube, ich mache heute blau.« Hannah wird es verstehen, und ich habe nichts auf meiner To-do-Liste, das nicht warten könnte.

Er drückt meine Hand noch fester. »Mittagessen?«

Ich drehe mich zu ihm und blicke ihn durchdringend an. »Bei dir?«

Er lässt meine Hand los und fasst mich an den Schultern. »Bist du dir sicher? Wir sollten reden.«

»Dean, ich will nicht mehr reden. Ich will einfach nur mit dir zusammen sein.« Ich will über nichts mehr reden, was diesen Moment ruinieren könnte. Ich schlinge die Arme um seine Taille und küsse sein Kinn.

Heute ist es ganz glatt, den Dreitagebart vom Wochenende hat er abrasiert.

»Ich habe da drin nur die Wahrheit gesagt. Aber ich habe es nicht gesagt, damit du mit mir schläfst.«

»Verdonnerst du dich etwa selbst zur Enthaltsamkeit?«, frage ich, während ich seinen Kiefer und seinen Hals mit Küssen bedecke.

»Ich will nur sichergehen, dass du es wirklich willst«, erwidert er mit rauer Stimme.

»Wo ist der Mann, der mich vor ein paar Wochen so dreist in seinem Büro geküsst hat?« Ich fasse ihm an den Hintern.

»Im Moment stellt er sich der Situation.«

Seine harte Erektion drückt sich gegen meinen Bauch.

»Dann nimm mich mit zu dir und gib uns das, was wir schon so lange wollen.«

Er hebt die Hand, um ein Taxi anzuhalten, ergreift meine Hand und zieht mich zum Auto, das bereits auf uns wartet.

Ich steige ein. Am liebsten würde ich sofort mit ihm rummachen, an seinen Klamotten zerren, meinen Mund auf seinen drücken, doch wir sind schließlich in Chicago. So etwas kann man vielleicht nachts machen, aber nicht am helllichten Tag mit dem ganzen Verkehr. Da würde nicht nur der Taxifahrer eine Show präsentiert bekommen.

Deans Finger zeichnet die Linien meiner Handfläche nach, und ich zähle gedanklich die Häuserblocks bis zu seinem Apartment. Nach einer gefühlten Ewigkeit sind wir endlich da. Mein Slip ist bereits feucht. Schnell reicht er dem Fahrer das Geld und zerrt mich aus dem Wagen.

»Hey, Clark«, sagt er und drückt ohne auf dessen Hilfe zu warten den Knopf des Aufzugs.

»Guten Tag. Schön, Sie wiederzusehen, Miss Walsh.«

Mit einem *Ping* gleiten de Türen auf. Dean zieht mich so heftig am Arm, dass ich fast gestolpert wäre, doch er fängt mich auf, und alles ist gut.

»Auf Wiedersehen, Clark.« Ich winke ihm zu, während sich die Türen langsam schließen.

»Klischees sind mir total egal.« Dean drückt mich gegen die Wand und hält meinen Kopf zwischen den Händen. Sein Körper ist viel zu weit weg. Er beugt sich zu mir herab und küsst mich, während der Aufzug nach oben fährt.

Eigentlich hätte ich erwartet, dass er sich gegen mich presst und mir zeigt, wie erregt er ist, jetzt da wir endlich allein sind. Stattdessen bleibt er auf Distanz, doch seine Küsse sind voller süßer Versprechungen und wecken hohe Erwartungen.

Das Klingeln informiert uns darüber, dass wir auf seinem Stockwerk angekommen sind, doch als die Türen aufgehen, macht Dean keine Anstalten auszusteigen.

»Ich frage dich noch mal. Bist du dir sicher?« Lust spiegelt sich in seinen dunklen Augen wider.

»Nimm mich mit in deine Wohnung und fick mich endlich. Ist das deutlich genug?«

Er grinst. »Überdeutlich.«

Seine Hände gleiten über meine Rippen, packen meinen Hintern und heben mich hoch. Unsere Lippen berühren sich. Mein Kleid ist mir bis zur Taille hochgerutscht, und seine Berührungen bereiten mir Gänsehaut.

Mein Rücken presst sich gegen seine Wohnungstür. Gekonnt hält er mich fest, während er mit der freien Hand nach seinem Schlüssel kramt und die Tür öffnet.

Wir taumeln hinein, doch Dean lässt mich nicht los. Ich muss an seine Schulter denken, doch ich will die Stimmung nicht mit Vergangenem zerstören.

Er schlüpft aus den Schuhen, platziert mich auf der Küchentheke und rückt meinen Hintern so zurecht, dass ich nur noch auf der Kante hänge. Quälend langsam lässt er die Hände über meinen Oberkörper gleiten, vorbei an meinen Brüsten und hinauf zu meinem Gesicht.

»Ich kann es nicht erwarten, in dir zu sein.«

Wieder küsst er mich. Meine Lippen fühlen sich von unseren gierigen Küssen schon ganz wund an. Aber ich will mich nicht beschweren.

Ich habe es schon immer gemocht, wenn Dean so zügellos und wild ist. Daran erkenne ich, wie sehr er mich will.

Ich schlinge die Beine um seine Taille, doch gerade ist er damit beschäftigt, Grover abzuschütteln, der an ihm hochsteigt.

»Ich glaube, er muss raus«, sage ich und blicke über Deans Schulter.

»Er kann warten.«

Leidend sieht Grover mich an, als müsste er schon die Beine zusammenkneifen, um nicht in die Wohnung seines Herrchens zu pinkeln.

»Dean.« Ich seufze, denn so kann ich unmöglich seine Küsse an meinem Hals genießen.

»Chelsea, es geht ihm gut.« Er klingt ungeduldig, und ich grinse, denn ich weiß, dass er den Hund lieber in die Wohnung kacken lassen würde, als die Hände von mir zu nehmen.

»Ich werde nicht abhauen«, versichere ich.

»Beim letzten Sparziergang hast du dich gegen Sex entschieden. Tut mir leid, aber das Risiko will ich nicht eingehen.«

Lachend lasse ich mich nach hinten fallen, und sein Kopf landet in meinem Schoß.

»Geh mit ihm Gassi, und danach lernen wir uns neu kennen. Ich sollte sowieso besser meiner Chefin Bescheid sagen.«

Stöhnend spreizt Dean meine Schenkel und presst die Lippen gegen meinen Slip.

Ich muss mich auf der Theke abstützen, und meine Augen fallen automatisch zu.

Wer war Grover noch mal?

Wuff.

Ach, DER Grover.

Als würde er meine Körpersprache verstehen, fasst mir Dean unters Kleid, greift nach meinem Slip und zieht ihn über meine Beine. »Den nehme ich mit.« Rückwärts gehend steckt er ihn in die Tasche seines Jacketts, den Blick hält er auf meine Muschi gerichtet.

Er hebt meine Handtasche vom Boden auf und stellt sie neben mich. »Nicht bewegen.« Mit ernstem Gesichtsausdruck zeigt er auf mich. »Ich will, dass du noch genauso dasitzt, wenn ich zurückkomme, denn ich bin noch lange nicht fertig mit dir.«

Ohne den Blick von mir zu wenden greift er nach der Leine und befestigt sie an Grovers Halsband. Der wedelt nun fröhlich mit dem Schwanz.

»Ich fasse nicht, dass ich jetzt mit diesem verdammten Hund raus muss«, murmelt er. »Du solltest dich besser beeilen.«

Bevor er geht, wirft er mir einen letzten flüchtigen Blick zu, als wollte er sich meinen Anblick ins Gedächtnis brennen. Die Tür schließt und öffnet sich sofort wieder. »Oh, und nicht ausziehen. Das ist meine Aufgabe.«

Die schwere Tür fällt ins Schloss, und ich krame nach meinem Handy, um Hannah und Victoria Bescheid zu geben, dass ich heute nicht mehr ins Büro komme. Das wird heute tatsächlich ein nachmittägliches Vergnügen. Vielleicht sogar mehr als eins.

Kapitel 19

Ich tue, wie Dean mir befohlen hat, bleibe auf der Küchentheke sitzen und schreibe den Mädels eine kurze Nachricht.

Ich: *Ich komme heute nicht mehr ins Büro. Mir kam etwas Wichtiges dazwischen.*

Ich sende die Nachricht an unseren Gruppenchat. Nächstes Mal werde ich das noch mal überdenken.

Hannah: *oh là là ...*

Victoria: *Hat es etwas mit dem Jasmin zu tun?*

Ich schüttle den Kopf. In diesem Moment geht die Tür auf, und Dean kommt ohne Grover zurück. Schweigend schließt er die Tür, schlüpft aus seinem Jackett und lässt es zu Boden fallen. Bevor ich fragen kann, was zum Teufel los ist, landet sein Mund auf meinem.

Wir fressen einander beinahe auf, seine Zunge sucht nach meiner, und seine Hände liegen auf meinen Wangen. Als wäre überhaupt keine Zeit vergangen, befinden wir uns sofort wieder in dem fiebrigen Tanz, den wir schon vor Jahren perfektioniert haben.

Sein Mund wandert über meine Wange. Er drückt meinen Kopf zur Seite, um meine erhitzte Haut mit prickelnden Küssen zu bedecken.

Wieder zieht er mich zu sich, sodass sich mein Körper gegen seinen presst. Seine Erektion hat nicht nachgelassen.

»Dean.« Seufzend genieße ich es, ihn zu spüren.

»Am Ende des Flurs. Ein Mädel passt auf ihn auf.« Wieder küsst er mich. Seine Hand wandert nach hinten und öffnet den Reißverschluss meines Kleids. »Und jetzt vergiss Grover«, raunt er.

Er küsst jeden Quadratzentimeter meiner Haut, als wäre er in einer Gameshow und müsste innerhalb einer bestimmten Zeit meinen ganzen Körper berühren. Mit seinen großen Händen zieht er mir das Kleid über die Schultern, und seine Lippen gleiten von einem Schlüsselbein zum anderen.

Ich schlüpfe aus meinem Kleid und stehe nur noch im BH da. Für einen kurzen Moment lässt er von mir ab und fixiert meine Brust. Während er mich anstarrt, packe ich die Gelegenheit beim Schopf, greife nach seiner Krawatte und löse den Knoten.

»So schön«, murmelt er und streicht mit den Fingerknöcheln über meinen Brustansatz. »Ich will dich fast nicht auspacken.«

Dean betrachtet mich wie ein Kunstwerk, das er seit Jahren mit eigenen Augen sehen wollte. Er leckt sich die Unterlippe.

Während er mich bewundert, ziehe ich ihm das Shirt über den Kopf und werfe es auf den Boden zu seinem Jackett. Ich betrachte den Mann, der inzwischen fünf Jahre älter, muskulöser und definierter geworden ist. Wir sind erwachsen geworden. Auf seinem flachen Bauch sind mehr Haare, die in seinem Hosenbund verschwinden, seine Nippel sind ausgeprägter, seine Brustmuskeln stärker. Er hat sich von einem Jungen in einen Mann verwandelt, und ich habe die Transformation nicht mitbekommen.

Wir betrachten uns gegenseitig. Schließlich fasst er mir an die Brust und öffnet geschickt den Verschluss meines BHs, der sich zwischen den Körbchen befindet. Der Stoff teilt sich und entblößt mich vollkommen.

Sorge steigt in mir auf. Haben sie den Kampf gegen die Schwerkraft verloren?

Wieder umfasst er meine Brüste und streicht mit den Daumen über ihre harten Spitzen. »Genau wie ich sie in Erinnerung hatte.«

Ich schließe die Augen, während er mich liebkost. Mein Inneres brodelt.

»Dean?« Ich zerstöre die Stimmung. Es ist nicht so, als würde ich nicht genießen, was er da tut, aber solche Zärtlichkeiten kenne ich von Dean nicht.

»Hm?«, murmelt er. Seine Lippen berühren meine Haut und finden ihren Weg zurück zu meinen Brüsten.

»Behandle mich nicht wie beschädigte Ware.« Er sieht mich an, als wäre ich ein Kreuzworträtsel, das er nicht lösen kann.

»Wie bitte?«

»Du musst nicht sanft mit mir umgehen, nur um mir zu beweisen, dass du dich geändert hast.«

Ein Mundwinkel biegt sich nach oben. Er weiß genau, was ich meine. Unser Sexleben war nie zahm. Zwischen uns gab es nur Mach-den-Tisch-kaputt-und-zerbrich-die-Lampe-Sex.

»Du willst also, dass ich dich ficke, Chelsea Walsh?« Grinsend kneift er mir fester in die Nippel. Ein Seufzen kommt über meine Lippen.

»Ich will, dass du mir zeigst, wie sehr du mich willst.«

»Dein Wunsch ist mir Befehl.« Der Druck auf meine Brustwarzen erhöht sich. Elektrizität strömt durch meinen Körper. Ein wundervoller Schmerz, den ich mehr vermisst habe, als ich zugegeben will.

»Dean.« Seufzend lasse ich den Kopf auf die Granitplatte sinken.

Er umfasst meine rechte Brust. Zuerst drückt er zu, dann massiert er sie. Die hohe Kunst, die Balance zwischen grob und zärtlich zu finden – keiner beherrscht sie besser als er. Er beugt sich zu mir hinab, nimmt meinen Nippel in den Mund und schlingt die Arme um mich. In einer einzigen Bewegung zieht er mich zu sich. Ich schlinge meine Beine um seine Taille, und er quält mich weiter mit kleinen Bissen, während er mich ins Wohnzimmer trägt.

Der angenehm klimatisierte Raum erwärmt sich schnell durch die Hitze, die unsere Körper abstrahlen.

Meine Brust hüpft aus seinem Mund, und er lockert seinen Griff gerade genug, dass ich langsam an seinem Körper herunterrutsche. Ich spüre das kalte Metall seines Gürtels am Hintern. Ich löse meinen Klammergriff, und meine Füße landen auf dem Parkett. Statt mir zu erlauben seine Hose aufzuknöpfen, dreht er mich um.

»Stütz die Hände auf das Sofa, Hübsche.« Sein Ton verwandelt sich in den autoritären Mix aus streng und sexy, den ich so sehr liebe.

Ich tue, wie mir geheißen. Jetzt hat er freie Sicht auf meinen Hintern. Eine Hand landet klatschend auf meiner Pobacke und gleitet greifend und drückend nach unten.

Mein Körper entfacht, als ich höre, wie er seinen Gürtel öffnet und zu Boden fallen lässt, gefolgt von seiner Hose.

»Ich bin hin- und hergerissen, ob ich mich von dir ausziehen lasse oder mich einfach über dich beuge und dich nehme.«

Meine Haut kribbelt, und ich schließe die Augen. Ich warte auf Anweisungen oder darauf, dass er mich so platziert, wie er will.

»Sag's mir, Liebes.« Er lässt die Hand über meinen Bauch gleiten, packt mich an der Hüfte und dreht mich um.

Sein Mund erobert meinen. Er presst sich an mich, und ich spüre den weichen Stoff seiner Boxershorts an meiner Haut. Ich blicke in seine lusterfüllten Augen, die mir genau das versprechen, was ich will. Seine Hand gleitet meinen Nacken hinauf und umklammert mein blondes Haar. »Willst du mich?«, fragt er, als würde ich nicht ohnehin schon sabbernd auf die nächste Anweisung warten.

»Ich will dich.«

Er dreht meinen Hals, überfällt mich wie ein Vampir und bedeckt ihn mit beißenden Küssen.

»Entschuldige dich dafür, dass du mich so lange hast warten lassen«, fordert er in strengem, dominantem Ton.

»Nein.«

Er packt noch fester zu, und die Haare ziehen an meiner Kopfhaut. Mit den Fäusten trommle ich ihm gegen die Brust.

»Nein?« Ich spüre, wie sich sein Mund weiter öffnet und er Mühe hat, sich das Grinsen zu verkneifen.

»Entschuldige *du* dich gefälligst dafür, dass du unsere Ehe zerstört hast.« Ich öffne die Fäuste und kratze so fest über seinen Oberkörper, dass meine Nägel Spuren hinterlassen.

Mit den Zähnen fährt er über meine Brust und beugt mich über die Rückenlehne des Sofas. Er leckt sich die Finger und beginnt, meinen Kitzler zu umkreisen.

»Ich habe mich schon entschuldigt. Du warst auch nicht ganz unschuldig.« Seine Bartstoppeln piksen mich, als er sich seinen Weg von meinem Bauch nach unten küsst.

»Du warst Alkoholiker und hast uns einfach aufgegeben«, keuche ich.

Er spreizt meine Schenkel und betrachtet mich. »Ich habe uns nie aufgegeben. Du warst immer die Einzige für mich. Und das wirst du immer sein.« Er nimmt meinen Kitzler zwischen die Zähne, sanft genug, um mir nicht wehzutun, aber fest genug, um einen Stromstoß durch meinen Körper zu jagen.

»Warum hast du so lange gewartet?« Ich schließe die Augen und klammere mich an einem weichen Kissen fest, doch es ist nicht genug.

Seine quälende Zunge lässt von mir ab. Zuerst mit einem Finger, dann mit zwei dringt er in mich ein, weitet mich langsam und stellt sicher, dass er mir nicht wehtut. Doch seine verheißungsvolle Grobheit ist immer noch da.

»Du kennst die Antwort. Du bist ein kluges Mädchen.« Mit flacher Zunge leckt er über die gesamte Länge meiner Spalte und lässt sie erneut um meinen Kitzler kreisen.

Mein Körper sehnt sich nach Erlösung. Doch ich will bis zum Schluss durchhalten, mich von Dean immer und immer wieder an den Rand der Ekstase treiben lassen, bis er mich schließlich leicht stupst und ich mich voll und ganz fallen lassen kann. Dean war ein großartiger Baseballspieler, aber im Bett ist er ein wahrer König.

Ich setze mich ein wenig auf, vergrabe die Hände in seinem Haar und ziehe ihn zu mir. »Sag's mir.«

Wieder muss er ein Lächeln unterdrücken. Es ist nicht leicht, verführerisch zu wirken, während wir uns über den Niedergang unserer Ehe und unserer Gefühle füreinander unterhalten, die immer noch da sind.

»Ich musste zuerst der Mann werden, der ich versprochen hatte zu sein.«

Am liebsten würde ich anfangen zu weinen, doch stattdessen ziehe ich an seinem Haar und drücke meinen Mund auf seinen. Unsere Zungen kollidieren, unsere Hände ziehen und zerren. Ich greife nach seinen Boxershorts und ziehe sie über seine Beine. Er schlüpft heraus und kickt sie weg.

Sein Schwanz ist schon ganz dicht an meinem Eingang. »Verhütung?«, fragt er.

Zum ersten Mal, seit ich mich auf die Sache eingelassen habe, werde ich plötzlich unsicher und halte inne.

»Egal.« Er hebt mich hoch, und ich schlinge die Arme um seinen Hals.

Eigentlich dachte ich, er würde mich ins Schlafzimmer bringen, doch stattdessen trägt er mich zurück in die Küche und legt mich auf den Tisch.

»Du bleibst genau hier.« Er macht einen Schritt rückwärts, und endlich kann ich ihn in all seiner Pracht bewundern.

Er ist noch genauso groß, wie ich ihn in Erinnerung hatte. Noch genauso heiß. War die Feuersbrunst, die durch meinen Körper tobt, eben bereits bei Alarmstufe Rot, ist nun ein wahres Inferno ausgebrochen.

Ich höre, wie seine nackten Füße über den Boden tappen und das Öffnen einer Schublade. Kurz darauf kommt er mit einer Flasche Gleitgel und einem Kondom zurück.

»Was kriege ich, wenn ich mich nicht bewege?«, frage ich frech, und er grinst.

»Einen riesigen Schwanz.«

Ich rutsche vom Tisch, gehe auf die Knie, greife seine Erektion und nehme ihn in den Mund.

Ein Knurren entweicht ihm, und er fasst mich am Hinterkopf und zeigt mir, was er will, als wüsste ich es nicht bereits. Meine Güte, er war derjenige, der mir beigebracht hat, wie man es macht.

»Ich brauche dich hier oben.« Nach nur ein paar Minuten nimmt er die Hand weg. »Dafür ist später noch genug Zeit. Jetzt brauche ich deine Muschi.«

Ich stehe auf, wische mir mit dem Handrücken den Mund und setze mich wieder auf den Tisch. Doch er zieht einen Stuhl heran und setzt sich.

»Unser erstes Mal seit Langem, und du glaubst, du kriegst nicht, was du willst?« Er klopft sich auf die nackten Schenkel. »Reite mich, Baby.«

Ich nehme das Kondom. Als ich seinen Schwanz berühre und den Gummi auf seiner Eichel platziere, zuckt er zusammen. Während ich sicherstelle, dass wir anständig verhüten, drückt er sich etwas Gleitgel auf die Hand. Als er beginnt, meine Muschi zu massieren, lasse ich den Kopf auf die Tischplatte sinken.

Während er mich über sich positioniert, saugt er an meiner Brust. Ich umfasse seinen Schwanz und lasse mich langsam sinken. Lasse mich von ihm ausfüllen.

Herrlich. So verdammt herrlich.

Wie sehr ich ihn und diesen Moment vermisst habe. Wie sehr ich seinen perfekten Schwanz vermisst habe.

»Sag mir, wie sehr du mich vermisst hast.« Er hält meinen Kopf zwischen den Händen. »Wie oft hast du beim Masturbieren an mich gedacht?«

»Nie.«

»Chelsea.« Sein Ton ist eher neckend als streng.

Ich reite ihn, und meine Beinmuskeln spannen sich an, während ich mich auf und ab bewege. Er hilft mir, indem er das Becken anhebt.

»Einen Scheiß gebe ich zu.« Nur mit Mühe bringe ich die Worte hervor.

Sein Griff verhärtet sich, und er zieht meinen Kopf näher zu sich, um mir direkt in die Augen blicken zu können.

»Ich werde dich erst ficken, wenn du es zugibst.« Er hält inne.

Wir atmen schwer, meine Brust hebt und senkt sich.

»Was willst du von mir?«, frage ich herausfordernd, so wie er es mag. Er stößt mich, und am liebsten würde ich laut schreien. Ich will ihn so sehr, dass ich mich schon gar nicht mehr an seine Frage erinnern kann.

»Ich will, dass du mir sagst, dass ich der beste Fick bin. Dass du jedes Mal an mich gedacht hast, wenn du mit einem anderen zusammen warst. An uns. Dass du mich verdammt noch mal genauso vermisst hast wie ich dich. Dass das, was zwischen uns ist, nicht vergehen wird und dass du dein Herz wieder für mich öffnest.«

Tränen brennen mir in den Augen. Ich wusste, dass er mich zurückwill, aber bisher war unser Sex immer von der Sorte »Sag mir, dass du mir gehörst« gewesen. Sogar seine Worte und Versprechungen sind erwachsen geworden. Schließlich landet eine Träne auf seiner Brust.

»Das kann ich dir nicht versprechen«, flüstere ich.

Wieder stößt er mich, und mein Körper verlangt danach, sich in seine Arme fallen zu lassen.

»Bitte«, raunt er.

Ich lege die Hände auf seine Brust, versuche, Abstand zu bekommen, doch er lässt es nicht zu.

»Das hier ist kein Film, in dem du mich innerhalb von zwei Stunden zurückerobern kannst.«

Er schüttelt den Kopf. »Sag es mir, dann verschaffe ich dir endlich Erleichterung.«

Langsam bewegt er das Becken auf und ab. Manchen Frauen reicht das vielleicht, doch mich frustriert es nur. »Na schön.«

Er grinst zufrieden. »Das ist mein Mädchen.«

Sein Griff lockert sich, doch er hält noch immer meinen Kopf fest, als meine Augen die Wahrheit verraten. »Ich habe nie aufgehört, dich zu lieben. Ja, ich habe jeden Kerl mit dir verglichen. Ich habe mein Herz bereits geöffnet, wage es also ja nicht, es noch einmal zu brechen.« Ich schlage ihm auf die Brust.

Ein Lächeln zeichnet sich auf seinen Lippen ab, und er lässt seine Bewegungen schneller werden.

»Ich werde darauf aufpassen. Das verspreche ich dir.«

Er nimmt mich, und ich klammere mich an seine Schultern. Seine Hände landen auf meinem Hintern. Schlagend, drückend, greifend. Als ich kurz davor bin, muss er mir nur noch ins Ohrläppchen beißen und »Komm!« flüstern.

Und das tue ich. Nicht auf seinen Befehl hin, aber selbst nach fünf Jahren kennt er meinen Körper noch immer so gut, dass er genau weiß, wann ich kurz davor bin. Ich habe euch doch gesagt, dass er ein Sex-Gott ist.

Seine Finger bohren sich in meine Hüften, und er platziert mich so, dass ich mit dem Rücken auf der Tischkante liege. Mit einer Hand auf meinem Bauch beobachtet er, wie er sich in mir bewegt.

Die Art, wie er uns dabei zusieht, als wäre er im Rausch, lässt erneut Erregung in mir aufsteigen.

Ich bin bereit, der Wahrheit ins Auge zu blicken. Vielleicht habe ich ihn gehasst, aber Entfernung und Unachtsamkeit können unserer Liebe nichts anhaben. Das zwischen uns ist kein klassisches Märchen. Trotzdem ist es eine epische Liebesgeschichte.

Kapitel 20

Deans große Hände fahren über meinen schweißbedeckten Rücken und drücken mich nach vorn. Nur zu gern lasse ich mich auf seine Brust fallen. Er steht vom Stuhl auf, und meine Beine sind so schwach, dass ich es kaum noch schaffe, mich an ihn zu klammern.

»Ich sollte lieber zurück ins Büro«, sage ich, und er bleibt abrupt stehen. Ich kann ihn nicht ansehen, also konzentriere ich mich auf die nackten weißen Wände.

»Denk nicht mal daran.« Er setzt sich wieder in Bewegung. Bevor er mich durch die Tür am Ende des Flurs trägt, kommen wir an einem Schlafzimmer vorbei.

In der Mitte des Zimmers steht ein großes Bett mit einfachem Kopfteil. Alles darin ist grau, schwarz oder aus Stahl. Eine typische Junggesellenbude. Er setzt mich ab und verschwindet in einem der Räume, vermutlich das Badezimmer.

Ich lassen den Blick umherschweifen und begutachte die Details. Noch ein langweiliger Raum ohne Leben. Nicht mal ein Wecker steht neben dem Bett. Abgesehen vom Blick auf die umliegenden Hochhäuser und wie die Sonne hinter ihnen Verstecken spielt, wirkt alles kalt. Ganz anders als das Gefühl, das ich normalerweise habe, wenn ich mit Dean zusammen bin.

Ich höre die Klospülung, und es läuft mir kalt den Rücken hinab.

»Zeit für ein Nickerchen.« Er steuert auf das Bett zu. Wir waren nicht lange genug zusammen, als dass jeder seine Bettseite gehabt hätte. Zuerst lagen wir zusammen in der Mitte, dann schlief einer auf dem Sofa.

»Es ist vier Uhr nachmittags«, erwidere ich scherzhaft. Irgendwie fühle ich mich entblößt. Verletzlich.

»Hast du noch Termine?«, fragt er und schlägt die Decken zurück.

»Nein.«

»Dann lass uns ein Nickerchen machen, und danach bestellen wir etwas zu essen.«

»Dean, ich habe ein Leben.«

Er starrt mich an, als würden ihm zum ersten Mal die Worte fehlen. Dann kommt er auf mich zu und legt mir die Hand an die Wange. Mein Bauch kribbelt, und meine gespielte Lässigkeit ist dahin.

»Lass mich heute Abend dein Leben sein.« Er drückt mir einen Kuss auf die Stirn und streichelt über meinen Arm, bis seine Hand in meiner landet.

Statt mich aufs Bett zu ziehen, lässt er es langsam angehen und bleibt auf Abstand, für den Fall, dass ich nicht einverstanden bin. Er scheint also zu wissen, dass wir uns einander erst wieder annähern müssen.

»Eine halbe Stunde«, sage ich widerwillig.

Er sieht mich an und nickt, doch sein Grinsen verrät, dass er mir nicht glaubt. Ich würde mir auch nicht glauben. Während er neben dem Bett wartet, krabble ich hinein. Erst jetzt merke ich, wie müde ich bin. Das war aber auch der heißeste Sex, den ich im letzten halben Jahrzehnt hatte.

»Halbe Stunde, und dann gibt's was zu essen.« Er zieht mich zu sich, schließt mich in seine Arme und bedeckt meine Stirn und Schläfen mit Küssen. Unsere Beine sind ein einziges Knäuel, und meine Wange presst sich gegen seine starke Brust.

»Hast du es vorhin wirklich so gemeint?«, fragt er leise und unsicher. Plötzlich klingt er überhaupt nicht mehr wie der Mann, der mir gerade meinen Orgasmus vorenthalten hat, bis ich ihm gesagt habe, was er hören wollte.

Ich stütze das Kinn auf seine Brust und spiele mit seinem Brusthaar.

»Nun ja, du hast mir mit deinen zarten Stößen den Orgasmus verwehrt.« Ich grinse. Er nicht.

Mist, wo ist der Dean Bennett, den ich mal gekannt habe? Der, der sich jetzt ein Wortgefecht mit mir liefern würde.

»Und ich würde es wieder tun.« Zaghaft biegen sich seine Mundwinkel nach oben.

»Dean.« Ich rutsche ein Stück nach oben, sodass er gar nicht anders kann, als mich anzusehen. »Für einen Orgasmus würde ich nicht lügen. Ich bin an Bord. Ja, ich habe Angst, aber du hast mir schon mehr als bewiesen, dass du dich geändert hast.«

»Hast du manchmal das Gefühl, wir müssten noch irgendwas klären? Alles rauslassen? Über alles reden, was passiert ist?«

Ich rutsche wieder nach unten und schmiege den Kopf an seinen Hals. Allein wenn ich ihn rieche, fühle ich mich sicher. »Nicht heute, okay?«, murmle ich.

»Okay.« Er gibt mir einen Kuss auf den Kopf, und bevor ich über das bevorstehende Gespräch nachdenken kann, bin ich bereits eingeschlafen.

• • •

Es ist Nacht, als ich aus dem tiefsten Schlummer seit Langem erwache – zumindest, wenn kein Alkohol im Spiel war. Obwohl die Jalousien geöffnet sind, verdecken die dunklen Hochhäuser den Blick auf den Mond. Die meisten Menschen haben inzwischen Feierabend, und die erleuchteten Fenster wirken wie ein Bilderrätsel, bei dem man die Punkte miteinander verbinden muss.

Ich löse mich aus Deans Armen und stehe auf. So leise wie möglich schleiche ich über den Flur. Was ist eigentlich mit Teppichboden? Warum hat keiner mehr einen Teppich? Teppich macht das Herumschleichen wesentlich einfacher.

Das Vibrieren meines Handys durchbricht die Stille wie eine Sirene.

Ich lege einen Zahn zu und krame in meiner Tasche nach dem vibrierenden Ding.

Meine Hand ist wie erstarrt, und das Telefon fällt auf die Küchentheke. Es hüpft umher wie mein Einhorn-Vibrator, wenn ich ihn nach dem Orgasmus zwischen meine Schenkel fallen lasse.

Während das Handy auf der Theke herumvibriert, leuchtet das Wort *Mom* auf dem Display auf. Wahrscheinlich hat ihr ihr sechster Sinn verraten, dass ich bei Dean bin. Ich bin mir ziemlich sicher, dass sie einen Auftragskiller auf ihn angesetzt hat.

Ich schlüpfe in Deans Hemd, das auf dem Fußboden lag, und knöpfe es zu.

»Noch nicht anziehen.« Seine raue Stimme jagt einen Stromschlag durch meinen Körper, der mir wohl sagen will: Ich bin bereit für mehr.

Ganz langsam, Mädchen.

Ich drehe mich zu ihm um. Er trägt Baseballshorts, sein Oberkörper ist nackt, sein Haar verwuschelt, seine Augen verschlafen. Das ist mein Dean.

»Glaub bloß nicht, du könntest mir Befehle erteilen.« Ich schnappe mir mein Handy und werfe es zurück in die Tasche.

Er beginnt, das Hemd wieder aufzuknöpfen. »Ich mag es, wenn du meine Klamotten trägst, aber nicht heute.«

Als er fertig ist, fällt der Stoff auseinander. Dean streichelt über meinen Bauch, seine Finger sind gefährlich nah an meinem Schritt. »Ich glaube, du magst es generell nicht, wenn ich angezogen bin.«

Als mein Handy erneut zu vibrieren beginnt, schnelle ich in seinen Armen herum.

»Bitte sag mir, dass das kein anderer Kerl ist.«

Ich schlinge die Arme um seinen Hals und presse meine Oberweite gegen seine starke Brust. »Schlimmer.«

»Nichts ist schlimmer als Konkurrenz. Vor allem, wenn man das Gefühl hat, die schlechteren Karten zu haben.« Ich drücke ihm einen Kuss auf die Brust, und er streichelt mir über den Rücken und fasst mir an den Hintern.

»Ich bin doch hier. Warum machst du dir solche Gedanken?«

»Das letzte Mal, als ich dich hatte, habe ich dich verloren.«

»Dann streng dich diesmal mehr an.« Ich lächle, um die Stimmung aufzulockern. Lustig können wir allemal besser als emotional.

»Ich muss gleich los und Grover abholen, aber zuerst füttere ich dich.« Er schlägt mir auf den Hintern, jedoch nicht allzu fest, und dreht sich weg.

»Du lässt mich einfach nackt hier stehen?« Ich knöpfe sein Hemd wieder zu.

»Am liebsten würde ich mein Essen von deinem Körper essen.« Er öffnet den Kühlschrank und schnappt sich zwei weiße Boxen vom China-Imbiss. »Lo-Mein mit mongolischem Rindfleisch?« Er stellt sie auf die Küchentheke und holt zwei weitere heraus. »Bratreis und Frühlingsrollen?«

»Bist du davon ausgegangen, dass ich hier sein würde?« Ich umrunde die Küchentheke und springe auf die Arbeitsfläche. Ich liebe chinesisches Essen.

»Du hast wohl vergessen, dass du mongolisches Rindfleisch durch mich kennen und lieben gelernt hast.«

Da hat er recht. Vorher habe ich immer nur gebratenen Reis und Frühlingsrollen gegessen.

»Klugscheißer mag kein Mensch.« Ich öffne eine der Boxen, und mein Magen beginnt zu rumoren. Es ist vielleicht seltsam, aber chinesisches Essen schmeckt mir kalt besser als warm.

»Komm, wir sehen Netflix und chillen.« Er schnappt sich die Essensboxen und nimmt zwei Gabeln aus der Besteckschublade.

Ich greife mir zwei Flaschen Wasser und folge ihm aufs Sofa. »Ich dachte, das hätten wir schon.«

Er setzt sich und stellt die Boxen auf den Glastisch. »Dann chillen wir eben noch mal. Sicher, dass du mich nicht von deinem Körper essen lassen willst?« Er zwinkert und beäugt mich, als wäre ich eine Schokotorte mit sechs Schichten und er kurz davor, seine Tage zu kriegen.

Und plötzlich sehnen sich meine weiblichen Geschlechtsteile nach einer weiteren Achterbahnfahrt mit Dean Bennett.

»Es geht mich zwar nichts an, aber wer war das eben am Telefon?«, fragt er.

Ich mache es mir bequem, wickle die Decke um meine Beine und nehme mir die Box mit dem mongolischen Rind. Das hatte ich schon seit fünf Jahren nicht mehr. Zu viele Erinnerungen.

»Meine Mutter.« Ich setze den genervten Gesichtsausdruck auf, den ich immer zeige, wenn es um meine Mutter geht.

»Wie geht's Babs?« Er öffnet eine der Boxen und beginnt, auf der Fernbedienung herumzudrücken.

Erstaunlich, dass er sich – im Gegensatz zu mir – nicht vor meiner Mutter zu fürchten scheint. Nachdem ich ihn verlassen hatte, stattete sie ihm einen Besuch ab und nahm die ganze Bude auseinander. Zumindest erzählten das die Nachbarn. Es war das erste und einzige Mal, dass meine Mutter und ich einer Meinung waren.

»Alles wie immer. Sie ist immer noch sauer, dass sie für mich keine aufwendige Hochzeit organisieren durfte.«

Mit heruntergezogenen Mundwinkeln sieht er mich an. »Dafür habe ich mich aber bei ihr entschuldigt.«

»Was hat sie gesagt?«

»Sie meinte, deine nächste Hochzeit würde riesig werden, wenn du dann endlich den *Richtigen* heiratest.«

Ich kuschle mich in seinen Arm und lege die Wange an seine Schulter. »Sie will mich nur beschützen.«

»Mhm. Aber sie hat recht. Du hast beim ersten Mal tatsächlich den Falschen geheiratet. Nächstes Mal wirst du den Richtigen heiraten. Das garantiere ich dir.« Der dunkle Raum wird vom Fernseher erhellt.

Es dauert einen Moment, bis ich seine Worte verdaut habe. »Ich habe nicht vor, noch mal zu heiraten.«

Er sieht mich nicht mal an. Klickt einfach durch die Kanäle.

»Du hast gehört, was ich gesagt habe, oder?«

»Habe ich.« Er führt die Gabel zum Mund.

»Aber?«

»Nichts aber.«

»Na schön. Dann sag's mir eben nicht.« Ich spieße ein Stück Fleisch auf.

Er lacht leise. »Ich werde jetzt lieber nichts sagen. Du bist noch nicht so weit.«

»Wie? So weit?«

Sein Blick ist noch immer auf den Fernseher gerichtet, kein einziges Mal späht er zu mir rüber. »Uns zu sehen.«

»Sprich so, dass man dich auch versteht, Dean.«

Er rutscht auf seinem Platz herum und stellt die Essensbox auf den Tisch. »Du hast mich wieder in dein Leben gelassen, und ich will dir keine Angst einjagen, aber Chelsea, ich werde nicht eher aufgeben, bis du wieder diesen Ring trägst.«

»Dean.« Ich seufze und versuche das wilde Pochen meines Herzens zu ignorieren. Als würde es laut »Er will uns! Er will uns!« schreien.

»Siehst du.« Er zeigt auf mich. »Deshalb wollte ich nichts sagen. Für so eine Ansage bist du noch nicht bereit.«

Ich lache. »Bist du dir sicher, dass wir nicht plötzlich wieder im achtzehnten Jahrhundert gelandet sind? Vielleicht willst du Barb und Ted um meine Hand bitten. Hast du denn eine Aussteuer? Oder soll ich etwa eine Aussteuer mit in die Ehe bringen?«

Seine Mundwinkel biegen sich nach oben. »Entspann dich, Chelsea.« Er zwinkert erneut. »Ich werde dich zu nichts zwingen, was du nicht willst.«

Er ist so arrogant. Nur weil er es geschafft hat, mich ins Bett zu kriegen, glaubt er, er kann mich dazu bringen, ihn noch mal zu heiraten? Das soll wohl ein Scherz sein.

»Ich muss mal ins Bad.« Ich stecke die Gabel in das mongolische Rind und stehe auf. Er hat mir das Essen versaut, weil er unbedingt über die Zukunft reden musste. Dabei muss ich immer noch verarbeiten, dass ich überhaupt hier bin. Dass ich gerade mit ihm geschlafen habe.

Statt das Bad auf dem Flur zu nutzen, gehe ich in das ans Schlafzimmer angrenzende und knipse das Licht an.

Wieder tristes Schwarz, Grau und Weiß. Wer hat dieses Apartment bitte ausgestattet?

Ich schließe die Tür und gehe in Richtung Toilette, als in dem sonst so eintönigen Raum ein Farbkleks meine Aufmerksamkeit auf sich zieht. Meine Füße bewegen sich wie in Zeitlupe. Plötzlich muss ich gar nicht mehr aufs Klo.

Als ich danach greife, rutscht es vom Handtuchhalter – das Handtuch im marokkanischen Stil, das uns meine Großmutter zur Hochzeit geschenkt hat. Ich dachte, ich hätte sie alle mitgenommen. Sie sind nicht gerade schön, haben mehr Farben als ein Kaleidoskop, aber sie waren das einzig Nützliche, was wir zur Hochzeit bekommen haben.

Ich führe es zur Nase und rieche Dean. Mit Wucht kommen die Erinnerungen an unsere guten Zeiten zurück. Erinnerungen, die ich verdrängt habe. Ich hänge das Handtuch wieder auf und öffne die Badtür. Ich will Dean sagen, dass er recht hat. Ich bin noch nicht so weit, das heißt aber nicht, dass ich es nie sein werde.

Er sitzt auf der Bettkante und sieht mich an wie ein Schuljunge. Als wäre ich die Rektorin und er wäre ins Schulbüro gerufen worden.

»Ich hätte ...«

»Nein. Sag nichts«, unterbreche ich ihn und trete zwischen seine gespreizten Beine.

Seine Hände gleiten über meine Schenkel und unter den Saum seines Hemds.

»Lass uns einfach sehen, wie es sich entwickelt, okay? Ich weiß, es ist schwierig, aber ich will, dass wir uns noch einmal ganz neu kennenlernen«, sage ich, platziere die Beine links und rechts von ihm und lege die Hände an seinen Hals. »Ich sage nicht Nein.«

Seine Lippen berühren mein Schlüsselbein, und seine Hände haben meinen Hintern fest im Griff.

»Abgemacht.« Er leckt über meinen Hals. »Wenn man bedenkt, dass du vor ein paar Wochen noch gesagt hast, ich würde deinen Körper nie wieder berühren …« Er lacht leise.

»Pass bloß auf, Bennett.« Ich widerspreche ihm nicht, denn er hat recht. Ich senke den Kopf, und ohne auch nur eine Sekunde zu zögern presst er seine Lippen auf meine.

Mein Gehirn sagt mir, dass ich mit dem Feuer spiele, doch mein Körper will nicht darauf hören. Die Gefahr, die mit Dean Bennett einhergeht, habe ich schon immer gemocht.

Kapitel 21

Den Samstag darauf beobachte ich ein kleines Mädchen, wie es in meinem Wohnzimmer zu einem viralen YouTube-Hit tanzt.

»Du hast bestimmt Durst, Jade.« Ich stelle die Limonade auf den Tisch.

Atemlos plumpst sie aufs Sofa. »Danke, Tante Chelsea.« Sie nimmt einen großen Schluck.

Beim Wort »Tante« wird mir ganz warm ums Herz, denn eigentlich bin ich ja gar nicht ihre Tante. Aber sie mag mich wohl.

»Das ist aber ein interessanter Tanz.« Ich beobachte, wie das Kind auf dem Bildschirm die Arme und Hüften hin- und herschwingt. So ganz verstehe ich es nicht, aber was soll's.

»Es hat lange gedauert, bis ich es konnte. Mein Freund Henry schafft es immer noch nicht, die Hüften richtig zu bewegen.« Jade sitzt auf der Sofakante, schlürft ihre Limo und sieht zum Fernseher.

»Deine Mom lässt dich das schauen?«

Heute Abend auf Jade aufzupassen ist für mich eine Win-Win-Situation. Erstens tue ich Victoria und Reed damit einen Gefallen, weil sie endlich mal wieder einen gemeinsamen Abend verbringen können, ohne ein schlechtes Gewissen haben zu müssen, dass Vics Mom wieder auf Jade aufpasst. Und zweitens kann ich so herausfinden, ob Dean überhaupt in mein Leben passt. Ich bin nicht mehr das Mädchen vom College, das ständig Party macht. Ganz zum Hausmütterchen bin ich zwar noch nicht mutiert, aber Jade, meine Nichte und mein Neffe sind inzwischen fester Bestandteil meines Lebens.

»Ja, Reed kann den Floss Dance. Aber Mom …« Sie zieht die Nase kraus.

Ich stehe auf und drücke den Knopf der Fernbedienung, um das nächste Video zu starten. »Wenn Reed es kann, kann ich es auch.«

Das Video beginnt. Ein zehnjähriger Junge schwingt seine Hüften so wild hin und her, dass ich befürchte, er wird sich einen Muskel zerren. Ich bewege meine Hüften und Hände, aber sie tun nicht das, was sie sollen.

»Nein, Tante Chelsea.« Kichernd lässt sich Jade nach hinten fallen.

Da ich eine Perfektionistin bin, probiere ich es weiter, doch alles, was ich erreiche, ist, dass Jade ihre Limo über meinen Couchtisch spuckt. Wie die Mutter, so die Tochter.

Als ich mit einer Küchenrolle zurückkomme, klopft es an der Tür.

»Hier.« Ich reiche Jade die Papiertücher und gehe zur Tür, um durch den Spion zu spähen. Dean.

Ich öffne die Tür, und er hält eine braune Papiertüte in die Höhe. »Ich habe Sachen für Eis dabei. Sogar Kirschen.« Er zwinkert, und ich öffne die Tür ein Stückchen weiter.

»Großartig. Jade liebt Kirschen.«

Deans Kinnlade klappt ein wenig herunter, doch er versteckt die Enttäuschung schnell hinter einem Lächeln.

»Du bist Victorias Tochter?«, fragt er, kommt herein, nimmt die Tüte in die linke Hand und streckt Jade die rechte entgegen.

»Und Petes Tochter. Und Reeds?« Sie denkt kurz nach. »Ich schätze, ich bin auch irgendwie Reeds Tochter. Wir ziehen bei ihm ein.«

»Dean hat Reed und deine Mom auf Hannahs Party kennengelernt.«

Sie lächelt. »Ich liebe ihren Hund Lucy«, sagt sie mit verträumtem Blick. »Hast du auch einen Hund?«

»Ja, er heißt Grover«, antwortet Dean.

»Hast du ein Foto? Warum hast du ihn nicht mitgebracht?« Plötzlich wird sie munter und richtet sich auf.

»Wenn ich das gewusst hätte, hätte ich ihn mitgebracht.« Er geht in die Küche. »Ich räume kurz die Sachen weg, und dann zeige ich dir Fotos.«

Als Dean und ich in der Küche verschwinden, zuckt Jade mit den Schultern und lässt das Video weiterlaufen.

»Willst du mich aufklären?« Dean packt die Einkäufe aus. Schlagsahne, Kirschen, Streusel, Schokosoße, Karamellsoße.

Ich räume alles in den Kühlschrank, öffne das Gefrierfach und warte darauf, dass er mir das Eis reicht.

»Ich habe Vic gesagt, dass ich heute Abend auf Jade aufpasse. Sie wollten schick essen gehen.«

Dean faltet die Papiertüte. »Cool.«

»Hast du das Eis vergessen?«, frage ich mit großen Augen. Was für eine Tante bin ich bitte, wenn ich Jade nicht mit Zucker vollstopfe?

»Ich habe keins gekauft.«

Ich schließe den Gefrierschrank. »Gab es keins mehr?«

Er legt die Papiertüte auf die Küchentheke, packt mich an den Hüften und zieht mich zu sich. Seine Nase gleitet über meinen Kiefer und meinen Hals. »Ich dachte, du wärst das Eis.«

Ich kichere.

»Eigentlich hatte ich vor, Schlagsahne und Schokosoße von deinem wunderschönen Körper zu lecken. Was glaubst du, warum ich Kirschen gekauft habe?« Seine Zähne fassen mein Ohrläppchen und ziehen fest daran.

»Nun ja, vielleicht sollten wir das besser auf morgen Abend verschieben.«

Er drückt meinen Hintern. »Willst du mir damit sagen, dass ich die Nacht nicht mit dir verbringen kann?«

»Leider nicht. Jade übernachtet hier.«

»Ich muss dich etwas fragen.« Er lehnt sich gegen die Theke. Ich überdenke meinen Plan noch einmal. Eine ganze Nacht ohne ihn ist im Moment die reinste Folter.

»Was denn?«, frage ich.

»Ist das ein Test?«

Ich ziehe die Augenbrauen zusammen.

Er hebt seine.

Ich lege den Kopf schief.

Er legt den Kopf auf die andere Seite.

»Wie bitte?« Ich tue, als hätte ich ihn nicht richtig gehört.

»Du hast mich genau verstanden.«

»Sage ich dir nicht.«

Bevor ich ins Wohnzimmer flüchten kann, packt er mich und kitzelt mich durch. »Gib's zu.«

»Nein.« Ich lache.

Er lacht ebenfalls. »Ich werde nicht damit aufhören.«

Ich winde mich aus seinem Griff, doch kaum bin ich entwischt, hat er mich schon wieder. Aber ich muss zugeben, dass ich mir nicht sonderlich Mühe gebe, ihm zu entkommen. Wenn ich es wirklich wollte, würde ich ihm das Knie in die Eier rammen.

»Na schön. Vielleicht.«

Kurz hält er inne. »Also ja?«

»Vielleicht.«

Er kitzelt mich erneut, doch jetzt wandern seine Hände nach oben zu meinen Brüsten. »Mein Gott, am liebsten würde ich dir die verdammten Klamotten vom Leib reißen. Ich kann die Form deines Körpers deutlich erkennen, aber sie sind im Weg.«

»Tante Chelsea«, ruft Jade. »Es hat an der Tür geklopft.«

»Geh nicht hin.« Ich sehe Dean an. »Kein richtiger Test. Ich wollte nur sehen, ob du in mein Leben passt. Wie du damit umgehst, wenn es nicht nur um uns geht.«

Ein arrogantes Grinsen umspielt seine Lippen. »Wie immer perfekt.« Er drückt mir einen Kuss auf die Wange. »Ich sehe nach, wer es ist.«

Ich muss mich an der Küchentheke festhalten. Das wird ein Abend voller Versuchungen.

Als ich ins Wohnzimmer komme, schließt Dean gerade die Tür, in der Hand hält er einen Pizzakarton.

»Das Geld lag auf dem Tisch.«

Er schüttelt den Kopf.

»Du magst bestimmt am liebsten Käse, oder Jade?«, fragt er.

»Woher weißt du das?« Sie folgt ihm zum kleinen Esstisch.

»Ist das der Floss Dance?«, fragt Dean, stellt die Pizza ab und öffnet den Karton.

»Ja.« Jade beginnt, die Hüften und Arme zu schwingen.

Dean macht einen Schritt rückwärts, beobachtet sie kurz und versucht, es ihr gleichzutun. »Wenn du die Hüften zur Seite bewegst, musst du die Arme zurückschwingen.«

Jade sieht aus wie das Kind aus dem Video, aber Dean sieht aus, als würde man das Video in Zeitlupe laufen lassen.

Ich lehne mich gegen den Türrahmen und beobachte sie.

Jade ist ein nettes Mädchen. Sie wird sich nicht wie ein ungezogenes Gör benehmen und sich über ihn lustig machen. Sie gehört zu den Kindern, die immer bitte und danke sagen. Es ist schön, dass die beiden zusammen Spaß haben.

»Kennst du auch den Cupid Shuffle?« Dean gibt es auf, den Floss hinzukriegen und beginnt stattdessen, den »Cupid Shuffle«-Song zu singen und dazu zu tanzen.

Jade beobachtet, wie er die Füße bewegt und macht es ihm nach.

»Warte. Wir brauchen die richtige Musik.« Dean sucht auf YouTube nach dem Song. Nach einer kurzen Werbung beginnt das Lied, und Dean schiebt den Couchtisch beiseite.

Er winkt Jade zu sich auf die Tanzfläche. Sie sieht mich an, und ich nicke, also rennt sie zu ihm.

Dean fasst sie an den Händen. Gemeinsam bewegen sie sich zuerst nach rechts, dann nach links. Den gesamten Song über folgt sie Deans Bewegungen. Sie spannt sogar wie er den Bizeps an.

»Können wir das noch mal machen?«, fragt Jade mit breitem Grinsen und funkelnden Augen.

»Nur wenn Chelsea auch mitmacht.« Dean sieht mich herausfordernd an.

Jade rennt zu mir, ergreift meine Hand und zieht mich vor den Fernseher.

»Die Pizza wird kalt«, protestiere ich.

»Nichts als Ausreden«, erwidert Dean neckend.

»Sieh her«, sagt Jade und gibt Dean mit einem Blick zu verstehen, dass er auf Play drücken soll.

»Ich beherrsche den Tanz wie keine Zweite, süße Jade.« Ich strecke die Brust heraus.

»Was ist mit dem Die-Pizza-wird-kalt-Mädchen passiert?«, neckt Dean weiter und geht einen Schritt beiseite, um mir Platz zu machen.

»Ich wollte dich nur nicht bloßstellen.« Ich zwinkere ihm zu.

Lachend drückt Dean auf Play. »Dann zeig mir, was du draufhast, Schöne.«

Jade ist voll dabei und hat schon fast alle Moves drauf. Ach, könnte man doch noch mal Kind sein. Ihre Füße fliegen über den Boden, ihre Hüften bewegen sich im Rhythmus, und sie kennt sogar schon den Songtext. »Du bist wirklich gut, Tante Chelsea.« Sie wirft mir einen flüchtigen Blick zu.

Dean tanzt zum Tisch, nimmt sich ein Stück Pizza und verspeist es, während er uns weiter beobachtet.

»Ein Teller würde nicht schaden«, sage ich über die Schulter.

Sein leises Lachen kommt näher. Er lehnt sich über meine Schulter und beißt in das Pizzastück.

»Willst du sehen, wie Tante Chelsea ausflippt?«, fragt er Jade.

Sie dreht sich um und tanzt weiter, während sie uns beobachtet.

»Wenn du es fallen lässt, kaufst du mir einen neuen Teppich.« Obwohl ich ein wenig besorgt bin, werde ich mich nicht weiter darüber aufregen.

»Alles klar.« Er schlingt den Arm um meine Taille und hält mir das Pizzastück vor den Mund. »Trau dich und beiß rein.«

»Nein.« Ich schüttle den Kopf.

»Komm schon, Tante Chelsea.« Neben uns hüpft Jade auf und ab.

Ich sehe zuerst das Mädchen an, dann Dean und öffne schließlich den Mund. Eigentlich wollte ich nur mal daran knabbern, aber Dean stopft mir das ganze Stück in den Mund und verdünnisiert sich.

Ich kaue und kaue, und die beiden machen sich lustig über meine Hamsterbacken.

»HEILIGE ...«, schreit Dean, als Beyoncés »Put a Ring on It« anfängt. »Das ist Tante Chelseas Song. Den hat sie mir vor fünf Jahren mal vorgesungen.«

Hitze schießt mir in die Wangen. Ich suche nach der Fernbedienung, doch Dean hat sie in der Hand und wedelt damit in der Luft herum.

»Sie kann dir zeigen, wie man dazu tanzt.«

»Du hast dazu getanzt?« Jade setzt sich auf den Boden und sieht den halbnackten Frauen beim Tanzen zu.

»Unpassend«, murmle ich, während ich die letzten Reste des Pizzastücks herunterschlucke.

»Es ist Beyoncé.« Dean macht ein Was-soll's-Gesicht.

»Bitte, Tante Chelsea«, bettelt Jade mit gefalteten Händen.

»Lasst uns zuerst essen.«

»Mit vollem Bauch sollte man nicht tanzen.« Dean setzt sich und nimmt sich noch ein Stück Pizza. »In dem Song geht es um Frauenpower. Da halte ich mich lieber raus.« Er grinst, was ihn noch attraktiver wirken lässt.

Ich verenge die Augen zu Schlitzen.

»Bitte, Tante Chelsea.« Jade zerrt an meinem Arm.

Das Video läuft weiter, und Jade beginnt, Beyoncés Bewegungen zu imitieren.

»Nur einmal. Und dann wird gegessen«, sage ich mit erhobenem Zeigefinger. Jade wirft einen Blick über die Schulter und sieht Dean triumphierend an. Dean wirkt kein bisschen überrascht. Er wusste, ich würde nicht Nein sagen.

»Soll ich es noch mal von vorn laufen lassen?«, fragt er, obwohl er die Antwort bereits kennt.

Das Video beginnt, und ich tanze, als wäre ich wieder auf dem College und halb betrunken. Ich bin ein wenig überrascht, dass ich die Choreografie immer noch draufhabe.

Ich halte den Blick die ganze Zeit auf Dean gerichtet und erinnere mich an den Abend in der Bar. Er mit seinen Kumpels, seine verrückte Idee, sofort zu heiraten, sobald ich fertiggetanzt hatte.

Scheiße, *ich* bin dafür verantwortlich, dass wir geheiratet haben. Es sollte nur ein Witz sein. Ich und die Freundinnen von zwei anderen Spielern hatten nur gescherzt. Doch sie sind mit ihren Freundinnen nicht zur nächsten Kapelle gegangen, um sich vermählen zu lassen. Nur Dean.

Als der Song zu Ende ist, bin ich so außer Atem, dass ich fast zusammenbreche.

»Du bist so gut, Tante Chelsea. Können wir das noch mal machen?«

Ich tätschle ihr kastanienbraunes Haar. »Nach dem Essen, okay?«

»Okay.« Sie hüpft rüber zum Tisch und isst ihre Pizza, die Dean ihr schon bereitgestellt hat. »Magst du Lou's auch so?«, fragt sie, während ihr der Käse aus dem Mund hängt.

»Ich stehe mehr auf Gino's.« Dean lacht und weiß, dass er mit seiner Antwort ein Streitgespräch riskiert.

»Meine Mom liebt Gino's.«

Ich gehe in die Küche, um mir ein Glas Wasser zu holen, bevor ich ohnmächtig werde.

»Und Reed?«, fragt Dean.

Jade erzählt, dass Reed alles mag, was ihre Mutter mag und dass ihr Dad Lou's ebenfalls liebt, aber nur die Pfannenpizza mit dem dicken Teig. Wer hätte gedacht, dass ein Gespräch über Pizza ein kleines Mädchen so in Atem halten könnte?

Während ich die Sachen im Kühlschank umordne, schleicht sich Dean von hinten an. Er drückt sich gegen mich und greift in den Kühlschrank. »Kannst du mir den Tanz noch mal zeigen, wenn wir allein sind?«, flüstert er.

»Kommt ganz darauf an, was es dir wert ist.«

Mit nur einer Hand nimmt er drei Wasserflaschen und macht einen Schritt rückwärts.

Ich sag's euch: Zauberhände.

»Wenn dieses Mädchen nicht hier wäre, würdest du schon längst auf dem Tisch liegen. Mit meinem Kopf zwischen deinen Schenkeln.«

Ich schiebe ihn weg. »Sie ist direkt nebenan«, flüstere ich.

Inzwischen erzählt sie davon, welche Pizza Henry und ihre Großmutter am liebsten mögen.

»Dieser Tanz hat mir damals klargemacht, dass ich dich heiraten will«, erwidert er ernst.

»Lass uns nicht darüber nachdenken.« Ich will weggehen, doch er packt mich am Handgelenk.

»Ich will unsere erste Ehe nicht vergessen. Ich will unsere Vergangenheit nicht auslöschen, ganz egal, wie dunkel sie auch war.«

Wieder dieser ernste Blick. Der Blick, der mir zu verstehen gibt, dass es zwischen uns immer noch ungeklärte Dinge gibt, über die wir sprechen müssen.

»Nicht heute Abend.«

»Ich weiß. Aber diese Woche noch, okay?«

Ich nicke. »Okay.«

»Was ist mit dir, Tante Chelsea?«

Ich setze mich wieder an den Tisch. »Ich mag Lou's am liebsten.«

»Dann seid ihr euch also nicht einig?«, fragt sie erstaunt.

»Nicht nur, was Pizza angeht. Sie ist Sox-Fan.« Dean deutet mit dem Daumen auf mich.

»Tante Chelsea«, jammert sie. »Dich habe ich immer am liebsten gemocht.« Enttäuscht schüttelt sie den Kopf.

»Ich bin mir sicher, dass sie dir den Tanz jetzt gern beibringen wird«, sagt Dean.

Unterm Tisch trete ich ihm gegen das Schienbein.

»Juhu!« Jades Gesicht erhellt sich.

»Juhu!« Dean stößt die Fäuste in die Luft und schüttelt sie wie ein Cheerleader.

»Das werde ich dir heimzahlen«, erwidere ich kichernd.

Sein Fuß wandert an meinem Bein hoch und drückt meine Schenkel auseinander. »Willst du darauf wetten?«

Ich drücke meine Beine wieder zusammen. »Ganz sicher nicht.«

Lächelnd lasse ich mir alle möglichen Arten durch den Kopf gehen, wie ich ihn quälen könnte – vor allem mit meinem Mund.

Kapitel 22

Am darauffolgenden Dienstag bin ich gerade völlig in die Werbeanzeige für die Spendengala vertieft und dass die Logos aller Spender verzeichnet sind, als ich plötzlich eine Nachricht erhalte.

Schnellschießer: *Mittagessen bei mir?*

Scheiße, ich habe total vergessen, seinen Namen zu ändern. Schnell hole ich es nach.

Ich: *Wie kommst du auf die Idee, ich könnte dein Mittagessen sein?*

Hitze macht sich zwischen meinen Beinen breit.

Dean: *Du warst schon immer ein kluges Mädchen.*

Ich: *Mr. Bennett, bitten Sie mich etwa um ein nachmittägliches Vergnügen?*

Dean: *Nenn es, wie du willst. Hauptsache, ich liege unter dir.*

Ich: *Du weißt schon, dass ich dich nicht jedes Mal reiten muss, oder?*

Dean: *Aber ich mag es, dabei deine Brüste zu kneten. Eine Win-Win-Situation.*

Ich: *Wirst du mich füttern?*

Dean: *Wenn du nicht willst, dass ich etwas äußerst Vulgäres schreibe, dann benutz lieber deinen schlauen Kopf und denk dir die Antwort selbst.*

Ich lache.

»Was ist denn so lustig?«, ruft Victoria von ihrem Schreibtisch. Sie wird jede Sekunde in meinem Büro stehen mit ihren heimlichen Detektivfähigkeiten.

»Nichts.«

Ich: *Ich bin um zwölf bei dir. Lass mich nicht warten.*

Dean: *Hey, das ist mein Satz. Clark hat einen Schlüssel für dich.*

Ich: *Einen Schlüssel?*

Dean: *Zu früh?*

Ich lege das Handy auf den Schreibtisch. Ist es tatsächlich zu früh? Ich weiß es nicht.

Ich: *Erwarte bloß nicht, dass du von mir auch einen Schlüssel bekommst.*

Dean: *Ich erwarte gar nichts von dir.*

Dean: *Stimmt nicht ganz. Nur eine feuchte Muschi.*

Ich spüre, wie ich rot werde, als in diesem Moment Victoria auftaucht. In der Hand hält sie eine Kaffeetasse, als wäre sie zufällig auf dem Weg vom Pausenraum an meinem Büro vorbeigekommen. Dieser Trick funktioniert vielleicht bei Jade, aber nicht bei mir.

»Wem schreibst du?«

Ich blicke kurz auf und schreibe schnell eine weitere Nachricht.

Ich: *Dann sind wir uns ja einig. Ich hoffe, du bist schon steif, wenn ich ankomme.*

Dean: *Ich werde schon bei der Vorstellung steif, wie ich dich übers Sofa lege.*

Ein Schauer jagt über meinen Körper, und ich krümme mich auf meinem Stuhl.

Ich: *Okay, ich muss jetzt arbeiten. Fortsetzung folgt ...*

Dean: *Ich habe gerade meine Hose aufgeknöpft :(*

Ich: *Benutz deine Fantasie.*

Dean: *Wie wär's mit einem Foto?*

»Chelsea!« Victorias laute Stimme reißt mich aus meinen Überlegungen, ob ich ihm tatsächlich ein Foto schicken soll.

Ich: *Das hättest du wohl gern, du Macho. Zwölf Uhr.*

Ich schalte das Handy aus und lege es mit dem Display nach unten auf den Schreibtisch. Wie ich Dean kenne, wird er mir gleich ein Foto von sich schicken.

»Entschuldigung, was?«, frage ich und stelle fest, dass Hannah inzwischen auch da ist. Sie und Victoria betreten mein Büro und setzen sich.

»Und? Alles gut?«, fragt Hannah und schlägt die Beine übereinander.

»Es geht voran, ja.«

»Nimmst du ihn mit nach Vegas?«, fragt Victoria und nippt an ihrem Kaffee. Seht ihr, sie ist eine Trickbetrügerin.

»Um Himmels willen, nein. Ich habe keine Lust, plötzlich wieder verheiratet zu sein«, scherze ich.

»Meinst du, das würde passieren?«, fragt Hannah.

»Nein.« Dann runzle ich die Stirn, denn ganz sicher bin ich mir nicht.

»Jade vergöttert ihn«, sagt Victoria. »Sie hat erzählt, er sei der allerbeste Tänzer. Sie gibt richtig mit ihm an. Reed hat gestern Abend versucht, seinen eigenen Tanz zu erfinden.«

»Reed hat keine Konkurrenz zu befürchten. Aber ich muss zugeben, dass Dean tatsächlich super mit ihr umgegangen ist. Er hat sogar einen Breakdance für sie hingelegt.«

»Sie hat es uns gezeigt.« Victoria lächelt und gibt mir stillschweigend ihren Segen, wieder in den Dean-Pool zu springen.

»Du hast dich wieder in ihn verliebt, nicht wahr?«, fragt Hannah.

Ich zucke mit den Schultern.

Würde ich ihnen die Wahrheit sagen, würde ich es laut aussprechen – und dann wäre es noch realer. Seit Wochen vertröste ich meine Familie, weil ich weiß, dass sie es mir sofort ansehen würden.

»Wir werden dich nicht maßregeln«, sagt Hannah und neigt den Kopf, um mir in die Augen zu sehen.

Ich blicke sie von unten herauf an und nicke.

Hannah lächelt.

»Macht mich das zur dümmsten Frau der Welt?« Meine Stirn landet auf der Tischplatte.

»Nein.« Victoria stellt ihre Kaffeetasse ab, umrundet meinen Schreibtisch und hält neben mir inne. Mit einem Arm stützt sie sich auf die Lehne meines Stuhls, den anderen legt sie um meine Schultern. »Überhaupt nicht.«

»Aber Hannah hat gesagt, Menschen ändern sich nicht.«

Hannah lacht. »Was weiß ich schon? Ich kenne den Mann ja kaum. Ich weiß nur, dass er ein guter Anwalt für Steuerrecht ist.«

»Was, wenn er mich zerstört?« Ich spreche meine größte Angst laut aus.

»Und was, wenn nicht?«, erwidert Victoria und drückt mir einen Kuss auf den Kopf. »Ich weiß, es ist beängstigend. Aber wenn du bereits jetzt Angst hast, dass er dich verletzen könnte, ist es schon zu spät. Jetzt musst du mit beiden Füßen hineinspringen.«

»Ich würde lieber erst den großen Zeh hineinstrecken.«

Hannah lacht. »Das hast du doch schon. Wenn es nicht klappt, wird es sowieso wehtun. Steh dir nicht selbst im Weg. Verstanden?«

»Ich denke schon.« Ich zucke mit den Schultern.

»Wie würdest du dich fühlen, wenn Dean dich in diesem Moment anrufen und dir sagen würde, dass er eine andere kennengelernt hat?«, will Hannah wissen.

Plötzlich rast ein Adrenalinschub durch meinen Körper, und meine Brust zieht sich zusammen. »Ich wäre am Boden zerstört.«

Hannah zieht die Schultern hoch und schürzt die Lippen, als wollte sie sagen: Siehst du, du bist schon mittendrin. Und ich weiß, dass sie recht hat. Ich habe es am Samstag deutlich gespürt. Schon da sagte mir mein Bauchgefühl, dass ich die Grenze überschritten habe. Dass er gewonnen und sich wieder in mein Herz geschlichen hat.

»Also beide Füße, was?«

Victoria drückt meine Schulter. »Ja, aber mach dir keine Sorgen. Jade hat eine sehr gute Menschenkenntnis.«

»Sie liebt auch Pete.« Ich sehe sie an und verdrehe die Augen.

Victoria lacht, weil ich ihren Ex-Mann erwähnt habe. »Alle Mädchen sehen ihren Vater als Helden.«

Da hat sie recht. »Hat sich Dean tatsächlich geändert?« Ich stelle genau die Frage, die mich gestern Nacht wachgehalten hat.

Victoria legt die Hand auf meine Brust. »Hör auf dein Herz.«

Hannah steht auf und geht zur Tür. »Chelsea, als ich dich eingestellt habe, musste ich mich zwischen dir und einer anderen entscheiden. Weißt du, warum ich mich für dich entschieden habe?« Sie bleibt im Türrahmen stehen.

»Warum?«

»Du bist eine Kämpferin. Ich wusste, dass du alles geben würdest. Und das gilt auch für eine Beziehung. Es gibt einen Grund, warum wir alle geschieden sind.«

Victoria und ich schweigen.

»Wir sind geschieden, weil unsere Ehemänner *nicht* alles gegeben haben. Zu einer guten Beziehung gehören immer zwei Menschen, die einhundert Prozent geben. Ich weiß, dass Dean dich enttäuscht hat, aber so wie es klingt, scheint er jetzt tatsächlich alles zu geben. Die Frage ist: Bist du auch bereit, alles zu geben?« Sanft lächelnd verlässt sie mein Büro.

Ich sehe Victoria an, die die Lippen aufeinanderpresst. »Sie hat recht. So habe ich das Ganze noch nie gesehen, aber es ist was Wahres dran.« Sie nimmt mich in den Arm und richtet sich auf.

»Das stimmt wohl«, murmle ich vor mich hin, als ich wieder allein bin.

Ich öffne die Schreibtischschublade und hole meinen USB-Stick heraus. Während ich darauf warte, dass mein Computer den Stick erkennt, wird mir ganz flau im Magen.

Ich klicke auf das erste Foto. Ein Selfie von Dean und mir. Waren wir wirklich mal so jung? Er umarmt mich, ich küsse ihn auf die Wange, und er lächelt strahlend.

Ich scrolle durch die Fotos. Fotos von uns bei seinen Spielen, auf Partys, unterwegs mit Freunden. Immer ist Dean an meiner Seite. Selbst auf den Fotos von mir und meinen Freunden ist er im Hintergrund zu sehen. Lächelnd erinnere ich mich daran zurück, wie viel Spaß wir in den wenigen Monaten zusammen hatten.

Ich sehe auf die Uhr. Es ist bereits halb zwölf. Ich schnappe mir meine Handtasche und das Smartphone. »Ich bin nach dem Mittagessen wieder da«, rufe ich, ohne auf eine Antwort zu warten.

»Na dann«, sagt Victoria, doch die Tür ist bereits zugefallen und ich habe den Knopf des Aufzugs gedrückt, bevor ich noch mehr hören kann.

Es war immer Dean. Ich muss jetzt alles geben.

• • •

Mit meinem neuen Schlüssel betrete ich Deans Apartment und werde sofort von einem schwanzwedelnden und sabbernden Grover begrüßt.

»Hey, Grover«, sage ich und suche nach der Leine. »Willst du Gassi gehen?«

Als ich mich zu ihm herunterbeuge, um ihn zu streicheln, entdecke ich seine Leine auf dem Tisch neben der Eingangstür. »Okay, dann los.« Ich stelle meine Sachen ab, befestige die Leine und gehe zur Tür. Doch sie öffnet sich, bevor ich nach der Klinke greifen kann.

Dean kommt hereingeschlendert, die Krawatte hat er bereits gelockert. Ein Lächeln erhellt sein Gesicht, und ich muss an das Foto denken, das ich mir eben angesehen habe, als ich in der kleinen Kapelle in Vegas auf Elvis am Altar zugeschritten bin. Ich wünschte, ich könnte mich besser an unsere Hochzeit erinnern.

»Diese Szene gefällt mir.« Dean stellt seine Laptoptasche auf einem Stuhl ab und kommt schnurstracks auf mich zu.

»Grover muss raus.«

»Ich bezahle jemanden fürs Gassigehen. Er war vor einer halben Stunde hier. Grover geht's gut.« Er vergräbt den Kopf an meinem Hals, zieht mich zu sich und atmet tief ein. »Ich brauche dich.«

»Wir haben den ganzen Sonntag miteinander verbracht.« Lachend lasse ich den Kopf zurücksinken, und er knabbert an meinem Hals.

»Ich will jeden Tag mit dir zusammen sein. Jede Minute.« Er schlüpft aus seinen Schuhen.

Grovers Leine rutscht mir aus der Hand.

Ich lege die Hände an seine Wangen und betrachte den Mann, den ich die letzten fünf Jahre so sehr gehasst habe. Zumindest habe ich es mir eingeredet.

Mein Mund landet auf seinen herzförmigen Lippen, und meine Zunge bittet um Einlass. Er öffnet den Mund, als hätte er den ganzen Tag auf diesen Moment gewartet. Forschend begegnen sich unsere Zungen. Er schmeckt nach Pfefferminzbonbons.

Er lockert seinen Griff, bis meine Füße auf dem Boden landen. Er legt die Stirn an meine und mustert mein Gesicht. Ich weiß nicht, wonach er sucht. »Irgendwas hat sich verändert«, sagt er, während seine Finger nach dem Reißverschluss an meinem Rücken tasten.

Während wir uns weiter in die Augen blicken, ist das Öffnen des Reißverschlusses das einzige Geräusch, was zu hören ist.

»Nichts hat sich verändert.«

»Die unsichtbare Wand zwischen uns ist nicht mehr da«, sagt er leicht verwundert, als könnte er es nicht glauben.

Seine Hände gleiten meinen Rücken hinauf und ziehen mir langsam das Kleid über die Schultern.

»Ich bin einfach glücklich.« Ich schließe die Augen und hole tief Luft, als mein Kleid zu Boden fällt. Jetzt stehe ich nur noch in schwarzer Unterwäsche und High Heels da. Ich fühle mich kein bisschen unsicher. Er will mich, und ich will ihn. Punkt.

»Ich bin auch glücklich.« Lächelnd fasst er mir an die Brust und reibt meine bereits steifen Nippel.

Ich presse mich ihm entgegen, und er zieht die Körbchen meines BHs herunter und bewundert meine Brüste. Ich öffne den Verschluss und lasse das Stück Stoff zwischen uns zu Boden fallen.

»Ich sollte dir den Hintern versohlen. Es ist meine Aufgabe, dich auszuziehen.« Er kommt noch näher, und meine Brüste pressen sich gegen sein Jackett.

»Wir sollten dich lieber aus deinen Klamotten befreien, bevor du unanständig wirst.«

Er zieht das Jackett aus und wirft es auf das Sofa. Ich knöpfe seine Weste auf, und er beobachtet mich dabei.

»Daran könnte ich mich gewöhnen«, sagt er grinsend.

Die Weste gesellt sich zu meinem Kleid auf dem Boden. Da er seine Krawatte ohnehin bereits gelockert hat, erledigen meine manikürten Nägel schnell den Rest. Ich lege die gestreifte Krawatte um meinen Hals, sodass die beiden Enden über meine Brüste fallen.

Er atmet tief ein. »Jetzt bedeckst du dich wieder? Du spielst ein Spiel, das du nicht gewinnen wirst.«

Verführerisch lächelnd knöpfe ich sein Hemd auf. Dann gleitet es über seine starken Schultern und landet ebenfalls auf dem Fußboden.

»Nur noch ein paar Kleidungsstücke, Mr. Bennett.« Ich küsse seine warme Brust. Zedernholz und Melone überwältigen meine Sinne. Seit wann trägt er Parfum?

Als wollte er sich selbst auf die Probe stellen, verbietet er sich, mich anzufassen. Meine Haut sehnt sich nach seinen groben Berührungen.

Während ich seine Brust mit Küssen bedecke, öffne ich seinen Gürtel, knöpfe seine Hose auf und öffne den Reißverschluss. Noch immer hat er mich nicht berührt. Versucht er etwa, mich zu reizen, bis ich klatschnass bin?

Ich lasse die Hände nach hinten gleiten und drücke seinen Hosenbund nach unten, bis seine Hose herunterrutscht. Klappernd landet sie zusammen mit dem Gürtel auf dem Fußboden.

In seinen schwarzen Boxershorts zeichnet sich eine ordentliche Beule ab, und mir läuft das Wasser im Mund zusammen. Ich würde es nie offen zugeben, aber er hat recht. Ich liebe seinen Schwanz. Was er aber nicht weiß, ist, dass ich seine Reaktionen auf meine Berührungen mehr liebe als den eigentlichen Akt.

Langsam rutsche ich an seinem Körper hinab, bis meine Knie das Parkett berühren. Verführerisch lasse ich den Finger am Bund seiner Boxershorts entlanggleiten und blicke ihn von unten herauf an.

Sein Blick ist auf mich fixiert. Hitze entströmt den dunklen Tiefen seiner Augen. Während ich ihn durch den dünnen Stoff seiner Shorts reibe, beobachte ich, wie sich seine Brust immer schneller hebt und senkt. Sein Mund ist leicht geöffnet. Er lässt mich einfach machen.

Als ich den Bund seiner Boxershorts herunterziehe, springt mir sein Schwanz entgegen, als wollte er rufen: Spiel mit mir, leck mich, saug an mir. Schließlich entweicht Dean ein Stöhnen, und er bewegt die Hände, jedoch ohne mich zu berühren. Der Schmerz zwischen meinen Beinen wird immer stärker.

Ich lecke über die gesamte Länge seines Schwanzes und umfasse ihn, damit ich seine Spitze in den Mund nehmen kann.

»Fuck«, raunt er und ballt die Hände zu Fäusten.

Ich liebe es, wie er fast die Kontrolle verliert.

Mit Dean ist es einfach. Ich weiß genau, was ihm gefällt. Aber heute will ich andere Dinge mit ihm machen. Nachdem ich ein paar Mal den Kopf hoch- und runterbewegt habe, lasse ich seinen Schwanz aus meinem Mund ploppen und die Zunge über seine enorme Länge gleiten. Während ich ihn weiter mit der Hand bearbeite, lege ich den Kopf schief und nehme seine Eier in den Mund.

Er lehnt sich nach vorn und krallt sich am Sofa fest, was mich nur noch mehr anspornt. Mit meinem Daumen verreibe ich den Lusttropfen auf seiner Eichel.

»Bitte, Chelsea«, bettelt er.

Als hätte ich nur auf diese Worte gewartet, beginne ich erneut, an seinem Schwanz zu saugen. Er stößt die Hüften nach vorn und dringt noch tiefer in meinen Mund ein.

Immer noch der alte Dean.

Während ich seine Eier massiere, erlaube ich ihm, meinen Mund zu ficken. Er kommt mit einem lauten Stöhnen. Endlich berührt er mich. Eine Hand liegt auf meiner Schulter, die andere an meinem Hinterkopf.

Elektrizität strömt durch meinen Körper. Ich sehe ihm tief ihm die Augen, schlucke und lasse ihn aus meinem Mund gleiten. Er ist immer noch steif.

Dean hilft mir auf und zieht mich zu sich. »Ich hab's doch gesagt. Du liebst meinen Schwanz mehr als mich.«

Ich lächle. Soll er es ruhig glauben. Ich kann mich wirklich nicht beklagen. Er hat einen wundervollen Schwanz.

»Komm mit ins Bett.« Er ergreift meine Hand und führt mich über den Flur.

»Ich sollte besser wieder ins Büro.«

Er bleibt stehen und starrt mich an. »Es ist aber kein nachmittägliches Vergnügen, wenn du nicht auch auf deine Kosten kommst. Lass dich von mir verwöhnen.«

»Stimmt, sonst hätte ich überhaupt nichts davon.«

Er lacht leise und hält mich weiter fest. Und ich lasse ihn gewähren.

Kapitel 23

Das Schlafzimmer ist sonnendurchflutet. Dean führt mich zum Bett und gibt mir mit einer Kopfbewegung zu verstehen, dass ich mich setzen soll.

Ich warte darauf, dass er mir Anweisungen erteilt, mir sagt, was er mit mir anstellen will, mich fragt, wie sehr es mir gefallen hat, ihm einen zu blasen.

Das sind wir. Wir ficken. Wir ficken hart – und wir finden es geil.

Doch es passiert nicht.

Mich hat es vorhin schon gewundert, dass er mich nicht angefasst hat, doch jetzt bin ich völlig baff.

Seine Augen sind auf mich gerichtet, während er sich langsam hinkniet und die Hände auf meine Knie legt. Ohne den Blick von mir abzuwenden, lässt er die Hände über meine Schenkel gleiten. Immer weiter nach oben, bis er meinen schwarzen Slip zu fassen kriegt und ihn über meine Beine zieht.

Ein Kribbeln, das unten an den Knöcheln beginnt, jagt über meine Beine. Als er meine Schamlippen berührt, spüre ich ein Verlangen, von dem ich nicht weiß, ob es je gestillt werden kann.

»So schön«, sagt er, und mein Kopf ist wie leer gefegt.

Sein Kopf verschwindet zwischen meinen Beinen. Er leckt über meine Spalte, nimmt meinen Kitzler in seinen heißen Mund und lässt die Zunge darum kreisen.

Mein Verlangen wird immer größer. Ich will seinen Körper spüren, will, dass er mich überall berührt. Als könnte er Gedanken lesen, leckt er über meinen gesamten Oberkörper und küsst mich. So tief und sinnlich, dass mein Bauch kribbelt.

Schweigend und ohne dass sein Mund meinen verlässt, gibt er mir zu verstehen, dass ich aufs Bett krabbeln soll. Ich falle auf die weiche Matratze und spüre sein Gewicht auf mir. Sein Schenkel presst sich gegen meine Mitte, und ich kralle mich an ihm fest, denn ich will nicht, dass er mich verlässt.

Wir küssen uns, wir streicheln uns. Es gibt nur uns. Wie früher. In diesem Moment befinden wir uns in unserem reinsten, ehrlichsten Zustand. Als seine Fingerknöchel über meine Rippen fahren, rinnt mir eine Träne über die Wange. Ich will nur ihn. Er soll niemals aufhören, mich zu berühren, mich zu küssen und der Mann zu sein, den ich brauche.

Fiebrig greifend und zart tastend erforschen wir gegenseitig unsere Körper, die sich in den letzten fünf Jahren verändert haben. Statt in unsere alte Routine zu verfallen, die wir so perfekt beherrscht haben, entdecken wir neue erogene Zonen.

Mit warmen, sanften Händen dreht er mich auf den Bauch und küsst jeden Quadratzentimeter meiner Haut. All meine Zweifel verschwinden. In mir beginnt eine neue Liebe für den Mann zu erblühen, der er geworden ist.

Er streicht mein Haar beiseite und küsst meinen Nacken, und ich bekomme Gänsehaut. Er dreht mich wieder auf den Rücken und platziert sich zwischen meinen Beinen. Wir blicken uns in die Augen, als er den Arm bewegt und nach der Nachttischschublade greift.

Ich fasse ihn am Handgelenk. Er hält inne und sieht mich fragend an. Leicht schüttle ich den Kopf, und er kommt zurück zu mir und stützt die Unterarme links und rechts neben meinem Kopf ab.

»Ich liebe dich«, flüstert er und besiegelt somit das Versprechen, das mir seine Küsse bereits gegeben haben.

Zentimeter um Zentimeter dringt er in mich ein. Noch nie in meinem Leben habe ich mich so erfüllt gefühlt. Mein Herz und mein Körper sind voller Dean. Von Kopf bis Fuß. Mit langen Küssen und langsamen Berührungen treibt er uns an den Rand des Höhepunkts.

Er lehnt sich zurück, wir blicken uns in die Augen, und plötzlich sind wir ineinander verloren. Es gibt nur uns. Er stößt mich, und ich hebe die Hüften, um seine Bewegungen zu erwidern. Meine Füße gleiten über das Laken, und seine Schenkel drücken meine Beine weiter auseinander. Er nimmt mich tiefer und tiefer. Als ich kurz davor bin, spanne ich den Unterleib an, denn ich will noch nicht kommen. Dieser Moment soll niemals enden.

Ich kralle mich an seinen Schultern fest, biege den Rücken durch und presse meine Brüste gegen seine Brust.

Immer näher führt er mich an den Abgrund, bis sich das, was als sanftes Kräuseln begonnen hat, in kleine, sich brechende Wellen verwandelt. Meine Zehen ziehen sich nach oben, und er stößt mich noch heftiger. Man könnte denken, es würde wehtun, doch stattdessen treibt es meine Lust immer weiter in die Höhe, bis ich mich auf aufgepeitschter See inmitten eines Orkans befinde. Auf Erleichterung hoffend zerrt Welle für Welle an meiner Willenskraft. Ich ziehe mich um ihn zusammen, und ihm entweicht ein ersticktes Stöhnen.

Meine Fingernägel bohren sich in seine Haut, bis der Druck so groß ist, dass ich mich nicht länger kontrollieren kann. Ich kann meinen bevorstehenden Orgasmus nicht mehr zurückhalten.

Unsere Münder treffen aufeinander, und seine Zunge nimmt sich, was sie will. Ich verliere die Kontrolle. Das Wasser durchbricht meinen Deich und überflutet mich. Ich gebe mich meinem Höhepunkt hin. Es ist, als befände ich mich in einem Strudel. Wonne donnert durch meinen Körper und nimmt mich voll und ganz ein, bis es das Einzige ist, was ich spüre. Dean hält in mir inne und findet seine eigene Erlösung.

Meine Muskeln fühlen sich an wie Gelee. Ich liege auf dem Bett und bin vollkommen erstaunt darüber, was gerade zwischen uns geschehen ist.

Dean liegt auf mir, gleitet dann zur Seite. Er dreht meinen Kopf zu sich, küsst mich zuerst auf den Mund, dann auf die Nase. »Ich bin gleich wieder da.«

Als er im Badezimmer verschwindet, bewege ich mich nicht vom Fleck. Keine Sekunde später kommt er mit einem Handtuch zurück und beginnt, mich zu säubern.

»Ich nehme an, du verhütest?«, fragt er, faltet das Handtuch und wischt über meine Schenkel.

»Ja.« Träge setze ich mich auf und schwinge die Beine über die Bettkante. »Ich habe ein IUP.«

»Dachte ich mir.«

Ich verkneife mir das Grinsen. Wenn ich ihn danach fragen würde, hätte er wahrscheinlich keine Ahnung, dass das eine Spirale ist, aber macht nichts. Ich küsse ihn auf den Mund. »Danke.«

»Ich habe zu danken.« Er zieht mich zu sich und drückt mir einen Kuss auf den Kopf. »Zum Glück bin ich vorhin schon gekommen, sonst hätte ich nur zwei Sekunden durchgehalten.«

Ich kichere.

»Ich muss zurück ins Büro«, sage ich, obwohl es das Letzte ist, was ich will.

»Ich auch.« Er steht auf und hält mir die Hand hin, um mir aufzuhelfen. »Willst du heute bei mir übernachten?«

Kichernd gehe ich ins Wohnzimmer, um mich anzuziehen. »Klingt, als wären wir zehn.«

Bevor ich in meinen Slip schlüpfen kann, schlingt er die Arme um meine Taille und vergräbt das Gesicht an meinem Nacken. »Es war schön, dich neu kennenzulernen.«

Mein Kopf sinkt auf seine starke Brust, und ich lege die Hände auf seine Unterarme. »Fand ich auch.«

Als er meine Schläfe küsst, schließe ich die Augen. Himmlisch.

»Komm, ich bring dich zurück ins Büro.« Bevor er sich aufmacht, schlägt er mir leicht auf den Hintern.

Kann ich nicht einfach für immer hierbleiben?

• • •

»Ich habe zu Hause eine Schublade für dich freigeräumt«, sagt Dean grinsend, als wir aus dem Aufzug steigen und in Richtung des RISE-Büros gehen.

»Wie nett von dir.«

»Nimmst du das Angebot an?«, fragt er und streckt den Arm aus, damit ich vorangehe.

»Ich weiß nicht. Das geht alles ganz schön schnell.« Mein Ton klingt locker, denn seien wir mal ehrlich: Ich hatte gerade den besten Sex meines Lebens. Sollte ich wirklich sein Angebot ausschlagen, ein paar frische Slips und meine Zahnbürste bei ihm aufzubewahren? Nein.

»Es ist nicht der ganze Schrank.« Er öffnet mir die Tür zu RISE.

»Danke, dass du das klarstellst.«

»Es sei denn, du willst einen. Ich wollte nur nicht voreilig sein und versuche, mich weiter in Omi-Geschwindigkeit vorwärts zu bewegen. So wie du es magst. Du weißt, dass ich dir einen eigenen Schrank kaufen würde, wenn du einen wolltest.«

Lachend gehe ich durch die Tür. »Das ist keine Omi-Geschwindigkeit, sondern Mom-in-Minivan-Geschwindigkeit.«

»Wann hast du zum letzten Mal die Stadt verlassen?«, fragt er. »Vorstadtmoms in Minivans sind die reinsten Raser.«

Ich bleibe stehen und sehe ihn an. »Wirklich?«

Er nickt.

»Na schön.« Ich bleibe stehen und blicke nachdenklich zur Decke. »Wie wäre es dann mit einem Teenager, der gerade seinen Führerschein bekommen hat? Einer, der bei der Versicherung den Studentenrabatt bekommt. Einer, der auf seine Eltern hört. Du weißt, was ich meine. Kein Adrenalinjunkie, wie du einer warst.«

Lachend sehe ich Dean an und frage mich, warum er nichts erwidert. Ohne zu blinzeln starrt er auf die Sitzgruppe im Empfangsbereich.

»Oder immer noch bist«, ertönt die Stimme meiner Mutter. Mein Kopf schnellt herum, und ich sehe, wie sie gerade vom Sessel aufsteht.

Sie streicht ihre Bluse glatt und schultert die Handtasche. »Chelsea, kann ich dich bitte kurz sprechen?«

»Hier, bitte. Leider habe ich ein paar wichtige Telefonate zu erledigen«, sagt Victoria und stellt ihr eine Tasse Kaffee hin.

»Entschuldigung, ich … ich wusste nicht, dass du vorbeikommen wolltest.«

Was soll ich sagen?

»Chelsea.« Ihr Ton wird ungeduldiger. »Büro. Jetzt.«

Dean versucht nicht, nach meiner Hand zu greifen. Im Gegenteil – er geht auf Abstand.

»Kannst du dich noch an Dean erinnern?«, frage ich. Es hat keinen Zweck, einfach so zu tun, als wäre er nicht hier.

Sie sieht ihn an. »Schön, dich so gut beisammen zu sehen.« Dann sieht sie wieder mich an, mit einem Blick, der Privatsphäre fordert.

Dean geht auf sie zu und hält ihr die Hand hin. »Mrs. Walsh, schön, Sie wiederzusehen.«

Meine Mutter starrt auf seine Hand. Ich glaube nicht, dass sie sie schütteln wird. Doch sie tut es tatsächlich. Danach steckt Dean die Hände wieder in die Hosentaschen.

»Dean ist jetzt Anwalt. Er arbeitet pro bono für die Foundation.«

»Interessant.« Sie setzt ein gekünsteltes Lächeln auf.

»Ich sollte lieber zurück ins Büro.« Dean macht einen Schritt nach vorn, ich einen zurück. Dann lehne ich mich nach vorn, und sein Kopf schnellt zurück. Nachdem wir eine Weile seltsam umeinander herumgetanzt sind, küsst er mich auf die Wange. »Das Angebot mit dem Schrank steht noch«, flüstert er, und ich lächle. »Mrs. Walsh.« Er nickt wie ein Musterschüler. »Bitte grüßen Sie Mr. Walsh von mir.«

»Dean«, erwidert sie knapp.

Er geht zum Ausgang und wirft mir einen letzten Blick zu, bevor er durch die Tür verschwindet. Können wir die Zeit bitte um eine halbe Stunde zurückdrehen?

»In dein Büro. Sofort.« Ohne auf mich zu warten eilt meine Mutter den Flur hinab.

»Hey, Vic, bitte keine Anrufe durchstellen.«

Entschuldigend lächelt Victoria mich an. Doch es ist nicht ihre Schuld. Wahrscheinlich hat sie mir etliche Textnachrichten geschickt.

Als ich mein Büro betrete, steht meine Mutter bereits auf meiner Seite des Schreibtischs.

»Mach die Tür zu«, befiehlt sie, als wäre es ihr Büro, nicht meins.

Trotzdem tue ich, wie mir geheißen.

Die Tür ist noch nicht mal zu, schon legt sie los. »Wie konntest du nur? Er ist nicht gut für dich. Was willst du tun? Ihn noch mal heiraten?«

»Entspann dich. Er hat sich geändert.«

»Er hat sich geändert.« Sie wirft die Hände in die Luft. »Die Katze lässt das Mausen nicht, Chelsea. Er ist immer noch derselbe egoistische Mistkerl wie vor fünf Jahren. Ein Mann, der sich nicht mal um sich selbst kümmern kann, geschweige denn um seine Ehefrau.«

»Ich bin fünfundzwanzig. Muss ich dich etwa daran erinnern?« Ich balle die Hände zu Fäusten, um meine Wut im Zaum zu halten.

»Lustig. Den gleichen Satz hast du schon mal gesagt, als du achtzehn und frisch verheiratet warst.« Sie setzt sich auf meinen Bürostuhl, holt tief Luft und sieht mich an. »Chelsea, nur weil er jetzt Anwalt ist und sein Baseball-Outfit durch schickere Klamotten ersetzt hat, heißt das nicht, dass sich sein Charakter verändert hat. Du bist eine kluge Frau. Er hatte schon immer zu viel Macht über dich.«

»Weil ich ihn liebe«, murmle ich und verschränke die Arme vor der Brust.

»Tust du nicht. Lass dir von ihm keine Gefühle einreden, die du nicht hast.« Sie schlägt auf den Tisch, und ich zucke zusammen.

»Das tut er nicht, Mom. Ich liebe ihn. Wirklich. Ich habe ihn vor fünf Jahren geliebt, und ich liebe ihn jetzt. Ich wusste, du würdest es nicht akzeptieren.«

»Da gibt es nichts zu akzeptieren.«

»Und ob. Wir sind zusammen.« Ich senke die Arme und recke die Brust vor. »Er hat mir gerade eine Schublade bei sich zu Hause angeboten.«

»Wie süß von ihm.« Sie verdreht die Augen. »Komm zurück auf den Boden der Tatsachen, Chelsea. Du schläfst mit ihm. Also räumt er dir eine Schublade frei, damit du noch öfter mit ihm schläfst.« Sie steht auf, stützt die Hände auf den Tisch und lehnt sich nach vorn.

»Kannst du dir vielleicht vorstellen, dass ich ihm genauso wichtig sein könnte wie er mir und dass er mir deshalb eine Schublade freigeräumt hat?« Ich kann nicht fassen, dass wir uns gerade über eine leere Schublade streiten.

»Männer wie Dean kriegen immer, was sie wollen, ganz egal, wie viele Lügen sie verbreiten müssen. Und wenn er bekommen hat, was er will, wird er dich wieder verlassen.«

»Ich habe ihn verlassen«, presse ich hervor.

Sie schnaubt und schüttelt mitleidig den Kopf. »Mach dir doch nichts vor. Er hat dich schon lange vorher verlassen.«

Ich lasse mich auf den Sessel plumpsen, der eigentlich für Gäste gedacht ist, und fühle mich fast bezwungen. Sie will immer gewinnen, egal, wie tief sie den Dolch in mich hineinbohren muss.

»Halt dich gefälligst raus«, knurre ich und starre auf meine ineinander verschränkten Hände.

»Du bist meine Tochter.«

Ich weiß, dass ich diesmal nicht falschliege. Ich weiß es.

Ich beschließe, mir von ihr nichts mehr sagen zu lassen und stehe wieder auf. Sie trägt ohnehin nicht viel zu meiner Lebensfreude bei. »Ich werde mich weiter mit ihm treffen, Mom. Es wäre schön, wenn du und Dad ihm die Chance geben würdet, euch zu beweisen, dass er sich geändert hat. Wenn du das aber nicht kannst, auch gut. Aber du solltest wissen, dass ich meine Meinung nicht ändern werde. Ich habe mich dazu entschieden, ihm eine zweite Chance zu geben.« Um das Gesagte zu unterstreichen, verschränke ich die Arme. Aus zusammengekniffenen Augen starrt sie mich an und wartet nur darauf, dass ich nachgebe.

Nachdem wir uns eine Weile angeschwiegen haben, ergreife ich erneut das Wort. »Ich muss jetzt weiterarbeiten. Ruf mich an, falls du noch etwas zu sagen hast.« Ich durchquere das Büro und öffne die Tür.

»Chelsea, ich werde gehen, weil ich keine Szene machen will und jeder weiß, dass du das Geld brauchst. Aber lass dir eins gesagt sein: Dieser Junge wird dich ein zweites Mal zerstören.«

»Da liegst du falsch, Mom. Er ist inzwischen ein Mann, kein Junge mehr.«

Kopfschüttelnd geht sie durch die Tür und bleibt stehen. »Du kannst es deinem Vater selbst erzählen. Ich will ihn nicht aufregen.«

»Mach ich.«

Sie verschwindet über den Flur, und ich schließe leise die Tür, obwohl ich sie am liebsten zuschlagen würde.

Bin ich die Einzige, die merkt, dass sich gerade ein Tsunami zusammenbraut?

Kapitel 24

»Boah, was für ein Mamabär.« Victoria steht im Türrahmen und verzieht das Gesicht.

»Ein Grizzly, um genau zu sein. Sie will mich nicht beschützen.«

»Oh doch, ich glaube, das will sie. Sie macht sich Sorgen.« Sie setzt sich, ohne dass ich ihr einen Platz angeboten hätte, und natürlich folgt Hannah auf dem Fuß.

»Ich werde alle Sessel aus meinem Büro entfernen«, knurre ich.

Hannah lächelt sanft, als wollte sie sagen: Nein, wirst du nicht. Es ist alles in Ordnung.

»Hey, es ist egal, was deine Mutter denkt. Es ist nur wichtig, was *du* denkst.« Hannah greift über den Schreibtisch und legt ihre Hand auf meine.

»Genau«, bestätigt Victoria.

»Sagt die Frau, deren Mutter sich blendend mit ihrem Freund versteht.«

»Das war nicht immer so.« Victoria zuckt mit den Schultern. »Sie hat Pete gehasst.«

Ich starre sie an.

»Ja, okay, ich verstehe schon.« Sie legt Daumen und Zeigefinger an den Mund und schließt den unsichtbaren Reißverschluss. Sie tut sogar, als würde sie den Schlüssel wegwerfen. Macht man das so, wenn man Kinder hat?

»Es ist mir egal. Ganz ehrlich. Die Situation könnte nur auf Skylars

Hochzeit ein wenig unangenehm werden.« Ich ziehe die Hand weg und tippe mein Passwort in den Computer.

»Und was wirst du jetzt tun?«, fragt Hannah.

»Ich werde meine Mutter enterben.«

Hannah und Victoria wechseln einen Blick.

»Ja, warum nicht?«, erwidert Hannah. »Oder du könntest noch mal mit deinen Eltern reden und versuchen, sie das Gute in Dean sehen zu lassen.«

»Sie haben noch nie das Gute in ihm gesehen. Allerdings«, ich hebe eine Hand, »fanden sie ihn noch nicht so schlimm, als sie dachten, er könnte es in die Bundesliga schaffen. Erst nachdem er sich die Schulter verletzt hatte und der Geldzug abgefahren war, haben sie beschlossen, ihn zu hassen.«

»Sie waren damit einverstanden, dass du mit achtzehn geheiratet hast?« Vitoria klingt eindeutig wertend. Wahrscheinlich versucht sie, sich in die Lage meiner Mutter hineinzuversetzen. Wie es wäre, wenn Jade direkt nach dem College heiraten würde. Und ich verstehe es. Nachdem wir geheiratet hatten, hatte ich mir geschworen, meine Tochter – sollte ich mal eine haben – davor zu bewahren, die gleichen Fehler zu machen wie ich. Nicht, dass ich mir darüber Gedanken machen müsste.

»Nein, anfangs nicht. Als sie erfahren haben, dass er mal viel Geld verdienen könnte, sind sie aufgetaut. Und dann haben sie sich wieder auf ihn gestürzt.« Ich klicke mich durch meine E-Mails, denn ich habe keine Lust, alte Familiengeschichten aufzuwärmen.

In meiner Handtasche klingelt das Telefon.

»Bestimmt Dean.« Hannah wirft Victoria einen schiefen Blick zu.

Ich ziehe das Handy aus der Tasche, und natürlich hat sie recht.

> **Dean:** *Schön zu sehen, dass es der bösen Hexe aus dem mittleren Westen blendend geht.*

Ich: *Ich habe versucht, sie in einem Eimer voll Wasser zu ertränken. Keine Chance.*

Dean: *LOL ... brauchst du mich?*

Ich: *Nein, die Mädels sitzen schon in meinem Büro.*

Ich blicke auf. Zwei Augenpaare sehen mich an.

»Ich finde, wir sollten heute Abend ins Torrios gehen.« Hannah nickt, als wäre es bereits beschlossene Sache.

Ich: *Sie wollen, dass ich heute Abend mit ihnen ausgehe.*

Dean: *Ich dachte, wir machen eine Pyjamaparty :(*

»Ich kann Reed anrufen und ihm sagen, dass er Jade bei meiner Mutter abholen soll.«

Ich: *Ich kann danach sturzbetrunken zu dir kommen, und du kannst es voll ausnutzen.*

Dean: *Ich bevorzuge es, wenn du nüchtern bist, aber danke für das Angebot.*

Ich: *Tut mir leid, das hätte ich nicht sagen sollen. Manchmal vergesse ich, dass das Thema Alkohol tabu ist.*

Dean: *Du brauchst dich nicht zu entschuldigen. Zum Trocken sein gehört auch, sich mit der Tatsache auseinanderzusetzen, dass nicht jeder Alkoholiker ist.*

Ich: *Sicher?*

Dean: *Auf jeden Fall. Was ist jetzt mit heute Abend?*

Ich: *Ich sage dir noch mal Bescheid.*

»Wie wäre es, wenn Reed und Dean mitkommen?«, schlägt Hannah vor.

»Und was ist mit dir?«, fragt Victoria.

Ich: *Warte. Kann sein, dass du gleich eingeladen wirst.*

Dean: *Ich will nicht den Mädelsabend ruinieren.*

»Das ist schon in Ordnung. Ich kenne dort viele Leute.«

Nun wandert Victorias Blick zu mir, und ich bin mir sicher, wir denken genau das Gleiche – der Silberfuchs.

»Cool. Dann schicke ich Reed eine Nachricht.« Victoria steht auf und verlässt mein Büro.

»Und? Was sagst du? Bist du bereit, Dean zum Spielen rauszulassen?«

Ich lege das Handy auf den Schreibtisch. »Wie meinst du das?«

Hannah legt den Kopf schief, als wollte sie sagen: Komm schon, du bist doch nicht dumm. Du weißt genau, was ich meine.

»Du versteckst ihn vor uns, als wäre er deine Mätresse.«

»Genau genommen wäre er mein ... Wie nennt man das?«

Nachdenklich kaut Hannah auf der Innenseite ihrer Wange herum.

»Mätresser?«, schlage ich vor.

»Das ist öde.«

»Bettgenosse?«

Sie lacht.

»Fickjunge?«

Sie zeigt auf mich. »Mir ist völlig egal, welches das richtige Wort ist, aber das gefällt mir. Schließlich gibt es genug abwertende Bezeichnungen für Frauen, die Sex genießen.«

»Meister?«

»Das klingt nach Dom. Außerdem würde ich einem Mann niemals die Genugtuung geben, ihn Meister zu nennen.«

»Ach, vergiss es. Dean ist sowieso nichts davon.«

Hannah schnippt mit den Fingern. »Manntresse.«

Ich nicke. Das trifft es vielleicht ganz gut. Ich lehne mich zurück, und meine Gedanken schweifen in eine andere Richtung. »Findest du es nicht auch seltsam, dass es alle möglichen Namen gibt für Frauen, die mit verheirateten Männern schlafen, aber keine für die besagten verheirateten Männer oder Männer, die mit verheirateten Frauen schlafen?«

»Noch ein Grund, warum ich RISE gegründet habe. Als ich mich habe scheiden lassen, hat Roarke Baldwin versucht herauszufinden, ob ich meinen Mann betrogen habe. Er hat mich ausspionieren lassen. Er hatte Fotos von jedem Mann, der mir seit meiner Trennung über den Weg gelaufen war und hat die Wahrheit verdreht, damit ich etwas zugebe, das nicht der Wahrheit entspricht. Aber Todd? Nope. Mein Anwalt hatte Hotelrechnungen, die immer auf donnerstags datiert waren, Fotos, wie er sie in der Öffentlichkeit begrapscht hat. Wie sie Sex in einer Umkleidekabine hatten.«

»Igitt.«

Sie nickt. »Aber Illinois und ihre dumme Verschuldensunabhängigkeit. Mr. Baldwin hat mir mehr genommen, als diesem Mistkerl jemals zugestanden hätte.«

»Das tut mir leid, Hannah. Ich weiß, dass ich dich ab und zu damit aufziehe, dass du auf ihn stehst. Aber langsam beginne ich zu kapieren, warum du ihn so hasst.«

Wieder kaut sie auf ihrer Wange herum und lässt den Blick durchs Zimmer schweifen, bis er schließlich kurz auf mir landet. »Das tue ich«, erwidert sie schlicht.

Mein Handy vibriert.

Hannah schüttelt den Kopf, als hätte das Geräusch ihren Gedankengang unterbrochen. »Jedenfalls solltest du Dean fragen, ob er mitkommt. Ich werde dort anrufen und fragen, ob sie für uns den abgetrennten Bereich reservieren können.«

Ich bin ganz aufgeregt. Es ist, als wäre ich wieder dreizehn und Hannah hätte Kontakte zur hippsten Boyband.

»Danke, Hannah.«

Sie verlässt mein Büro, und ich greife zum Smartphone.

> **Ich:** *Du kommst heute Abend mit. Es ist allerdings eine Speakeasy. Ist das okay?*

Meine Schultern wiegen vor und zurück. Nachdem meine Mutter vorhin so ausgeflippt ist, habe ich jetzt wieder viel bessere Laune.

> **Dean:** *Ich würde lieber in dir kommen. Aber ja, ist okay.*

> **Ich:** *Das lässt sich ja vielleicht arrangieren.*

> **Dean:** *Erzähl mir mehr …*

Statt etwas zu schreiben halte ich das Handy zwischen die Beine und knipse ein Foto. Es ist sexy. Man sieht ganz deutlich meine gespreizten Beine und das dreieckige Stück Stoff meines schwarzen Satinslips.

Ich drücke auf senden.

> **Dean:** *Das ist so unfair. Du schickst mir ein Foto, auf dem du angezogen bist, und mein Schwanz wird hart wie Granit. Soll ich dir ein Foto von der Beule in meiner Hose schicken? Irgendwie glaube ich nicht, dass es den gleichen Effekt haben wird.*

> **Ich:** *Das denkst du.*

Kurz darauf klingelt mein Handy. Natürlich ist es ein Foto von seinen ausgebeulten Boxershorts.

Mir läuft das Wasser im Mund zusammen.

Schwierige Entscheidung.

Torrios oder Dean?

Kann ich nicht einfach beides haben?

• • •

Dean und ich stehen in der Seitenstraße, wo sich der Eingang zu Torrios Tisch befindet. So unauffällig wie möglich warten wir auf Hannah, Victoria und Reed. Dean lehnt mit dem Rücken gegen eine Backsteinmauer, die Arme hat er um meine Taille geschlungen, und unsere Münder sind unzertrennlich.

Seit heute Nachmittag kriege ich gar nicht mehr genug von ihm.

»Ich würde gern etwas klarstellen«, sagt er und streichelt über meine Hüften.

Ich stütze das Kinn auf seine Brust. »Was denn?«

»Vorhin habe ich gesagt, dass ich dich liebe.«

»Oh.« Mein Herzschlag beschleunigt sich.

Bevor er weitersprechen kann, schüttelt er den Kopf. »Ich will nur, dass du weißt, dass es mir ernst ist.« Er streicht mir eine Haarsträhne hinters Ohr. »Das waren nicht nur leere Worte nach einem Orgasmus. Ich habe nie aufgehört, dich zu lieben. Ich weiß, dass du es langsam angehen lassen willst, und ich will nichts überstürzen, aber ich will nicht, dass du denkst, ich hätte es nur aus einer Laune heraus gesagt.«

Ich lege die Wange an seine Brust. Sein Shirt mit dem V-Ausschnitt ist weich und ausgefallen. Genau wie er. Die meisten Männer würden immer noch ihren Anzug tragen, aber das ist ihm egal. Sein Selbstbewusstsein hat ihn nie verlassen.

Er nimmt mich noch fester in den Arm, und ich schweige noch immer.

Wieder blicke ich zu ihm auf und küsse seinen Kiefer. »Ich liebe dich auch. Ich dachte, meine Liebe für dich wäre gestorben, aber das ist sie nicht. Sie hat nur geruht. Und hat gewartet.«

»Willst du deine Liebe für mich etwa mit einem Vulkan vergleichen?«

Ich schlage ihm leicht auf den Bauch. »Nein. Sie war eben inaktiv.«

»Das ist beruhigend. Darf ich unsere Liebesgeschichte so erzählen?« Er hält kurz inne. »Chelsea hat gesagt, ihre Liebe für mich war fünf Jahre lang inaktiv, bis ich wieder bei ihr aufgetaucht bin.«

Ich kichere wie ein Schulmädchen. »Klingt doch gar nicht so schlimm.«

»Hier kommt meine Version der Geschichte.« Wieder macht er eine dramatische Pause. »Ich habe Chelsea ab dem Moment geliebt, als ich sie zum ersten Mal gesehen habe. Sie saß auf einem Barhocker und hat mit ihren Freunden gelacht. Ich musste die schärfsten Chickenwings essen, die es dort gab, und durfte fünf Minuten lang nichts trinken, doch ich würde es jederzeit wieder tun. Als ich ihr zum ersten Mal sagte, dass ich sie liebe, wusste ich noch nicht, dass ich nie wieder ohne sie würde leben können. Nachdem ich mit zitternder Hand die Scheidungspapiere unterschrieben hatte, die ich nach einer durchzechten Nacht erhalten habe, hätte man denken können, es wäre vorbei. Doch der Samen der Liebe wurde bereits gesät, als wir kaum erwachsen waren. Innerhalb weniger Monate war der Baum fast vertrocknet. Doch irgendjemand muss ihn gegossen haben, denn jedes Jahr wuchs er ein Stück. Doch erst fünf Jahre später, als ich sie endlich wieder in meinen Armen hielt, begannen auch die Äste zu wachsen und die Blätter zu sprießen. Die Menschen würden den Baum jetzt als schön bezeichnen, aber ich finde, er war damals als Samen schon genauso schön.«

Tränen steigen in mir auf. Er wischt sie mit dem Daumen weg, bevor sie über meine Wange rinnen und auf sein T-Shirt fallen.

»Aber du hast recht. Dass unsere Liebe inaktiv war, trifft es natürlich wesentlich besser.« Er grinst, und ich schlage ihm erneut auf den Bauch.

Ich stelle mich auf die Zehenspitzen und küsse ihn. Dann lehne ich mich zurück und blicke ihm tief in die Augen. »Ich liebe dich, Dean Bennett.«

Seine Hände schmiegen sich an meine Hüften.

»Wie sehr? Genug für eine Schublade oder einen Schrank?«

Sein Humor bringt mich zum Lächeln. Ich sinke zurück auf die Fersen, schlinge die Arme um seine Taille und drücke ihn fest an mich. Das Schicksal will wohl, dass wir den Baum wieder bewässern.

»Ihr seid ja süß.« Hannah steigt aus einem Taxi. Sie bezahlt, und mir fällt auf, dass sie sich heute Abend ganz schön herausgeputzt hat.

»Hannah«, sagt Dean und streichelt über meinen Arm, bis meine Hand in seiner liegt. »Schön, Sie mal außerhalb der Arbeitszeiten zu sehen.«

»Da Sie ohnehin pro bono für uns arbeiten, gibt es theoretisch auch keine festen Arbeitszeiten.« Lächelnd lehnt sie sich nach vorn und küsst mich auf die Wange. »Schön, dass ihr es geschafft habt.«

»Heißes Outfit«, kommentiere ich, und sie verdreht die Augen.

»Ist nichts Besonderes.«

»Mhm«, murmle ich so leise, dass es keiner richtig mitbekommt.

Sie trägt einen kurzen schwarzen Rock und eine durchsichtige Bluse mit einem goldfarbenen BH darunter. Heute Abend will sie es wirklich wissen. Ich wette, sie hofft darauf, vom Silberfuchs erobert zu werden.

Ein schwarzer SUV kommt angefahren und hält neben uns. Victoria und Reed steigen aus. Bestimmt ein Uber.

»Super, alle da. Dann lasst uns in eine unvergessliche Nacht starten.« Während wir uns gegenseitig begrüßen, führt uns Hannah die Gasse hinab.

Reed und Dean schütteln sich die Hand und unterhalten sich über irgendwelche Rechtsdinge, die mich nicht interessieren.

Ich frage mich, ob ich auf mein Bauchgefühl und Deans Vorschlag, direkt mit ihm ins Bett zu hüpfen, hätte hören sollen. Plötzlich habe ich überhaupt keine Lust mehr, Dean mit anderen zu teilen.

Kapitel 25

Wie schnell doch die Zeit verfliegt, wenn man glücklich ist. Es sind nun drei Wochen vergangen, seit Dean und ich uns unsere Liebe gestanden haben, und ich weiß nicht, ob ich seither überhaupt in meiner Wohnung war.

Da kommt mir das Sprichwort »Unwissenheit ist ein Segen« in den Sinn.

Da Skylars Hochzeit bald ansteht, habe ich mit meiner Mutter zumindest das Nötigste besprochen. Ich bin immer noch überrascht, dass sie meiner Familie nichts von mir und Dean erzählt hat. Da bin ich mir ganz sicher, ansonsten würden die Mobilfunkmasten zusammenbrechen. Skylar, Zoe, Mikey und alle anderen, die meinen, sie hätten etwas zu sagen, würden mich mit Anrufen bombardieren.

Heute Abend wird sich alles ändern. Heute Abend lassen wir die Katze aus dem Sack. Eigentlich ist es die Geburtstagsfeier meiner Tante Liz, aber ich bin sicher, Dean wird mehr Aufmerksamkeit auf sich ziehen als sie.

»Ich würde mir wirklich wünschen, du hättest es ihnen gesagt.« Dean kommt aus dem Schlafzimmer. Er trägt eine graue Stoffhose, dazu ein T-Shirt und einen langen Mantel, der seine breiten Schultern betont. Er legt die Silberuhr um sein Handgelenk.

»Überraschungen sind besser.«

Er hebt die Augenbrauen. »Sagst du. Aber ich bin derjenige, dem die Leute die kalte Schulter zeigen werden. Sky und Zoe werden dich in der Toilette einsperren.«

Meine High Heels klackern über den Fußboden, als ich die Distanz zwischen uns überbrücke. »Zum Glück bist du Anwalt.«

»Warum das denn?«

»Weil du weißt, wie man Menschen für sich gewinnt.« Ich stelle mich auf die Zehenspitzen und küsse seinen Hals. Der Duft seines Parfums weckt mein Verlangen.

»Ich bin Anwalt, kein Vermittler.« Er drückt meine Hüfte und klopft mir auf den Hintern, um mir zu verstehen zu geben, dass wir uns beeilen müssen.

Ich gehe voraus, um meine Handtasche zu holen. »Sorry, Grover.« Ich beuge mich zu ihm hinunter und tätschle seinen Kopf. »Sie wissen noch nicht mal von dem großen Kerl. Nächstes Mal.« Ich schnappe mir ein Taschentuch vom Beistelltisch und wische seine Schnauze ab.

»Grover ist ganz vernarrt in dich. Vielleicht solltest du einfach bei uns einziehen.« Dean zwinkert, schiebt das Portemonnaie in die Hosentasche und das Handy in den Mantel.

»Nicht so hastig, Cowboy«, scherze ich.

»Ach ja, das habe ich vergessen. Wir fahren immer noch fünf km/h unter Tempolimit.«

Lachend werfe ich das Taschentuch weg und schnappe mir meine Clutch. »Du lernst schnell.«

Keiner von uns nimmt die Sache allzu ernst. Er hält mir die Tür auf, ich verlasse die Wohnung, und wir betreten den Aufzug.

»Kannst du dich an die Zeiten erinnern, als du noch im Aufzug rummachen wolltest?«, scherze ich, denn ich glaube, das ist unsere erste gemeinsame Fahrt in einem Aufzug, bei der er mich nicht anfasst. An Stellen, die er in der Öffentlichkeit nicht berühren sollte.

»Der Abend ist noch jung.« Er zwinkert und richtet sich ein wenig gerader auf.

Als ich denke, die Stimmung hätte sich gelockert, packt er mich am Handgelenk und zieht mich zu sich. »Tut mir leid, ich bin ein wenig nervös.« Er küsst meine Schläfe.

»Sieh mich an.« Er sieht herab, und ich lege den Kopf in den Nacken, um zu ihm aufzublicken. »Du musst nicht nervös sein. Mir ist es völlig egal, was die anderen denken.«

Sein Lächeln wirkt verkrampft, und ich weiß nicht, ob er mir glaubt. Doch das wird sich noch ändern.

Die Aufzugstüren öffnen sich mit einem Klingeln. Ich steige aus und nicke dem Portier zu.

»Guten Abend, Mr. Bennett. Ms. ...«

Ich lege den Kopf schief und warte darauf, dass er auf meinen Namen kommt. Der arme Jungspund läuft rot an.

»Es tut mir leid.« Er sieht Dean an, als hätte er Angst, er könnte sauer sein.

»Sagen Sie mal, Sean, können Sie sich etwa nicht an meinen Namen erinnern, weil Mr. Bennett so häufig Damenbesuch hat?«

Seine Augen werden groß. »Nein. Sie sind die Einzige, die ich bisher gesehen habe.«

Deans Brust stößt gegen meinen Rücken, und seine Hände legen sich an meine Hüften. »Lassen wir den Neuen lieber in Ruhe, Ms. Warner.« Er lacht leise.

»Sean, Sie scheinen ein wirklich netter Kerl zu sein. Sie würden mir doch die Wahrheit sagen, oder?«

Ich mache nur Scherze, doch der Junge sieht aus, als stünde er kurz vor einer Panikattacke. »Ja. Ehrlich währt am längsten. Ganz sicher, Ms. Warner.« Über meine Schulter hinweg lächelt er Dean an.

Er ist höchstens achtzehn. Wo haben sie diesen Kerl bloß aufgetrieben? Selbst eine Fliege könnte ihn einschüchtern.

»Keine Sorge, Sean. Schon bald wird sie Mrs. Bennett sein«, sagt Dean.

Ich schüttle den Kopf. »Ist es nicht unglaublich, wie arrogant dieser Mann ist?« Ich deute mit dem Daumen hinter mich.

»Wie oft muss ich dir noch sagen, dass das keine Arroganz ist, sondern Selbstbewusstsein?« Dean ergreift meine Hand und zieht mich weiter.

»Einen schönen Abend, Sean.« Ich winke ihm zu.

»Ihnen auch, Ms. Warner. Mr. Bennett.« Er nickt.

»Bitte sag mir, dass du dir nicht wirklich so unsicher darüber bist, welchen Stellenwert du in meinem Leben hast«, sagt Dean, während er ein Taxi herbeiwinkt.

Ich schiebe die Hände unter seinen Mantel und kuschle mich an ihn. »Nein. Ich habe nur Scherze gemacht. Aber du solltest besser vorsichtig sein. Mit der Sache mit dem Einziehen und dem Kommentar eben befindest du dich gerade auf der Autobahn.«

»Eines Tages.« Zwinkernd und ohne ein weiteres Wort öffnet er mir die Wagentür.

Ich steige ein, Dean folgt mir und nennt dem Fahrer den Namen des Restaurants.

Da wir in Richtung Stadtrand fahren und die Fahrt eine Weile dauern wird, mache ich es mir auf dem Ledersitz bequem. Ich hoffe, meine Familie benimmt sich heute Abend, auch wenn es nicht in ihrer Natur liegt.

• • •

Leider waren meine Hoffnungen umsonst.

Wir geben unsere Jacken an der Garderobe ab und betreten den separaten Raum, aus dem bereits Gelächter und laute Stimmen dringen, die das gesamte Restaurant stören. Wahrscheinlich ist die Hälfte der Gäste schon betrunken.

Ich habe gehofft, wir könnten uns unauffällig hineinschleichen, aber Dean fällt überall sofort auf. Man könnte meinen, wir würden Skimasken tragen und mit Pistolen herumfuchteln. Tante Liz fällt die Kinnlade herunter. Skylar funkelt Dean böse an. Zoe hat Caiden vom Kuchen wegbugsiert und lächelt. Meine Mutter, nun ja, schnappt entrüstet nach Luft, und mein Vater ist völlig perplex.

»Habt ihr denn überhaupt keine Manieren?«, frage ich und drücke Deans Hand noch fester. Sie fühlt sich kalt und schlaff an.

Tante Liz macht den ersten Schritt. »Chelsea.« Während sie den

Blick auf Dean gerichtet hält, gibt sie mir Küsschen links und rechts. »Dean.« Sie streckt ihm die Hand entgegen. »Tut mir leid, ich wusste nicht, dass du mitkommst.« Sie sieht wieder mich an.

Vielleicht hätte ich es ihnen doch sagen sollen.

»Chelsea wollte euch überraschen«, stellt Dean mich bloß.

Tante Liz durchbohrt mich mit vernichtendem Blick.

»Ist doch keine große Sache«, verteidige ich mich.

»Tu nicht so unschuldig.« Ihr Blick wandert hinunter zu unseren ineinander verschränkten Händen. »Ihr zwei seid also wieder zusammen?« Sie bewegt den Zeigefinger zwischen uns hin und her.

»Ja, sind wir«, erwidert Dean, und aus irgendeinem Grund beginnt mein Magen, Purzelbäume zu schlagen. Vielleicht wird ihn meine Familie doch nicht in die Flucht schlagen.

»Und es handelt sich nicht um eine Wette oder einen schlechten Scherz?«, fragt sie.

»Nein«, antworte ich.

»Du bist aber nicht schwanger?«

Mein Magen zieht sich zusammen. »Was denkst du von mir?«

Sie nickt.

»Ein paar Fragen hätte ich noch.« Sie wendet sich an Dean. »Was machst du inzwischen?«

»Ich bin Anwalt.«

Sie zuckt zusammen und späht aus dem Augenwinkel zu mir herüber.

»Anwalt für Steuerrecht«, fügt Dean hinzu, damit sie ihn nicht für einen Winkeladvokaten hält, und sie lächelt.

»Trinkst du noch?«

»Bin seit drei Jahren trocken.«

»Dann also auch keine Drogen?«

»Nein, Ma'am.«

»Und du bist bereit, einhundert Prozent zu geben?« Sie verschränkt die Arme vor der Brust.

»Okay, Tante Liz«, grätsche ich dazwischen.

Dean drückt meine Hand. Er scheint zu spüren, dass es mit ihr vorangeht.

»Auf jeden Fall. Ich bin gekommen, um zu bleiben.«

Sie lachen beide.

»Na dann.« Sie breitet die Arme aus. »Willkommen zurück in der Familie.« Sie drückt ihn an sich, und mir kommen die Tränen. Warum kann meine Mutter nicht ein bisschen mehr wie Tante Liz sein?

Nachdem sie sich voneinander gelöst haben, sieht sie mich an. »Ich heiße es trotzdem nicht gut, dass du ihn einfach mitgebracht hast, ohne uns Bescheid zu sagen. Das bringt alle – auch Dean – in eine merkwürdige Situation.« Sie sieht mich vorwurfsvoll an, wie es nur eine Mutter kann. Ein Gefühl von Enttäuschung überkommt mich.

»Tut mir leid«, flüstere ich.

Sie nickt und drückt mich an sich. »Glückwunsch. Du wirkst sehr glücklich.«

»Das bin ich auch.«

Sie lässt mich los und wendet sich den übrigen Gästen zu. »Okay, Leute, ich weiß, dass das für alle überraschend kam, aber wir haben es geklärt. Dean ist wieder an Bord. Er ist jetzt Anwalt.«

Gemurmel erfüllt den Raum.

»Anwalt für Steuerrecht«, fügt sie hinzu.

Alle seufzen erleichtert.

»Er ist seit drei Jahren trocken. Keine Drogen. Und er hat versprochen, unserem Mädchen nicht mehr wehzutun.«

Manche lächeln, anderen ist es wiederum egal. Ich weiß nicht, warum sie eine so große Ansage machen muss.

Sie tätschelt mir die Hand. »Viel Glück.« Dann geht sie weg, nimmt Zoe den Kleinen ab und sagt ihm, dass er sich gefälligst benehmen und nicht an Uromas Kuchen vergreifen soll.

Jetzt, da Zoe die Hände frei hat, kommt sie zu uns rüber. »Eigentlich sollte man dich windelweich prügeln«, sagt sie zu Dean.

»Nur zu, falls es dir dann besser geht. Drei Schläge gibt's umsonst.«

Grinsend schüttelt sie den Kopf. »Mich kriegst du nicht so leicht rum wie meine Mutter. Ich werde dich im Auge behalten.« Sie zeigt auf ihre Augen, dann auf Dean.

»Verstanden.« Er nickt.

Es kommen noch ein paar andere und schütteln uns die Hand, aber Skylar bleibt auf Abstand. Erst als wir an der Bar stehen, gesellt sich ihr Verlobter Beckett zu uns.

»Chelsea«, sagt er und nimmt einen Schluck von seinem Bier. »Legt immer einen großen Auftritt hin.«

Angeekelt sehe ich ihn an, als wäre ich sieben und er ein Junge mit Läusen. »Beckett, schön, dich wiederzusehen«, sage ich sarkastisch.

»Wie kommt's, dass ich dir das nicht richtig abnehme?« Er nimmt noch einen Schluck und sieht Dean an. »Hey, ich bin Beckett, Skylars Verlobter.«

Dean gibt ihm die Hand. »Ich habe euch in den Nachrichten gesehen.«

Beckett zuckt mit den Schultern. »Keine Ahnung. Die Leute finden es wohl interessant, wenn zwei Wintersportathleten heiraten.«

Dean rückt näher an mich heran. »Siehst du, Chelsea, das haben wir zum Glück ausgelassen. Stell dir vor, unsere kurze Ehe wäre durch die Klatschheftchen und Nachrichten gegangen.«

Ich verdrehe die Augen. Das Mitleid des gesamten Campus hat gereicht, um aus Illinois in die Großstadt zu flüchten.

»Ihr beiden also?« Beckett lässt die Frage in der Luft hängen.

»Ja«, erwidere ich, und er nimmt noch einen Schluck Bier.

»Freut mich. Du siehst glücklich aus.«

»Wenn doch nur deine Verlobte mit mir sprechen würde.« Ich sollte das Thema besser ruhen lassen. Soll Skylar ruhig so tun, als wäre ich unsichtbar und Dean überhaupt nicht anwesend. Soll sie sich aufführen wie ein verzogenes Gör, auch wenn es überhaupt nichts mit ihr zu tun hat.

»Du kennst sie doch. Sie kann ganz schön zickig sein.«

»Außer zu dir«, erwidere ich verbittert, und Dean drückt meine

Hüfte, um mir zu sagen, dass ich einen Gang runterschalten soll. Er sollte es besser wissen. Das hat bei mir noch nie funktioniert.

»Was soll ich sagen? Muss wohl an meinem Charme liegen.« Beckett streckt die Hand aus, als wollte er sagen: Sieh mich nur an.

»Ich glaube, es liegt an deinem Schwanz.«

»Chels«, sagt Dean in warnendem Ton, und irgendwie gefällt es mir, wie er versucht, mich im Zaum zu halten.

»Hör besser auf deinen Freund«, erwidert Beckett und lacht leise.

»Willst du damit sagen, dein Schwanz ist nicht eindrucksvoll genug, um sie zu besänftigen?«

»Das war unser Stichwort.« Deans Hand gleitet über meinen Rücken und ergreift meine Hand, um mich wegzuziehen. »Wir gehen ein bisschen frische Luft schnappen.«

Dean ignoriert meinen Onkel Jim, der uns hallo sagen will, und steuert auf die Hintertür zu, die in eine Gasse führt. Ich versuche, mich loszureißen, doch er lässt mich nicht eher los, bis er mich zwischen seinen Armen und der Mauer eingekesselt hat.

»Ich weiß, was du vorhast.« Ich lasse die Hand über sein Hemd gleiten, über die Wölbungen seiner Bauchmuskeln und in den Bund seiner Hose.

Doch er packt mich am Handgelenk und zwingt mich, ihm in die Augen zu sehen.

»Willst du etwa nicht?«

»Was ist los mit dir?«, fragt er. Seine Augen wirken noch dunkler als gewöhnlich.

»Beckett und ich mögen uns nicht besonders.«

Dean schweigt, steht einfach nur da und grübelt. Er lässt meine Hand los und stützt sich an der Backsteinmauer ab, die an meinem Rücken scheuert.

»Sprich mit mir«, sagt er ernst.

»Ich würde dich lieber schmecken.« Ich fummle an seinem Gürtel herum, und wieder hält er meine Hände fest.

»Chelsea?« Wieder dieser warnende Ton.

»Dean«, erwidere ich im gleichen Ton. »Seit wann willst du mich nicht mehr ficken?« Ich befreie mich aus seinem Griff und schlüpfe unter seinem Arm hindurch.

»Was ist heute nur los? Du sagst deiner Familie nicht, dass ich mitkomme? Unterhältst dich nicht mit Sky? Bist fies zu Beckett? Ich kenne dich. Irgendwas passt dir nicht, und deshalb benimmst du dich so.«

Ich gehe auf und ab. In der schmutzigen Gasse stinkt es nach alten Spaghetti und verdorbenem Fleisch. »Skylar kann von mir aus machen, was sie will. Sie will sich wie eine Zicke aufführen? Na schön. Mir egal.«

Dean lehnt sich gegen die Mauer, verschränkt die Arme vor der Brust und seufzt laut.

Ja, wir wissen beide, dass ich Quatsch rede. »Es geht nicht um Sky.«

Ich bleibe stehen und sehe ihn an. »Es wird nie so sein wie bei ihnen.« Ich unterdrücke die aufsteigenden Tränen.

»Was meinst du?« Er lässt die Arme sinken und stößt sich von der Mauer ab.

»Beckett und Sky. Jeder freut sich für sie. Kein Hass, keine Wut. Sie haben ihn einfach in die Familie aufgenommen.«

Angespannt lächelnd kommt er auf mich zu. »Dann stört es dich vielleicht doch mehr als gedacht, dass deine Eltern mich nicht akzeptieren?«

Ich zucke mit den Schultern.

»Schon okay, du kannst mir auch später noch sagen, dass ich recht habe.« Ich lache schnaubend. Er legt mir die Hand an die Wange. »Liebes, eines Tages werden sich mich akzeptieren. Das zwischen uns ist kompliziert, und keiner versteht es. Sie sehen in mir nur den ehemaligen Baseballspieler, der dem Alkohol verfallen ist. Einen Kerl, der seine Ehefrau im Stich gelassen hat. Aber diesen Dean gibt es nicht mehr. Vielleicht haben sie es noch nicht gemerkt, du aber schon. Das ist alles, was für mich zählt. Wenn es dir aber so wichtig ist, was die Leute da drin denken, werde ich ihnen klarmachen, dass du meine absolute Nummer eins bist.«

Ich schüttle den Kopf. »Das musst du nicht. Es reicht, wenn ich es weiß. Und das werde ich ihnen auch sagen.«

Er streichelt über meine Arme und ergreift meine Hände. »Deine Familie ist dir wichtig. Das habe ich schon immer gewusst.« Ich sinke in seine Umarmung, und er drückt mich fest an sich. »Aber das garstige Mädchen, das durchdreht, weil es nicht kriegt, was es will, muss jetzt gehen.«

Ich pikse ihm in den Bauch, doch er zuckt nicht mal. »Du liebst meine garstige Seite.«

Er lacht leise in die Dunkelheit. »Ich liebe alle Seiten an dir. Aber ich glaube, deiner Familie wäre eine andere Seite lieber.«

»Wie passend, dass ich euch hier in dieser Gasse finde.«

Dean tritt beiseite, um zu sehen, wer es ist. Diese Stimme würde ich überall sofort erkennen. Innerlich bereite ich mich auf Runde Nummer zwei vor.

Kapitel 26

»Ein Glück, dass du diesmal angezogen bist.« Mit verschränkten Armen steht Skylar da und durchbohrt mich mit ihrem Blick.

Ich löse mich aus Deans Umarmung und stelle mich vor ihn, als wollte ich ihn beschützen. »Eine Sache will ich klarstellen, bevor wir loslegen. Ich habe dir wegen Beckett nie die Hölle heißgemacht. Wenn überhaupt, habe ich dir andere Männer schmackhaft gemacht, damit er merkt, dass er dich liebt.«

»Okay, Mädels.«

»Halt dich da raus, Dean«, sagen wir wie aus einem Mund.

Dean tritt beiseite. »Na schön. Dann geht euch eben gegenseitig an die Gurgel.«

Skylar und ich sind quasi wie Schwestern. Wir sind zusammen aufgewachsen, haben uns auf Familienfeiern um die Tische gejagt und uns gegenseitig erzählt, in wen wir gerade verliebt waren. Meine Güte, wir haben sogar denselben Nachnamen. In der Schule hielten uns alle für adoptierte Zwillinge. Es ist nicht unser erster Streit, und es wird definitiv nicht unser letzter sein.

»Ich gehe wieder rein.« Kopfschüttelnd geht Dean an Skylar vorbei und verschwindet durch die Tür.

»Hattest du je vor, es mir zu sagen?«, fragt Skylar mit zusammengekniffenen Augen.

Käme jetzt jemand vorbei, würde er wahrscheinlich denken, wir reißen uns gleich gegenseitig die Haare aus. Doch so sind wir nicht. Wir boxen und treten. Doch das letzte Mal geprügelt haben wir uns mit sechzehn.

»So wie du reagierst, habe ich mich richtig entschieden. Ich brauche deine Zweifel nicht.«

Ihr übertriebenes Schnauben hallt durch die Nacht. »Du bist diejenige, die ihn als deinen größten Fehler bezeichnet hat.«

»Vielleicht hatte ich unrecht.« Ich zucke mit den Schultern.

Sie lässt die Schultern sinken.

»Vielleicht hat er sich geändert. Menschen können sich ändern«, sage ich.

Sie nimmt die Hände von den Hüften. »Ich habe nie gesagt, dass er sich nicht ändern kann, aber Chels …«

Ich hebe die Hand. Die schwache Lampe über der Tür ist weit und breit die einzige Lichtquelle. »Deine Negativität kann ich nicht gebrauchen. Ich liebe ihn, okay? Mir ist bewusst, dass ich mit dem Feuer spiele und mein ganzes Leben explodieren könnte. Aber vielleicht passiert es auch nicht. Ich lasse mir weder von dir noch meiner Mutter, Zoe oder sonst jemandem sagen, dass ich die Finger von ihm lassen soll.«

Sie kommt näher, und auf ihren Lippen zeichnet sich ein kleines Lächeln ab. »Du steigerst dich ganz schön rein.«

»Ich war für dich da.«

»Ich weiß«, erwidert sie sanft.

»Ich habe nie schlecht über Beckett gesprochen, selbst als er sich wie der größte Vollidiot aufgeführt hat.«

Sie stellt sich vor mich. Inzwischen lächelt sie richtig. Hoffnung steigt in mir auf.

»Ich brauche keine zweite Mutter, Sky. Eigentlich solltest du auf meiner Seite sein.«

Sie legt mir die Hände auf die Schultern. »Okay.«

Ich verdrehe die Augen. »Okay? So einfach ist das?« Ich verlagere das Gewicht auf ein Bein. So ganz traue ich dem Frieden nicht.

»Lass uns bitte nicht vergessen, wer sich bei dem Dinnerempfang, den deine Mutter dir aufgezwungen hat, nachdem du einfach losgezogen bist und geheiratet hast, in dieses fürchterliche pinke Kleid gequetscht hat. Ich stand dir damals beiseite, und ich werde es wieder tun, Chels. Aber falls er dich noch mal verletzen sollte, hoffe ich, du hast genug Geld für eine Kaution, um mich aus dem Knast rauszuhauen.« Sie nimmt mich in den Arm. »Klingt das nach einem Deal?«, fragt sie. »Wenn er dir noch mal wehtut, hacke ich ihm die Eier ab.«

»Das ist okay. Und seinen Schwanz setze ich mir dann als Kühlerfigur auf die Motorhaube.«

Sie lacht, und ich schlinge die Arme um sie.

»Heißt das, du wirst mir ab jetzt nichts mehr verheimlichen?«, fragt sie. »Die Hochzeit treibt mich noch in den Wahnsinn. Alle da drin belagern mich. Danke, dass du kurz von mir und Beckett abgelenkt hast.«

»Keiner kann dem goldenen Paar den Glanz nehmen«, sage ich wie ein mürrisches Kind.

Sie lässt mich los und legt den Kopf schief. »Wenn ihr noch mal heiratet, werdet ihr auch ein goldenes Paar sein.«

Warum haben es alle so eilig? »Eine Heirat liegt noch in weiter Ferne«, antworte ich. »Wenn überhaupt.«

»Ich weiß nicht. Bei dir und Dean geht immer alles so schnell.«

»Sky ...«

Sie hebt die Hände und geht rückwärts in Richtung Tür. »Ich meine ja nur. Sollte nicht wertend klingen.«

Ich nicke. Sie hat recht. Alles, was wir tun, tun wir schnell. Heute genauso wie vor fünf Jahren. Mir mit Dean Zeit zu lassen erscheint mir wie die reinste Zeitverschwendung.

Wir gehen zurück ins Restaurant. Sofort entdecke ich Dean, der mit Vin, Mickey und Beckett an einem Tisch sitzt. Er erzählt etwas, das alle zum Lachen bringt.

»Scheint, als hätte er die Männer bereits wieder für sich gewonnen«, bemerkt Skylar.

»Mein Mann war völlig aus dem Häuschen, als ihr hereingekommen seid.« Mit einem schlafenden Caiden auf dem Arm stellt sich Zoe neben uns.

Ich streichle sein dunkles Haar. »So friedlich und süß.«

»Wenn er schläft.« Liebevoll betrachtet Zoe ihren Sohn.

Ich lasse den Blick durch den Raum schweifen. Als ich meine Eltern entdecke, muss ich zweimal hinschauen. Meine Mutter funkelt Dean böse an, und mein Vater hat mich heute Abend noch kein einziges Mal angesehen. So macht er es immer. Lässt meine Mutter die Drecksarbeit erledigen.

Ich stoße Skylar mit dem Ellbogen an. »Das kommt nie in Ordnung.«

Sky und Zoe folgen meiner Blickrichtung. Sky hakt sich bei mir unter. »Das wird schon. Wenn sich meine Mom und die anderen damit arrangieren können, kann sie es auch.«

Meine Mutter wird hier keine Szene machen. Vielleicht habe ich Dean deshalb mitgebracht. So ist er hier, und sie wird nicht auf ihn losgehen. Was würden die Leute denken, wenn sie mich beiseitenehmen würde? Oder noch schlimmer – wenn sie Dean vor den Toiletten abfangen und anschreien würde? Ich weiß nicht, ob ihre Ablehnung daher kommt, dass sie mich beschützen will, oder ob sie einfach nachtragend ist.

»Los, lasst uns zu ihnen gehen.« Zoe geht in Richtung Tisch. Auf der Tanzfläche begegnen wir ihrer Tochter Molly, die den Floss Dance tanzt.

»Sieht super aus.« Molly und ich schlagen ein, und plötzlich beginnt sie, die Arme so schnell zu bewegen, wie Jade es neulich bei mir im Wohnzimmer getan hat.

Tante Liz und ein paar andere Tanten beobachten sie lachend. Sie gibt gern mit ihrer einzigen Enkelin an und damit, wie klug sie doch ist.

Zwei Arme schlingen sich von hinten um meine Taille, und ein Kinn landet auf meiner Schulter. »Woran denkst du gerade?«, fragt Dean.

Ich lege die Hände auf seine. »Ach, nichts Besonderes.«

»Sky hat mich gerade geboxt und dabei gelächelt. Heißt das, alles ist gut?«

Ich kichere. »Ja, noch eine Rekrutin fürs Dean-Team. Aber …«

»Deine Mom wird sich schon noch beruhigen, Chels. Gib ihr ein bisschen Zeit«, flüstert er und küsst meine Wange. »Und jetzt hab Spaß mit deinen Cousinen und deinem Cousin.«

Er führt mich an den Tisch, und ich setze mich neben ihn.

Mikey grinst, als hätte er gerade ein Mädel klargemacht. Vielleicht hat er etwas geahnt, das ich selbst nicht wusste.

Meine Mutter wirft uns immer wieder Blicke zu, aber sie sagt kein Wort. Und mein Vater sowieso nicht.

• • •

»VERDAMMTE SCHEISSE!« Ich gehe über den Büroflur. Zum Glück sind gerade keine Gäste oder potenziellen Spender da. »Verdammt, wie ich Montage hasse.«

»Erstens: Ausdruck. Zweitens: Ich habe eine Schwäche für Montage.« Victoria tippt auf ihrer Tastatur herum.

Ich verdrehe die Augen. »Immer noch gefangen in der Liebesblase.«

Mit einem frisch manikürten Finger zeigt sie auf mich. »Du doch auch. Es sei denn, irgendwas ist am Wochenende furchtbar schiefgelaufen.« Sie hört auf zu tippen und dreht den Stuhl in meine Richtung. »Ist es?«

»Ich kann den verdammten Faden von meiner Spirale nicht mehr finden. Jetzt muss ich einen Arzttermin vereinbaren. Ich weiß nicht mal, ob sie rausgekommen ist oder irgendwo in meinem Körper herumschwimmt.« Ich krümme mich.

Victoria wird ganz bleich im Gesicht.

Ich lasse den Zeigefinger um ihre Nase kreisen. »Behalt deine Gedanken bitte für dich. Ich bin nicht schwanger.«

»Oh, gut.« Sie atmet laut aus und legt sich die Hand auf die Brust. »Benutzt ihr Kondome?«

»Ich habe eine Spirale. Die sind zu neunundneunzig Prozent sicher.«

Das Rumpeln in meinem Magen erinnert mich daran, dass nicht das Schwangerwerden das Problem ist, doch ich versuche, es zu ignorieren.

»Nicht, wenn sie rausfällt«, fügt sie hinzu.

Ich wünschte, ich hätte nichts gesagt.

»Ich sollte besser meine Ärztin anrufen und fragen, wann ich vorbeikommen kann.« Ich gehe in mein Büro, und meine High Heels klappern über den Fußboden.

»Ich kann gern mitkommen«, ruft sie mir nach.

»Danke, aber schon okay. Außerdem willst du eh nicht dabei sein, wenn sie meine Mumu inspiziert.« Ich schließe meine Bürotür und setze mich. Plötzlich kommen die Erinnerungen mit der Wucht eines Autounfalls zurück. In Zeitlupe. Schmerzhaft. Es läuft gerade so gut zwischen Dean und mir, ich kann das jetzt nicht noch mal durchstehen.

Ich ziehe mein Handy aus der Tasche und sehe, dass Dean mir eine Nachricht geschrieben hat. Doch der Anruf beim Arzt ist jetzt wichtiger.

Die Sprechstundenhilfe steckt mich eine Ewigkeit in die Warteschleife, doch nachdem ich ihr erklärt habe, was passiert ist, bekomme ich für den nächsten Tag um fünfzehn Uhr einen Termin. Nicht gerade ideal, aber was soll ich machen.

Ich öffne Deans Nachricht.

Dean: *Was willst du zu Abend essen?*

Eine einfache Frage. Eine Frage, die er mir schon oft gestellt hat, aber jetzt wird mir klar, welchen Weg wir eingeschlagen haben. Da Deans Wohnung viel zentraler liegt und zehnmal schöner ist als meine, bin ich so gut wie gar nicht mehr zu Hause.

Ich: *Ich dachte, ich ruhe mich heute mal ein wenig aus. Ist das okay?*

Die drei Punkte erscheinen und verschwinden wieder, bis ich schließlich eine Antwort bekomme.

Dean: *Willst du heute Abend lieber allein sein?*

Ich starre auf meinen Computer, auf das Selfie von Dean und mir, das ich vor zwei Wochen am See gemacht habe.

Ich: *Nun ja …*

Ich tippe und lösche den Text wieder.

Dean: *Ist schon in Ordnung. Meine Hand ist lange nicht so gut wie dein Mund, aber du kannst es nächstes Mal wiedergutmachen. LOL*

Ich: *Soso …*

Dean: *Nein, im Ernst. Es ist völlig in Ordnung, wenn du heute Abend mal Zeit für dich brauchst. Ich komme auch allein klar.*

Ein kleiner Teil in mir schreit: »Sag es ihm, sag es ihm, sag es ihm! Sag ihm, dass ihr keinen Sex haben werdet, wenn du vorbeikommst, weil du keine Ahnung hast, wohin das kleine Ding, das eigentlich nicht rauskommen soll, verschwunden ist.« Ein anderer Teil sagt: »Aber wenn du es ihm sagst, denkt er bestimmt du bist schwanger. Und dann heißt es Auf Wiedersehen, du schöne Zeit und Hallo, Aufarbeitung der Vergangenheit.«

Ich: *Ich muss hier noch ein paar Sachen erledigen. Danach werde ich vermutlich einfach nach Hause fahren und mich aufs Ohr hauen. Telefonsex geht aber klar.*

Dean: *Dann werde ich meine raue Stimme üben und meinen Dirty Talk auf Vordermann bringen.*

Ich: *Dein Dirty Talk ist vollkommen in Ordnung.*

Dean: *Nicht, wenn ich nicht gleichzeitig meine Hände und meinen Mund benutzen kann.*

Ich lache, und meine Daumen liegen auf dem Display.

Ich: *Dann haben wir also ein Date. Zehn Uhr. Ruf mich an.*

Dean: *Leg* Rambo *schon mal bereit ;) Bis später.*

Ich warte, ob er noch mehr schreibt, aber nichts. Vielleicht hat er sich tatsächlich geändert, vor ein paar Jahren wäre er nicht damit einverstanden gewesen, dass ich einen Abend allein verbringe.

• • •

Zwei Stunden später betritt Victoria mit einer schwarzen Kiste mit rosa Schleife mein Büro. »Wieder eine Sonderlieferung.« Sie stellt sie auf die Kante meines Schreibtischs.

Ich greife nach der Karte, doch darauf steht lediglich:

Nur für deine Augen bestimmt.

»Danke, Vic.« Ich setze mich wieder an den Schreibtisch und widme mich der E-Mail, die ich gerade abschicken wollte.

Sie räuspert sich.

»Sorry, ist privat.« Ich sehe sie an.

Ihr Lächeln verebbt ein wenig. »Oh, ich verstehe. Lass mich raten, diesmal wandert das Geschenk nicht in den Müll.« Lächelnd greift sie nach der Türklinke. »Ich mache lieber zu, damit du deine *Privatsphäre* hast.«

Ich kann mir ein Lächeln nicht verkneifen. »Danke.«

Sie nickt und verdreht belustigt die Augen, bevor sie die Tür schließt.

Ich springe so schnell auf, dass der Stuhl fast gegen die Wand kracht. Ich löse das Geschenkband, entferne das ebenfalls rosafarbene Seidenpapier und falle zurück in den Stuhl.

»Oh. Mein. Gott.«

Meine Füße trampeln wie wild auf dem Boden herum, und am liebsten würde ich schreien. Dieser Mann kennt mich besser als ich mich selbst.

Ich greife nach dem beigelegten Zettel, auf dem »Gebrauchsanleitung« geschrieben steht.

Nimm um neun Uhr ein schönes, heißes Bad. Badesalz anbei.
Bleib in der Wanne, bis das Wasser lauwarm geworden ist.
Trockne dich mit dem Handtuch ab.
Creme dich mit meinem Lieblingsduft ein.
Schlüpf in das Nachthemd.
Leg dich ins Bett und halte den Vibrator bereit.
Stöpsel Kopfhörer ins Handy und geh Punkt zehn ans Telefon,
sonst gibt's Haue.

Während ich die Gegenstände in der Kiste inspiziere, strahle ich über das ganze Gesicht. Das seidene Negligé, das weiche Handtuch.

Ich schreibe ihm keine Nachricht, um mich zu bedanken, denn ich bin mir sicher, er weiß, dass ich das Paket bekommen habe. Ich werde mich heute Abend bei ihm bedanken, wenn das Sperma wie eine Rakete aus ihm herausschießt.

Kapitel 27

Punkt zehn klingelt mein Handy.

»Hast du dich an meine Anweisungen gehalten?« Seine Stimme ist ein tiefes Brummen, und ich schmelze auf meiner Matratze dahin.

»Ja, habe ich.«

»Braves Mädchen«, sagt er sanft. »Du darfst dich aber erst anfassen, wenn ich es dir erlaube.«

»Okay«, flüstere ich.

»So fügsam heute Abend.«

»Nun ja …«

»Lass die Hand durch das Tal zwischen deinen Brüsten gleiten und zieh das Negligé hoch.«

Meine Finger berühren den seidenen Stoff, und ich hebe den Saum. Die kühle Luft des Deckenventilators erweckt meine Mitte zum Leben.

»Berühr deine Muschi und sag mir, wie feucht du bist.«

Ich bin schon klitschnass. Nicht, dass es mich überraschen würde.

»Ich bin feucht.«

»Wie feucht? So feucht, dass ich direkt in dich hineingleiten könnte?«

»Ja.« Als ich mir vorstelle, wie er mich berühren würde, wenn er jetzt hier wäre, schnappe ich nach Luft.

»Guter Anfang, aber ich will, dass du tropfst.«

Ich auch. Ich will schreien. Los, lass uns anfangen.

»Steck dir den Finger in den Mund und sag mir, wie du schmeckst.

Aber lass ihn zuerst über deinen Oberkörper gleiten, und zieh das Negligé noch ein Stück höher.«

Ich tue, wie mir geheißen. Meine Finger schweben über meinen steifen Nippeln, die sich nach Aufmerksamkeit sehnen.

»Berühr nicht deine Brüste«, befiehlt er in strengem Ton.

Woher wusste er das? »Nur einmal?«, bettle ich förmlich.

»Chelsea.« Mein Name umhüllt mich wie Seide.

»Na schön«, stöhne ich.

»Leck deinen Finger ab und berühr dich zuerst nur mit der Fingerspitze.«

Ich lecke über meine Fingerspitze. Plötzlich fällt mir auf, dass ich nicht mal weiß, ob er nackt ist. Es fällt mir nicht leicht, mich so unterzuordnen.

»Ich lecke meinen Finger, wie ich sonst deinen Schwanz lecke.«

Sein Stöhnen durchdringt die Leitung.

»Wie wäre es, wenn du deinen harten, dicken Schwanz in die Hand nimmst, während ich mich selbst schmecke?«

Ihm entweicht ein leises Lachen. »Du kannst mir nicht einfach die Kontrolle überlassen, oder?«

»Wir machen das zusammen.«

Er lacht erneut, widerspricht aber nicht. Ich kann das Rascheln der Laken hören und weiß, dass er tut, was ich ihm gesagt habe.

»Ich habe meinen Schwanz in der Hand.«

Ich lasse den Finger aus meinem Mund ploppen. »Du bist rausgerutscht.« Ich mache ein übertriebenes Schlürfgeräusch. Mich selbst zu schmecken erregt mich.

»Lass den Finger drin und fass dir mit der anderen Hand an die Brust und kneif dir in den Nippel.«

»Gott sei Dank.« Ich berühre meine Brust, wie Dean es tun würde, und zwirble meinen Nippel zwischen Daumen und Zeigefinger.

»Fester«, befiehlt er, und ich drücke fester zu. »Wie fühlt es sich an?«

»Lange nicht so gut, wie wenn du es machst.«

Er lacht, und ich höre, wie eine Flasche geöffnet wird. »Kommt jetzt das Gleitgel zum Einsatz?«

»Na ja, du bist ja nicht hier, um meinen Schwanz zu benetzen.«

Ich schließe die Augen und stelle mir vor, wie die Flüssigkeit seine Eichel bedeckt, er seinen Schwanz in die Hand nimmt und sie überall verteilt.

»Stellst du dir vor, ich hätte dich so feucht gemacht, Dean?«

»Hast du den Finger aus dem Mund genommen?«, fragt er.

Schnell stecke ich den Finger wieder in den Mund und mache weiter übertriebene Geräusche.

»Denk dran. Du darfst dich nur berühren, wenn ich es dir sage.«

Belustigt verdrehe ich die Augen. Schließlich kann er mich überhaupt nicht sehen.

»Verdreh nicht deine schönen blauen Augen.«

Ich kichere leise. »Habe ich gar nicht.«

»Hast du wohl. Wir kommen von der Spur ab.«

»Sorry, Master.«

»Mein Schwanz hat gerade gezuckt.«

Hitze strömt durch meinen Körper, und mein Blut brodelt.

»Leg die Hand an deine Muschi, tauche die Finger zwischen deine Schamlippen und sag mir, wie es sich anfühlt.«

Ich tue, wie mir befohlen. Eine Hand lasse ich weiter auf meiner Brust liegen. Die glatte Seide meines Slips ist inzwischen ganz feucht, und der Ventilator kühlt kein bisschen mehr.

»Ich tropfe.« Meine Stimme klingt sinnlich und drückt genau aus, wie ich mich fühle.

»Nimm den Vibrator und stell ihn auf niedrigste Stufe.«

Widerwillig nehme ich die Hand von meiner Brust und greife nach dem Vibrator.

»Leg ihn ganz leicht auf deinen Kitzler.«

Es kribbelt, und ich zucke zusammen. Ich liebe es, wie die Lust durch meinen Körper strömt.

»Schließ die Augen und finger dich selbst. Stell dir vor, es wären meine Finger.«

Mein Rücken biegt sich durch, und ich presse mich dem Vibrator entgegen. Ich brauche mehr. »Ich brauche dich«, sage ich schwer atmend, und er lacht leise.

»Nein, tust du nicht. Stell ihn höher.«

Das Vibrieren auf meinem Kitzler bringt mich um den Verstand. Ich räkle mich in den Laken und sehne mich nach Erlösung, die noch viel zu weit entfernt ist.

»Besser?«, fragt er leise.

»Nein, ich brauche deinen Schwanz. Komm her.«

»Danke für das Kompliment. Ich würde mir auch wünschen, mein Schwanz wäre in deiner Muschi statt in meiner Hand. Aber heute werden es dein Seufzen und Stöhnen sein, die mich zum Kommen bringen.«

Einen Moment lang schweigen wir, genießen unsere Lust und die Geräusche, die der jeweils andere macht.

»Greif unter das Negligé und fass dir wieder an die Brust. Spiel mit deinem Nippel.«

Als ich meine Brust berühre und meine Finger meinen Nippel streifen, kann ich mir fast vorstellen, es wäre seine Hand.

»Besser?«, fragt er.

Mir entweicht ein ersticktes Stöhnen. Ich stehe ungefähr zwei Sekunden vorm Orgasmus. Ich hebe die Hüften, als wäre er tatsächlich auf mir. »Gott, ja«, seufze ich.

»Danke, dass du mich so nennst. Jetzt leg den Vibrator weg.«

»Nein!«, kreische ich. Nur noch eine Stufe, dann bin ich da.

»Chelsea, leg ihn weg«, befiehlt er.

»Warum?«, jammere ich.

Er lacht leise. »Weil ich gleich in dir sein werde.«

Ich lasse den Vibrator zwischen meine Schenkel fallen und setze mich auf. »Bist du hier?«

Lieber Gott, bitte sag mir, dass er mir wieder einen Überraschungsbesuch abstattet wie vor ein paar Monaten. Ich brauche keine Donuts und nichts von McDonald's. Nur seinen Schwanz und seine Hände und seinen Mund. Okay, und seine Arme, damit er mich hinterher festhalten kann.

»Nein.«

Ich falle zurück auf die Matratze. »Ich habe mich schon so gefreut.«

»Tut mir leid.« Er lacht leise. »Steck zwei Finger in deine feuchte Muschi und besorg's dir so, wie du es tust, wenn du an mich denkst.«

Ich verdrehe die Augen, tue aber, was er sagt. Wieder wird mein Körper eins mit der Matratze. Ich bin mir sicher, dass ich gleich komme.

»Mach das, was du normalerweise tust, Chelsea. Ich will wissen, wie es klingt, wenn du es dir selbst machst.«

Ich spiele mit meinem Kitzler und stecke die Finger wieder rein. Ein Seufzen kommt über meine Lippen. Mein Atem beschleunigt sich zuerst und wird dann langsamer.

»Ich bin so verdammt steif«, presst Dean hervor, und ich weiß, dass er es zurückhält.

»Ich bin so verdammt feucht.«

»Ich wünschte, ich könnte dich packen und ficken.«

»Ich wünschte, du würdest meine Hüften packen und deinen Schwanz in mich hineinrammen.«

Unser angestrengtes Atmen erfüllt die Leitung. Bräuchte ich nicht die Ohrstöpsel, hätte ich das Handy fallen gelassen.

»Nächstes Mal. Das verspreche ich dir, Baby.«

»Oh, Dean, ich komme.«

»Kämpf nicht dagegen an.«

Mein Kopf ist wie leer gefegt. Seinen Namen rufend schwebe ich über die Zielgerade, und mein Körper pulsiert vor Lust. Ich lasse die Hand sinken und liege schlaff, müde und befriedigt auf dem Bett.

»Fuck, dieses Geräusch, das du machst.«

Und dann höre ich nichts mehr außer Schnaufen und Stöhnen, während er sich einen runterholt. Erst als wir wieder normal atmen, bricht einer von uns das Schweigen.

»Versteh mich bitte nicht falsch. Mit dir liebe ich alle Arten von Sex, aber ich wünschte, du wärst jetzt bei mir«, sagt er.

Ich lächle. »Zum Kuscheln?«

»Um mein Sperma aufzulecken. Aber auch zum Kuscheln.«

»Wärst du jetzt hier, würde ich dir in den Bauch boxen.«

Er lacht. Diesmal klingt es nicht mehr so rau wie vorhin, sondern offen und ehrlich.

»Ich muss mich waschen.«

»Ich will nicht auflegen«, sage ich.

»Ich auch nicht, aber du brauchst deinen Schlaf. Süße Träume, Chelsea.«

»Gute Nacht.«

»Ich liebe dich«, flüstert er.

»Ich liebe dich.«

Dann ist die Leitung tot. Ich ziehe die Stöpsel aus den Ohren, drehe mich zur Seite und wünsche mir, die andere Seite des Betts wäre nicht leer.

Kapitel 28

Am folgenden Tag sitze ich Punkt fünfzehn Uhr im Wartezimmer und fülle Papiere aus. Ich bin von Schwangeren umringt.

Manche strahlen, andere wiederum sehen aus, als wollten sie jemanden umbringen. Ein paar versuchen, ihre kleinen Kinder im Zaum zu halten, einige reiben sich die Bäuche und lächeln vor sich hin.

Kopfschüttelnd konzentriere ich mich auf die Familienanamnese. Warum muss ich das jedes Jahr aufs Neue ausfüllen? Ich kreuze alle Ja- und Nein-Fragen zu allen möglichen Krankheiten an, unterschreibe die Datenschutzbestimmungen und hefte meine Versichertenkarte an das Klemmbrett.

Die Empfangsdame kümmert sich um alles, gibt mir meine Karte zurück und schickt mich wieder ins Wartezimmer.

»Haben Sie es eben erst erfahren?« Eine Frau mit dicker Kugel begutachtet meinen flachen Bauch.

Ich blicke an mir hinunter, um sicherzustellen, dass man nicht doch eine Wölbung sieht. Ich hatte zwar eine große Portion zu Mittag, aber ich würde ein ganzes Casino darauf verwetten, dass ich nicht schwanger bin.

»Oh, nein. Ich bin nicht schwanger.«

Lächelnd winkt sie ab. »Ich vergesse immer, dass Frauen nicht nur zum Gynäkologen gehen, wenn sie schwanger sind. Versuchen Sie denn, schwanger zu werden? Ich hoffe, ich habe Sie nicht beleidigt.«

Ich setze ein Lächeln auf. Selbst wenn ich versuchen würde schwanger zu werden, würde ich nicht mit einer Wildfremden darüber sprechen. Eine Wildfremde, die auch noch schwanger ist. »Nein, ich versuche es auch nicht.«

»Oh.« Sie mustert mich, mein Kleid, meine High Heels.

Ich beschließe, mich nicht weiter mit der Dame zu unterhalten und mich stattdessen irgendwie abzulenken, also krame ich mein Handy hervor. Keine Ahnung, ob sie jetzt denkt, dass ich zu den Frauen gehöre, die keine Kinder wollen, aber es geht sie sowieso nichts an. Über so etwas spreche ich nicht mal mit Menschen, die mir nahestehen.

Die Frauen kommen und gehen, und ich werfe einen Blick auf die Uhr. Mein Termin war vor einer halben Stunde.

Endlich werde ich von einer netten Arzthelferin aufgerufen. Das rote Haar hat sie zu einem Dutt zusammengefasst. Sie wiegt mich und misst meinen Blutdruck. Als ich endlich im Behandlungszimmer sitze, schildere ich mein Problem. Sie lächelt freundlich und verlässt den Raum.

Zwanzig Minuten später liegt mein Kleid ordentlich gefaltet auf dem Stuhl, den Slip habe ich darunter versteckt, die Schuhe stehen ordentlich daneben. Ich stelle sicher, nicht meinen blanken Hintern zu präsentieren, und das Papierhemd kratzt an meiner Haut. Eigentlich ist es sowieso egal, schließlich werde ich gleich die Beine breit machen.

Warum läuft die Klimaanlage hier drin auf volle Pulle? Ich habe überall Gänsehaut.

Es klopft an der Tür.

»Herein.«

»Miss Walsh, ich hätte nicht erwartet, Sie so schnell wiederzusehen.« Meine Ärztin, ungefähr Mitte vierzig, kommt in OP-Kleidung herein. »Tut mir leid, dass Sie so lange warten mussten. Ich komme gerade von einer Entbindung zurück.«

»Kein Problem.« Mein Bauch kribbelt vor Nervosität. Ich will es einfach hinter mich bringen.

Mit dem Laptop auf dem Schoß setzt sie sich auf den Stuhl. »Sie glauben, Ihre Spirale sei rausgefallen?«, fragt sie. »Wann haben wir sie noch mal eingesetzt?« Ohne mich anzusehen, scrollt sie durch das Dokument.

»Vor ein paar Monaten. Meine alte musste ausgetauscht werden. Mit der hatte ich nie Probleme.«

Sie stellt den Laptop ab. »Das war im Februar. Wahrscheinlich sind die Fäden diesmal nur kürzer und Sie kommen nicht dran.« Sie rollt nach vorn und klappt die Beinablagen hoch. »Dann sehen wir uns das mal an und stellen sicher, dass alles okay ist. Es kommt nur sehr selten vor, dass die Spirale herausfällt oder verrutscht, aber man weiß nie.«

Sanft platziert sie meine Beine in den Ablagen. »Rutschen Sie bitte ein Stück weiter nach vorn. Genau so. Gut.«

Auf dem Rücken liegend starre ich nach oben zu den Deckenplatten, die schon so viele Frauen vor mir angestarrt haben. Sie sollten Motivationssprüche oder irgendwas draufschreiben. Ich klammere mich an die Armlehnen und warte darauf, dass das Folterinstrument in mich eindringt.

»Wie geht es Ihnen?« Sie beginnt mit ihrem seltsamen Small Talk, als würde ich dadurch vergessen, dass sie mir gerade in die Mumu schaut. Inständig hoffe ich, dass sie gleich zwei Fäden entdeckt, die aus meinem Uterus hängen.

»Okay. Viel Arbeit.« Natürlich nicht so viel Arbeit wie sie hat. Wahrscheinlich muss sie jeden Morgen direkt nach dem Aufstehen Babys auf die Welt bringen.

»Da sagen Sie was. Gibt es momentan einen bestimmten Mann in Ihrem Leben?«

Warum will sie das wissen? Wahrscheinlich, weil sie keine Fäden sieht. Plötzlich habe ich Schwierigkeiten, Luft zu bekommen und versuche, mich mit Atemübungen zu beruhigen.

Das Instrument schließt sich. Endlich kann ich wieder atmen.

»Ähm, kann ich noch nicht genau sagen.« Jaja, ich habe gelogen. Na und?

Sie zieht die Handschuhe aus und legt sie auf den Tisch. Ich warte darauf, dass sie mir aufhilft, doch sie tut es nicht. Und sie lässt auch meine Beine in den Ablagen liegen.

Scheiße, Scheiße, Scheiße! Dean und sein gigantischer Schwanz.

Schließlich reicht sie mir doch die Hand und hilft mir auf. »Bleiben Sie untenrum bitte noch frei. Ich kann die Fäden nicht finden. Es gibt so viele Möglichkeiten, dass ich Ihnen nichts sagen will, bevor ich nicht einen Ultraschall gemacht habe.«

Ich muss plötzlich bleich geworden sein, denn sie wartet nicht auf eine Antwort.

»Ziehen Sie keine voreiligen Schlüsse. Falls Sie Angst haben, schwanger zu sein, dann bedenken Sie bitte, dass wir nicht wissen, seit wann die Spirale nicht mehr richtig sitzt. Waren Sie in letzter Zeit sexuell aktiv?«

Ich schlucke.

»Ja, aber …«

Sie steht auf und rollt den Stuhl zurück an den Schreibtisch.

»Lassen Sie uns erst mal abwarten, bevor wir uns verrückt machen. Machen wir zuerst den Ultraschall. Ich bin gleich wieder da.«

Schweigend beobachte ich, wie sie den Raum verlässt. Als ich allein bin, nimmt mich die Verzweiflung gefangen wie eine Zwangsjacke.

Das kann nicht wahr sein. Nicht jetzt. Für so etwas sind wir nicht bereit. Es wird uns ruinieren. Schon wieder.

Zum Glück kommt sie kurz darauf zurück, lässt aber die Tür offen stehen. »Ich weiß, es ist nicht ideal, aber ich kann den Ultraschall zwischen zwei Patienten einschieben, um kurz nachzusehen. Möchten Sie einen frischen Umhang?«

Ich hüpfe vom Stuhl. Bringen wir es hinter uns. »Nein, schon in Ordnung.«

»Okay, es sollte höchstens ein paar Minuten dauern. Wenn es für Sie in Ordnung ist, nehme ich Ihre Kleidung mit, damit Sie sich dort umziehen können. Ich bin mir sicher, dass die Spirale nur verrutscht und vielleicht rausgefallen ist. Bestimmt nichts Ernstes.«

Ich folge ihr zwei Türen weiter in einen dunklen Raum. Die einzige Lichtquelle sind die Lämpchen an der Maschine.

»Setzen Sie sich.«

Ich lege mich auf den Stuhl, und mein Blick fällt auf den Stab. Als sie ein Kondom überzieht und das Ende mit Gleitgel befeuchtet, kommen die Erinnerungen zurück.

»Okay, sind Sie bereit?«, fragt sie mit dem Gerät in der Hand, das wie ein Dildo aussieht.

Ich halte mich an den Armlehnen fest. »Japp.« Ich atme laut aus, es klingt zittrig.

Der Druck zwischen meinen Schamlippen lässt nach, als sie endlich drin ist. Ihr Blick ist konzentriert auf den Monitor gerichtet. Mit der freien Hand drückt sie auf Knöpfen herum. Sie dreht den Stab zuerst in die eine Richtung, dann in die andere. Ich versuche, irgendwas zu erkennen, aber sie hat den Monitor von mir weggedreht.

»Okay, Chelsea, die Spirale muss herausgefallen sein, denn ich kann sie nirgendwo entdecken. Wahrscheinlich wurde sie beim Einsetzen nicht richtig platziert. Manchmal rutschen sie bei Darmbewegungen oder während der Periode heraus, ohne dass man es merkt.«

Schweigend versuche ich, das Gesagte zu verdauen. »Können wir dann einfach eine neue einsetzen?«

Ich höre ein Geräusch, dann zieht sie den Stab heraus, streift das Kondom ab, wirft es weg und desinfiziert das Instrument. Sie hält mir die Hand hin, um mir aufzuhelfen, doch ich will nicht.

Als ich sitze und in ihr Gesicht blicke, weiß ich genau, was jetzt kommt. Es wird mich und Dean zerstören.

Sie nimmt etwas aus der Ultraschallmaschine und hält es in der Hand. »Wir können noch keine neue Spirale einsetzen.« Sie wirkt nachdenklich.

»Oh, muss ich noch eine bestimmte Zeit abwarten oder so was?«, frage ich und klammere mich an den letzten Strohhalm. »Seltsam. Als die alte entfernt wurde, habe ich sofort eine neue bekommen.«

»Unter normalen Umständen würden wir das auch machen, Chelsea, aber …«

»Nein. Sagen Sie es nicht.« Ich schüttle den Kopf.

»Chelsea, bitte, ich kenne Ihre Geschichte, aber manchmal …« Sie reicht mir das Stück Papier, aber ich will es mir nicht ansehen.

»Wie weit bin ich?«, flüstere ich.

Sie lächelt. »Sechs Wochen.«

Ich kneife die Augen zu. »Das ist unmöglich.« Ich springe vom Stuhl und ziehe mein Handy hervor, um etwas zu überprüfen. »Ich hatte meine Periode.« Ich öffne die App. »Hier. Vor drei Wochen.«

Die Ärztin hört auf zu lächeln. »Man kann auch seine Periode haben, wenn man schwanger ist, vor allem am Anfang. War sie schwächer als sonst?«

»Meine Periode ist immer schwach.«

Sie atmet laut aus. »Ich verstehe, dass Sie Angst haben.« Sie tritt einen Schritt nach vorn, während ich schon dabei bin, mich wieder anzuziehen. Verdammtes Gleitgel.

»Warten Sie bitte kurz, okay?«, fragt sie.

Ich antworte nicht, will so schnell wie möglich hier raus.

Ich schlüpfe in mein Kleid und schließe den Reißverschluss, während ich gleichzeitig meine Schuhe anziehe. Als ich die Tür öffne, bleibt eine der Arzthelferinnen stehen und starrt mich an.

»Die Ärztin ist gleich wieder da.«

Ohne ein Wort stürme ich an ihr vorbei.

»Miss Walsh?«, ruft sie mir nach, doch ich suche in dem Labyrinth aus Räumen verzweifelt einen Ausgang. Ich fühle mich wie eine gefangene Ratte, eile einen Korridor hinab, finde aber nur einen Notausgang.

»Chelsea.«

Als ich mich umdrehe, steht meine Ärztin da mit einer Tüte in der Hand.

»Ich muss die Nachricht erst mal verdauen.«

»Bitte, kommen Sie mit in mein Büro.« Sie öffnet die Tür neben sich.

Natürlich lande ich ausgerechnet vor ihrem Büro.

Ich trete ein, setze mich auf den Stuhl vor ihrem Schreibtisch und hole tief Luft.

Ich bin stark. Ich schaffe das.

Sie umrundet den Schreibtisch und stellt die Tüte ab. »Ich weiß, dass Sie besorgt sind, aber wir werden sehr vorsichtig mit Ihnen sein.«

»Ich kann nicht. Ich kann es einfach nicht.« Eine Träne rinnt über meine Wange.

»Ich war früher nicht Ihre behandelnde Ärztin, also kann ich nichts dazu sagen. Aber wir haben Ihre Akte und können versuchen, es in den Griff zu bekommen.« Sie umrundet den Tisch, setzt sich neben mich und ergreift meine Hand. »Ich kann Ihnen nicht versprechen, dass alles glatt laufen wird, aber das kann ich keiner meiner schwangeren Patientinnen versprechen. In der Tüte sind Vitamine und Folsäure, die Sie nehmen sollten.«

Es ist, als würde meine Brust mit einem Schraubstock zusammengedrückt werden, und der Kloß in meinem Hals ist so groß, dass ich nicht sprechen kann. Nachdem ich das Geheimnis eine Ewigkeit für mich behalten habe, spreche ich es endlich laut aus. »Ich dachte, ich könnte so gut wie gar nicht schwanger werden?«, flüstere ich.

Sie drückt meine Hand. »Wir werden tun, was wir können. Nehmen Sie die Folsäure. Ihr Körper braucht das.«

Ich würde ihr so gern glauben. Wirklich. Könnte das, was unsere Beziehung vor fünf Jahren zerstört hat, uns jetzt endgültig zusammenschweißen? Ich weiß es einfach nicht.

Kapitel 29

Dean: *Okay, heute brauche ich die Live-Version von meinem Mädchen. Ich bestelle etwas beim Chinesen.*

Mit dem Display nach unten lege ich das Handy neben mich aufs Sofa. So kann ich Deans Nachricht wenigstens noch kurz ignorieren. Das Ultraschallbild liegt daneben. Die kleine Bohne. Ich lege die Hand auf meinen Bauch. Das einzig Gute daran ist, dass wir jetzt nicht mehr verhüten müssen. Der Zug ist abgefahren. Wenig später bekomme ich eine weitere Nachricht. Zögernd greife ich nach dem Handy.

Dean: *Ich komme vorbei.*

Scheiße, ich wusste, dass das passieren würde.

Ich: *Sorry, bin gerade mit Skylar unterwegs. Die angehende Braut ist eine Woche vor der Hochzeit ganz schön im Stress.*

Dean: *Deshalb haben wir die richtige Entscheidung getroffen, in Vegas zu heiraten.*

Lächelnd schüttle ich den Kopf.

Ich: *Nun ja, wir waren betrunken. Ich rufe dich an, wenn wir fertig sind.*

Dean: *Musst du nicht. Komm einfach vorbei. Egal wann.*

Mein Bauchgefühl sagt mir, dass ich es ihm sagen sollte. Es wird auf keinen Fall noch mal das Gleiche passieren wie letztes Mal. Er *hat* sich geändert. Und trotzdem nagen immer noch Zweifel an mir und breiten sich aus wie ein übler Ausschlag.

»Noch nicht.« Ich berühre meinen Bauch. »Wir sagen es ihm erst, wenn es sicherer ist. Bleib stark, Kleines.«

Ich stehe vom Sofa auf, schnappe mir meinen Laptop und suche nach Statistiken zu erfolgreichen Schwangerschaften mit der MTHFR-Mutation. Den ganzen Abend lese ich so viele Infos, wie ich nur kann. Ich lese Berichte über Frauen, die zig Fehlgeburten hatten, bis es endlich geklappt hat. Ich lese von Frauen, die bis zu ihrer zweiten Schwangerschaft nicht mal wussten, dass sie ein Problem haben. Ich bin wie besessen und suche immer weiter. Nachdem ich etliche tränenreiche, hoffnungsvolle, niederschmetternde Geschichten gelesen habe, scheint es, als stünde die Chance, das Baby erfolgreich auszutragen, etwa fünfzig zu fünfzig.

Plötzlich klopft es an der Tür, und ich schlage den Laptop zu, als wäre ich gerade beim Pornos schauen erwischt worden. Ich stehe auf und werfe einen Blick auf die Uhrzeit auf der Stereoanlage. Es ist schon nach zehn.

Ich spähe durch den Spion. Es ist Dean, der drauf und dran ist, noch mal zu klopfen.

»Dean?«

Ich lasse den Blick durch das Apartment schweifen und entdecke das Ultraschallfoto auf dem Sofa. Schnell stopfe ich es in meine Handtasche.

»Chelsea«, sagt er und klopft erneut.

»Komme.« Ich schnappe mir die Tüte mit den Tabletten und werfe sie hinters Sofa.

Nachdem ich die Tür geöffnet habe, kommt Dean – wie immer – einfach rein und sieht sich ganz genau um. »Alles in Ordnung?«, fragt er und starrt den Haufen benutzter Taschentücher auf dem Beistelltisch an.

Scheiße, die habe ich total vergessen.

»Ja, ich habe nur eben einen traurigen Online-Artikel gelesen.« Ist nicht mal komplett gelogen.

Er kommt näher und streichelt über meine Arme. »Was ist los mit dir? Ich habe das Gefühl, du weichst mir aus.«

Ich schüttle den Kopf.

Sag es ihm. Sag es ihm einfach.

»Ich glaube, ich weiß, worum es geht.« Er grinst, als wäre er der beste Detektiv auf Erden.

»Ach ja?«

Das kann überhaupt nicht sein.

»Ich weiß, dass du willst, dass deine Familie mich mag. Und jetzt, da Skylars Hochzeit bevorsteht, erinnerst du dich daran, wie furchtbar es war, als wir ihnen von unserer Hochzeit erzählt haben.« Er nimmt mich in den Arm und drückt meinen Kopf gegen seine Brust. »Mach dir keine Sorgen, Liebes, alles wird gut. Sie werden mich akzeptieren. Vielleicht erst in fünfzig Jahren, aber es wird passieren.«

Ich erwidere nichts und lasse ihn in dem Glauben, er hätte recht mit seiner Vermutung. Ihre Akzeptanz kann sich meine Mutter sonst wohin schieben.

Ich schlinge die Arme fester um seine Taille, denn ich brauche die beruhigende Wirkung seiner Umarmung. Ich bete, dass die Dinge diesmal anders laufen.

»Komm, du siehst müde aus.« Er ergreift meine Hand, schließt die Wohnungstür und führt mich den Flur hinab. »Ich lasse heute auch die Finger von dir.«

Wir betreten das Schlafzimmer.

»Was ist mit Grover?«, frage ich.

»Er kann allein bleiben. Ich gehe vor der Arbeit noch mal kurz heim.« Er zieht sich aus, bis er schließlich splitterfasernackt dasteht.

»Schaffst du es, das Ding heute von mir fernzuhalten?«

Er schlüpft unter die Decke. »Ich werd's versuchen. Du weißt ja, dass er seinen eigenen Kopf hat.« Er zwinkert, und fast wären die Neuigkeiten aus mir herausgepurzelt.

»Komm.« Er tätschelt die Matratze und stützt das Kinn in die Hand.

»Du hättest nicht vorbeikommen müssen«, sage ich. Ich ziehe mich aus und schlage die Decke zurück. Als ich mich hinlege, schlingt er den Arm um meine Taille und zieht mich zu sich. »Ich will nicht, dass du dich vor mir versteckst. Wir machen das gemeinsam.«

Mein Körper gibt seinen Widerstand auf, und ich lasse mich in seine Arme sinken. Seine Hand liegt noch immer auf meinem Bauch.

Er sollte es erfahren. Ich sollte es ihm sagen.

Aber ich bringe die Worte nicht hervor.

Als er mir mit der anderen Hand an die Brust greift, zucke ich zusammen. »Was ist los?«, fragt er. Er fängt an, meine Brust zu kneten, und ich unterdrücke den Drang, mich von ihm loszureißen. »Warst du gestern zu grob zu dir selbst?«

»Was?«, frage ich.

»Als ich dir gesagt habe, du sollst dich zwicken? Hast du Schmerzen?« Er spricht ganz leise, als wollte er niemanden stören, der sonst noch in der Wohnung sein könnte.

»Ein wenig.« Noch eine Lüge – und mein schlechtes Gewissen wird noch größer.

Er lässt von meiner Brust ab. »Schlaf, Liebes«, flüstert er und zieht mit dem Daumen Kreise auf meinem Bauch, als wüsste er von der kleinen Bohne und wollte sie ebenfalls in den Schlaf wiegen.

Meine Güte, wann bin ich nur so emotional geworden?

Ach ja, als meine Hormone angefangen haben, Vollgas zu geben, weil in mir ein Baby heranwächst.

Zumindest hoffe ich das.

• • •

Am nächsten Morgen sitze ich schon früh am Schreibtisch. Ich habe Dean erzählt, ich hätte einen wichtigen Termin und keine Zeit zum Frühstücken.

Ich höre, wie Victoria hereinkommt und ihre Absätze über den Boden klackern. »Ich hätte gern einen Rückruf, wenn ich versuche, dich anzurufen.« Sie setzt sich mir gegenüber auf den Stuhl.

»Tut mir leid«, erwidere ich und tue, als müsste ich etwas äußerst Wichtiges notieren.

»Was hat die Ärztin gesagt?«

Mist. Warum habe ich mir nicht vorher eine Erklärung einfallen lassen? Es ist nicht fair, wenn ich vor Dean jemandem davon erzähle.

»Wir haben einen Termin zum Ultraschall vereinbart.«

Hoffentlich vergibt mir der liebe Gott all die Lügen, die ich erzähle. Aber sie sind notwendig, um die Menschen zu schützen, die mir wichtig sind.

»Das heißt, die Spirale ist rausgefallen?«

Ich nicke langsam.

»Wie? Das ist ja beängstigend.«

»Die Ärztin meinte, sie wäre beim Einsetzen nicht richtig platziert worden.« Ich zucke mit den Schultern und tue, als wäre es keine große Sache.

»Das heißt, du könntest ...«

Natürlich fragt sie mich direkt. Aber wenn ich ihr jetzt erzähle, dass ich schwanger bin und Dean noch nichts davon weiß, wird sie mir Vorwürfe machen.

Jaja, ich weiß, dass sie auch damals recht hatte, als er mich vor ein paar Monaten kontaktiert hat und sie meinte, ich solle mit ihm reden. Hätte ich es nicht getan, wäre er jetzt nicht Teil meines Lebens. Der Mann, der mich so gut kennt, dass er mitten in der Nacht bei mir aufkreuzt, weil er genau weiß, dass irgendwas nicht stimmt.

»Wir haben nicht darüber gesprochen.«

Sie verengt die Augen zu Schlitzen. »Die Ärztin hat dich nicht gefragt, ob du schwanger sein könntest?« Ihre Worte triefen vor Sarkasmus wie ein Eis, das in der Sonne schmilzt.

»Sie meinte nur, sie müsse einen Ultraschall machen, um sicherzugehen, dass sich das Ding nicht irgendwo in meinem Körper befindet.« Und noch eine Lüge. Wie viele sind es inzwischen?

»Chelsea«, sagt sie, und ich blicke ihr zum ersten Mal in die Augen. »Du lügst.«

»Nein, tu ich nicht.« Ich schüttle den Kopf und schlucke das schlechte Gewissen herunter, das sich in den letzten vierundzwanzig Stunden angehäuft hat.

»Erstens nimmst du die Tatsache, dass ein fremdes Objekt in deinem Körper herumschwimmen könnte, viel zu gelassen. Normalerweise hättest du mir schon längst eine unterhaltsame Story von deinem Termin beim Frauenarzt erzählt. Und zweitens wirkst du irgendwie zappelig.« Sie sieht nach links und rechts und lehnt sich nach vorn. »Bist du schwanger?«, flüstert sie.

Die Frage laut zu hören macht es mir noch schwerer, es zu leugnen. Eine Träne rinnt über meine Wange und fällt auf meine To-do-Liste, die ich nur angefertigt habe, damit ich Victoria nicht in die Augen sehen muss.

»Ach, Süße.« Sie steht auf, kommt zu mir und nimmt mich in den Arm.

Weder stehe ich auf, noch erwidere ich die Umarmung.

»Was ist los mit dir?«, fragt sie.

Ich sehe sie an. Sie ist eine so tolle Mutter. Sie ist liebevoll und fürsorglich, und wenn sie mit Jade spricht, setzt sie immer diesen Du-kannst-mir-alles-sagen-Gesichtsausdruck auf. Als wäre sie stark genug, selbst die größte Last auf ihre Schultern zu nehmen.

»Es ist nicht das erste Mal, dass ich von Dean schwanger bin«, sage ich.

Sie versucht, sich nichts anmerken zu lassen, aber der Schock steht ihr ins Gesicht geschrieben.

Überraschenderweise platzt auch noch Hannah herein. »Was ist los?« Ihre Augen werden groß, und sie stellt sich auf die andere Seite meines Tischs.

Victoria sieht mich an, und ich nicke.

Sie wendet sich Hannah zu. »Chelsea ist schwanger.«

Jetzt ist es raus, nur dass es jetzt zwei andere Menschen wissen und nicht der Vater der kleinen Bohne. Schuld breitet sich in meiner Brust aus, aber ich bin auch erleichtert, nicht weiter lügen zu müssen.

»Ist das was Schlimmes?«, fragt Hannah interessiert.

»Ihre Vergangenheit macht es vielleicht zu etwas Schlimmem«, wirft Victoria ein und sieht mich an, damit ich mehr Infos liefere.

Eine ganze Stunde lang erzähle ich ihnen, was damals vor fünf Jahren passiert ist und warum ich Dean so sehr gehasst habe. Es ist zwar schwer, darüber zu sprechen, aber es tut auch gut. Auch wenn ich jetzt wieder mehr an die Vergangenheit denke, statt an die Zukunft.

Kapitel 30

Skylar und Beckett erheben sich von ihren Stühlen vor dem Altar und tun so, als würde der Priester ihnen sagen, was sie zu tun haben. Ich stehe in der zweiten Reihe, Zoe vor mir und Skys Freundinnen Mia und Demi hinter mir. Gegenüber stehen Becketts Kumpels Grady und Dax, zusammen mit Mikey und Vin.

Caiden und Molly sitzen auf der Treppe. Während Molly schmollt, weil sie heute nicht mit echten Blütenblättern üben durfte, rutscht Caiden auf den Treppenstufen herum.

Ich lasse den Blick durch die Reihen mit unseren Verwandten schweifen, als Dean die Kirche betritt.

Er kommt direkt von der Arbeit. Obwohl ich ihn schon die ganze Woche vertröste, lächelt er breit, als wollte er mir sagen, dass es keinen Ort auf der Welt gibt, wo er gerade lieber wäre. Drei Nächte habe ich bei mir zu Hause geschlafen, doch gestern Abend haben wir uns zum Essen getroffen. Danach bin ich mit zu ihm gegangen und habe dort übernachtet.

Den grauen Anzug hat er zugeknöpft, und seine schicken Schuhe klappern über den Steinboden, bevor er sich ein paar Reihen hinter meinen Eltern niederlässt. Meiner Mutter muss mein Gesichtsausdruck wohl aufgefallen sein, denn sie dreht sich nicht um, um nachzusehen, wer gekommen ist und blinzelt stattdessen wie verrückt.

»Ich erkläre Sie hiermit …« Der Priester hält inne, und Skylar und Beckett lächeln. »Der Rest muss bis morgen warten.« Skylar hakt sich bei Beckett unter. Gemeinsam gehen sie den Mittelgang hinab und müssen Molly und Caiden ausweichen, die ihnen unmittelbar folgen. Zoe und Grady, ich und Dax, Mia und Mikey und Vin und Demi bilden das Schlusslicht.

Dean zwinkert mir zu, als ich an ihm vorbeigehe. Als wir den Ausgang erreichen, kommt Tante Liz mit ihrem Handy herbeigeeilt.

»Zeit fürs Fotoshooting!«, ruft sie.

»Wir machen morgen noch genügend Fotos«, erwidert Skylar.

»Kommt schon, einer von euch muss sich auf die Treppe stellen.« Tante Liz tritt beiseite, und Skylar setzt sich schnaubend in Bewegung.

»Aber dann muss ich meinen Lippenstift auffrischen.« Skylar kommt zurück. »Meine Handtasche liegt im Brautzimmer.«

»Ist doch egal. Lass uns das so schnell wie möglich hinter uns bringen. Caiden und Molly sind kurz vorm Durchdrehen. Die Gäste, die von außerhalb kommen, sind wahrscheinlich schon im Restaurant. Du brauchst jetzt keinen Lippenstift. Es ist nur ein Foto für Mom.« Zoe schiebt Sky sanft an.

»Sagst du. Es sind meine Hochzeitsfotos.«

Der Hochzeitsstress scheint auf alle überzugehen, außerdem haben wir alle einen Bärenhunger.

»Du kannst meinen benutzen«, sagt Zoe und beginnt, in ihrer Handtasche zu kramen.

»Das Rot steht mir nicht. Ich brauche eher einen Koralleton.« Sky begutachtet die anwesenden Frauen. »Welche Farbe trägst du, Chels?«

Beckett verdreht die Augen und geht mit seinen Kumpels zum Ausgang. Sie ziehen ihn damit auf, wie toll die Pipe in Neuseeland doch ist und dass er wegen dem ganzen Hochzeitskram total hinterherhinkt.

»Du kannst meinen benutzen.« Ich drehe mich um, aber Zoe durchsucht bereits meine Handtasche.

»Ich bin gut organisiert«, sage ich. »Nimm die Make-up-Tasche.«

Immer noch in meiner Tasche kramend kommt Zoe auf mich zu. Wahrscheinlich bringt sie alles völlig durcheinander. »Ich sehe keine Make-up-Tasche.«

Caiden springt von einer Bank und landet auf Zoes Rücken. »Hüa!«, ruft er.

Zoe wirft Caiden über die Schulter einen finsteren Blick zu, und meine Tasche fällt ihr aus der Hand. Sie sinkt auf die Knie, und Caiden lacht. Wahrscheinlich denkt er, sie würde hier in der Kirche tatsächlich Pferd spielen. Meine Handtasche landet wie ein toter Fisch auf dem Boden. Der Inhalt verteilt sich über den gesamten Mittelgang.

»Caiden!«, schreit sie.

Vin packt ihn. »Nein, Mommy soll doch ein Pferd sein«, erklärt Caiden seinem Vater und versucht, wieder auf Zoes Rücken zu klettern.

»Heute nicht«, erwidert Vin.

»Das hast du gestern Abend auch schon gesagt. Warum spielt sie für dich Pferd, aber nicht für mich?« Beleidigt verschränkt Caiden die Arme vor der Brust, während wir ihn mit großen Augen anstarren.

»Seid jetzt still. Und zwar alle.« Zoe zeigt auf uns, während wir alle dastehen und wie Sechsjährige kichern, als hätte eben jemand Vagina gesagt.

»Vielleicht solltet ihr besser die Tür abschließen.« Ich lache.

Zoe verengt die Augen zu Schlitzen. »Dieses Kind bekommt jedes Türschloss auf. Deshalb hat er auch gesehen«, sie wirft dem immer noch beleidigten Caiden einen Blick zu, »wie Vin und ich gestern Abend Cowboy und Pferd gespielt haben.«

Unser Gelächter hallt von den Buntglasfenstern und Deckenbalken wider.

»Okay, das reicht jetzt. Hört auf.« Tante Liz versucht, Ordnung ins Chaos zu bringen.

»Werdet erwachsen«, raunt Zoe.

Arrogant grinsend legt Vin den Arm um seine Frau.

»Chelsea«, sagt Dean, und ich blicke über die Schulter.

Fast bleibt mir das Herz stehen, und alle Luft entweicht aus meinen Lungen.

Er hält das Ultraschallbild in der Hand. Die Hälfte meiner Sachen hat er zurück in die Tasche gepackt, die andere Hälfte liegt noch immer auf dem Boden.

»Was ist das?«, fragt Tante Liz. Ihre Augen werden groß. Sie sieht meine Mutter an, die ein wenig weiter hinten steht, und zeigt auf Dean. Meine Mutter tritt nach vorn und reißt ihm das Bild aus der Hand.

»Chelsea«, schimpft sie. »Ist das ... ist das deins?« Sie hält das Foto in die Höhe, und alle schnappen nach Luft und blicken zwischen dem Ultraschallbild und mir hin und her. Sie warten auf eine Antwort.

Ich starre Dean an. »Ja.«

Sein Kopf sinkt nach hinten, und er schlägt die Hände vors Gesicht. Kein Anzeichen von Freude. Es folgt kurzes Schweigen, dann streckt er die Hand aus. »Kann ich mal sehen, Barb?«

Überraschenderweise reicht sie ihm das Foto.

Er betrachtet es. »Wir müssen reden«, sagt er knapp. Seinem Gesicht ist keine Gefühlsregung anzusehen.

Als er auf mich zukommt, hält meine Mutter ihn mit ausgestrecktem Arm auf. »Nicht mit diesem mürrischen Gesichtsausdruck. Du wirst ihr nicht noch mal antun, was du ihr schon vor fünf Jahren angetan hast.«

Dean bleibt stehen. Seine Augen sind dunkler, als ich es je zuvor gesehen habe. Er sieht meine Mutter an. »Gut, dass inzwischen fünf Jahre vergangen sind.« Er ergreift ihren Arm und senkt ihn.

»Ich ...«

»Nicht hier«, sagt er.

»Dean.« Zoe packt ihn am Arm.

Er befreit sich aus ihrem Griff.

»Du hast es schon die ganze Woche gewusst.« Er bäumt sich vor mir auf, und ich blicke direkt in seine hitzigen Augen.

»Ja«, erwidere ich leise.

»Oh, Chels.« Sky seufzt, und ich bemerke, wie sie und Zoe einen Blick wechseln.

Dean schiebt das Ultraschallbild in die Tasche seines Jacketts. »Wir reden jetzt.«

Ich gehe den Mittelgang hinab, durch die Tür und in die Empfangshalle. Dean schließt die Tür hinter uns.

»Wann wirst du mir jemals verzeihen?« Er setzt sich auf eine Bank und lässt den Kopf in die Hände sinken.

»Ich habe dir längst verziehen.«

»Ganz offensichtlich nicht. Du weigerst dich, mit mir über das zu sprechen, was passiert ist. Ich habe so oft versucht, dich zum Reden zu bringen. Und jetzt das ...«

Ich werfe die Hände in die Luft. »Warum sollten wir darüber reden? Damit wir den Schmerz noch mal durchleben müssen? Oder besser gesagt: Damit *ich* den Schmerz noch mal durchleben muss? Wahrscheinlich würdest du auf deine Art damit umgehen. Wie beim letzten Mal.«

Er fällt nach hinten, als hätte ich ihm gerade eine runtergehauen. »Damals war ich völlig fertig. Ich war Alkoholiker. Ich wollte mit dir über die Fehlgeburt sprechen, weil ich wollte, dass alles zwischen uns geklärt ist. Damit wir noch mal ganz von vorn beginnen können. Und jetzt bist du wieder schwanger und verheimlichst es mir? Genau wie damals.«

Ich verliere den Kampf gegen die aufkommenden Tränen und schließe die Augen. »Beim ersten Mal wusste ich nicht, dass ich schwanger war.«

»Und du erwartest jetzt, dass ich dir das glaube?«

»Willst du mir etwa ein schlechtes Gewissen machen? Ich war diejenige, die damals im Krankenhaus saß, als sie mir sagten, dass ich ohne es zu wissen schwanger gewesen war. Ich war diejenige, die einsam in einem sterilen Raum vor sich hin geblutet hat. Keiner war da, um meine Hand zu halten. Nur eine Krankenschwester, die mir sagte, dass alles gut werden würde. Und der Arzt, der mir sagte ...« Ich halte inne. Wenn ich es laut ausspreche, dann bedeutet das, dass das Baby in mir in großer Gefahr schwebt, von meinem Körper abgestoßen zu werden. Damit kann ich gerade nicht umgehen.

»Was? Welchen Grund könnte es geben, dass du mir nichts von dem

Baby erzählt hast?« Er steht auf und kommt auf mich zu. »Du musst mit mir reden, Chelsea. Sonst wird es mit uns nicht funktionieren.«

Ich verschränke die Arme vor dem Körper und schüttle den Kopf. »Während du mit deinen Kumpels saufen warst oder total besoffen auf dem Sofa lagst, hat mich eine Krankenschwester in den Arm genommen, als der Arzt mir erklärt hat, dass ich wahrscheinlich niemals Kinder haben werde. Ich habe eine Genmutation. Mein Körper kann Folsäure nicht in Folat umwandeln. Ich war achtzehn und hatte keine Ahnung, wovon zum Teufel er sprach. Nur, dass ich wahrscheinlich niemals Mutter werden würde. Und du warst nicht da. Du warst nicht da!«

Er kommt noch näher, doch ich schiebe ihn von mir. Aber er ist stärker, nimmt mich in den Arm, und ich vergrabe weinend das Gesicht an seiner Schulter.

Nach einer Weile sammle ich mich, um ihm auch den Rest zu erzählen. Er muss es wissen. »Die Chance, dass dieses Baby es schaffen wird, liegt bei etwa fünfzig Prozent. Deshalb habe ich es dir nicht gesagt. Denn es ist mehr als wahrscheinlich, dass ich wieder im Krankenhaus lande.«

Dean lässt mich los und macht einen Schritt rückwärts. »Allein?«, fragt er.

Ich zucke mit den Schultern.

»Du denkst immer noch, dass ich das tun würde. Deine Nachrichten und Anrufe ignorieren. Du hältst mich immer noch für ein Monster.«

Ich schüttle den Kopf, doch ich weiß genau, dass er mir nicht glaubt.

»Du kannst behaupten, was du willst, aber deine Lügen diese Woche beweisen das Gegenteil.« Langsam geht er rückwärts.

»Niemand kann aus seiner Haut«, flüstere ich.

Ihm entweicht ein herablassendes Schnauben. »Wie originell.« Er geht weiter rückwärts.

»Glaubst du, du wirst mir jemals wirklich verzeihen?«, fragt er. Inzwischen ist er ein gutes Stück von mir entfernt.

»Ich habe dir verziehen.«

»Vielleicht glaubst du es eines Tages selbst, wenn du es nur oft genug wiederholst.«

Ich wische die Tränen weg. »Was willst du von mir?« Ich bin so aufgewühlt, dass ich fast schreie.

»Ich weiß es nicht mehr.« Er sieht genauso traurig aus, wie ich mich fühle.

Plötzlich werde ich wütend. »Wie passend. Dann geh einfach.« Ich zeige auf die Kirchentür.

Dean starrt die Tür an. »Ich weiß nicht, was ich noch tun soll, um dir zu beweisen, dass ich mich geändert habe.«

»Vielleicht gibt es nichts, was du noch tun kannst.«

»Du gibst uns also auf?«

Ich zucke mit den Schultern. »Vielleicht stimmt es. Vielleicht war alles zwischen uns von Anfang an ein einziges Desaster.«

»Das glaubst du?«, fragt er.

Wieder zucke ich mit den Schultern.

»Sag es, Chelsea. Nur ein Wort, und ich verschwinde. Aber du kannst deinen Hintern darauf verwetten, dass ich Teil seines Lebens sein werde.« Er zeigt auf meinen Bauch. »Wenn du aber glaubst, du bist ohne mich glücklicher, werde ich aus *deinem* Leben verschwinden.«

Ich schlucke schwer und richte den Blick zu Boden. »Mach, was du willst, Dean.«

»Was soll das heißen?«

»Vielleicht brauchen wir ein wenig Abstand. Das ist alles verrückt. Ich meine, wie sollen wir innerhalb weniger Monate die Vergangenheit vergessen und ein Baby bekommen? Das hier ist kein Liebesfilm. Vielleicht wird am Ende nicht alles gut.«

Er steht da und sieht mich so lange an, dass ich mich ganz unwohl fühle. »Richte Skylar und Beckett meine Glückwünsche aus.« Er geht zur Tür.

Schweigend lasse ich mich auf die Bank plumpsen, als das Klicken der Tür unser Schicksal besiegelt.

Ich streichle über meinen Bauch.

Die Tür geht auf. Eigentlich hätte ich Zoe und Skylar erwartet, aber es ist meine Mutter, die sich zu mir setzt.

Sie ergreift meine Hände. »Es tut mir so leid, Chelsea. Ich hatte ja keine Ahnung.«

Woher hätte sie es auch wissen sollen? Ich habe es keinem erzählt. Meine Eltern wussten von der Fehlgeburt, weil meine Krankenversicherung über sie lief, aber ich habe ihnen nie erzählt, was der Arzt zu mir gesagt hat. Jetzt weiß es wohl jeder.

Ich lege meinen Kopf auf ihre Schulter. »Ich schätze, du hattest recht, was Dean angeht.«

Sie drückt meine Hände noch fester. »Irgendwie glaube ich, das war nicht das letzte Mal, dass wir Dean Bennett gesehen haben.«

Kapitel 31

Am nächsten Morgen steht Skylar in ihrem aus einer Million Lagen bestehenden Kleid mit dem perlenbesetzen Mieder vor dem Spiegel. Sie sieht umwerfend aus.

Ich versuche, den ganzen Schlamassel mit Dean und die Tatsache, dass er sich nicht mehr gemeldet hat, seit er gestern Abend aus der Kirche gestürmt ist, zu verdrängen. Heute hat meine Cousine ihren großen Tag, und ich darf nicht zulassen, dass er von meinen Problemen überschattet wird.

»Ich finde immer noch, du hättest es so machen sollen wie die meisten. So eine Blitzhochzeit ist viel zu anstrengend.« Ich setze mich auf das Sofa im Brautzimmer und betrachte mein glänzendes blaues Brautjungfernkleid im Spiegel. »Ich weiß. Du denkst, ich werde das Kleid noch mal anziehen, aber ich sage dir, das werde ich auf keinen Fall. Genauso wenig, wie du das Kleid noch mal anziehen wirst, das ich dir aufgezwungen habe.«

»Alles klar. Aber dein Kleid ist zehnmal schöner, als das furchtbare pinke Teil, das du mir verpasst hast.«

»Dein Bräutigam ist auch zehnmal besser«, knurre ich. Ich schaffe es einfach nicht, den Mann, den ich liebe, aus meinen Gedanken zu vertreiben.

»Da werde ich dir nicht widersprechen. Am Anfang kam er nur schwer in die Gänge, aber das hat er schon lange wettgemacht.«

»Bei uns war es genau umgekehrt. Meiner kam schnell in die Gänge und wusste dann nicht, auf welcher Spur er bleiben soll.«

Unsere Blicke treffen sich im Spiegel, doch ich sehe schnell weg. Sie sieht mich an, wie sie mich gestern schon den ganzen Abend und heute die ganze Zeit beim Friseur angesehen hat. Geh ihm nach. Schnapp ihn dir.

»Warum haben wir es noch mal so überstürzt?«, fragt sie. Ich weiß nicht, ob sie mich oder sich selbst meint. Nicht, dass sie sich darüber Gedanken machen sollte, heute ist schließlich ihr Tag.

»Es war nicht überstürzt, sondern vier Jahre zu spät.« Demi kommt mit dem Schleier in der Hand herein.

Vier Jahre.

Ich schlüpfe aus dem Brautzimmer, denn ich brauche ein wenig Zeit für mich. Auf keinen Fall werde ich Skylar den Tag vermiesen. Am Ende des Flurs setze ich mich auf eine Bank. Von hier aus kann ich zwar ein paar Gäste sehen, aber ich bin weit genug entfernt, um nicht von ihnen bemerkt zu werden.

Ich lehne den Kopf gegen die Wand, schließe die Augen und versuche, genug Kraft zu sammeln, um den Tag zu überstehen, als sich plötzlich jemand neben mich setzt. Bevor ich sehen kann, wer es ist, fällt etwas in meinen Schoß. »Hier.«

Ich blicke auf. Es ist Mikey, der mich mit großen Augen ansieht.

Er hat mir mein Handy in den Schoß gelegt. Ich schüttle den Kopf, bin schon wieder kurz davor zu weinen. »Nein.«

»Sei kein Sturkopf. Was du durchgemacht hast, ist furchtbar, und ich war total dafür, dass du Dean bestrafst, aber jetzt bestrafst du dich nur selbst.«

»Nein, tue ich nicht.«

Er macht eine dramatische Pause und versucht, mir das Telefon in die Hand zu drücken. »Doch, tust du. Dir geht es schlecht. Entschuldige dich einfach bei ihm. Sag ihm, dass du ihn liebst. Schütte ihm dein Herz aus. Öffne dich.«

»Einfacher gesagt, als getan.«

»Es gibt einen Grund, warum ich Single bin ... Wie ihr einander ansehst ... Das habe ich noch nicht gefunden. Und eins verspreche ich dir:

Sollte ich es jemals finden, werde ich es nie wieder loslassen. Ich werde es beschützen. Was es auch kosten mag.«

Ich ergreife die Hand meines kleinen Cousins und drücke sie. »Sieh mal einer an. Wie erwachsen du klingst.«

»Du kannst es leugnen, wie du willst, aber du hast nie aufgehört, ihn zu lieben. Ich weiß, es ist beängstigend, aber wenn das zwischen euch funktionieren soll, musst du dich verletzbar machen. Du musst das Risiko eingehen, verletzt zu werden.« Er hält inne, damit ich seine Worte verdauen kann. »Als ich ihm vor ein paar Jahren begegnet bin, habe ich ihm ins Gesicht geschlagen, weil ich dich beschützen wollte. Ich wollte, dass ihm klar wird, was für ein Arschloch er war. Aber jetzt wirkt er wie ein Engel und du wie diejenige, die eine Tracht Prügel verdient hat.«

Ich schnaube, und er stößt mich grinsend mit der Schulter an.

»Du solltest auf meiner Seite sein«, beschwere ich mich.

»Das bin ich, deshalb bin ich so ehrlich zu dir. Und jetzt wird Dean auch noch Vater meines jüngsten Cousins oder meiner Cousine.«

Er tippt auf das Handy in meinem Schoß, steht auf und geht davon. »Mach's kurz. In zehn Minuten geht's los.«

Ich starre das Smartphone an. Keine Ahnung, wie Mikey an mein Handy gekommen ist, aber er ist eben gerissen. Ich erinnere mich noch genau daran, als wir noch jung waren und er versucht hat, meine Unterwäsche und die seiner Schwester an seine Kumpels zu verkaufen. Was für ein Perversling.

Ich sehe nach, aber keine Nachrichten oder verpassten Anrufe. Die ganze Nacht habe ich wachgelegen. Schuld und Schande haben an mir genagt, weil ich genau weiß, dass ich ihn die ganze Zeit auf einer Armlänge Abstand gehalten habe, obwohl ich ihn wieder in mein Leben gelassen habe. Er hat überhaupt nichts mehr von dem Mann an sich, der mir das Herz gebrochen hat.

Ohne weiter darüber nachzudenken nehme ich das Handy und wähle seine Nummer.

Es klingelt und klingelt, doch er geht nicht ran.

»Das ist der Anschluss von Dean Bennett. Bitte hinterlassen Sie Ihren Namen und Ihre Telefonnummer. Ich werde mich umgehend bei Ihnen melden.« Sein Ton klingt professionell. Es piept, doch die Stimme bleibt mir im Hals stecken.

Ich räuspere mich. »Dean. Hier ist Chelsea. Es tut mir leid ... Du hattest recht. Ich habe eine Mauer um mein Herz gebaut. Das heißt aber nicht, dass ich gelogen habe, als ich gesagt habe, dass ich dich liebe. Ich liebe dich so sehr, dass es mir Angst macht, denn ich weiß, wie sehr es letztes Mal geschmerzt hat, als es zwischen uns nicht funktioniert hat. Und jetzt liebe ich dich noch mehr ... Ich weiß nicht, ob ich es überleben werde, wenn es wieder nicht funktioniert. Ich will dich nicht mit dem Mann vergleichen, der du vor fünf Jahren warst und will die Vergangenheit nicht wieder aufwärmen. Ich will das, was schlecht war, nicht noch mal durchkauen, denn es gab auch Gutes. Niemals will ich unseren ersten Kuss vergessen. Unser erstes Date. Ich werde nie vergessen, wie deine Augen angefangen haben zu tränen, als du in den Chickenwing gebissen hast. Ich will mich an unsere Hochzeitsnacht erinnern. Daran, dass ich mich nie zuvor so gewollt und geliebt gefühlt habe und du mir dieses Gefühl immer noch gibst. Es tut mir leid, dass ich dir nichts von dem Baby erzählt habe. Dass ich Angst habe, ist keine Entschuldigung, das weiß ich. Du weißt, wo ich heute bin, und es wäre schön, wenn du kommen würdest. Falls nicht, verstehe ich es. Vielleicht können wir uns auf einen Kaffee treffen und über das Baby sprechen. Oder besser gesagt auf einen Kräutertee ... Jedenfalls ... Ich werde mein Handy nicht den ganzen Tag bei mir haben, aber ich werde regelmäßig nachsehen. Bitte ruf mich zurück. Ich liebe dich, Dean. Das gilt für die Vergangenheit, die Gegenwart und hoffentlich auch für die Zukunft.«

Ich lege auf. Zoe steckt den Kopf aus der Tür des Brautzimmers. »Bist du fertig?«, fragt sie lächelnd.

Ich stehe auf und gehe auf sie zu.

»Alles okay?«

Ich nicke. »Ja. Weißt du, Mikey ist viel schlauer, als wir denken.«

Ich betrete das Zimmer. Lachend legt sie mir die Hand an die Stirn. »Sicher, dass es dir gut geht?«

Nun muss auch ich lachen. Vielleicht weiß sie nicht, wie toll ihr Bruder ist, ich aber schon. Eines Tages wird er eine Frau sehr glücklich machen.

Kapitel 32

Nachdem sich Skylar und Beckett das Eheversprechen gegeben haben, küssen sie sich, und die gesamte Kirche klatscht. Ich freue mich, dass meine Cousine endlich ihr Happy End bekommen hat. Beckett und ich zanken uns zwar wie Stiefgeschwister, aber ich weiß, dass er der Richtige für sie ist.

Sie gehen die Treppe hinab. Beckett kann überhaupt nicht die Augen von ihr lassen. Wir folgen ihnen, wie wir es zuvor geprobt haben, und die Gäste lächeln uns an.

Als wir vor der Kirche angekommen sind, werden Skylar und Beckett von allen Seiten umarmt.

»Jetzt kommt die Begrüßung der Gäste«, erinnert Skylar Beckett, und wir nehmen alle unsere Positionen ein.

Meine ganzen Verwandten stehen Schlange, geben mir Küsschen links und rechts und sagen mir, wie hübsch ich aussehe. Wie groß ich geworden bin. Keiner gratuliert mir, was bedeutet, dass meine engste Familie es tatsächlich geschafft hat, das Geheimnis für sich zu behalten. Schlechte Nachrichten verbreitet man nicht gern. Bei meiner Hochzeit damals war es genauso.

Nachdem alle gratuliert haben, machen wir Fotos. Ich lächle, so gut es eben geht. Ich freue mich für meine Cousine, trotzdem blicke ich mich jedes Mal um, wenn jemand zur Tür hereinkommt und frage mich, ob Dean inzwischen angerufen hat.

Mit wunden Wangen kehre ich schließlich zurück ins Brautzimmer und ziehe mein Handy hervor.

Keine Nachrichten.

Keine verpassten Anrufe.

Ich steige in die Limousine. Je mehr Zeit vergeht, desto mehr erstirbt mein Lächeln.

Wir erreichen den Buckingham-Brunnen, wo noch mehr Fotos gemacht werden. Plötzlich muss ich an den Abend des Baseballspiels denken, als ich mit Dean hier war. Mein Herz macht einen Satz, denn es war der Abend, an dem ich mir zum ersten Mal sicher war, dass er sich tatsächlich geändert hat. An diesem Abend erwachte in mir eine Hoffnung, die jetzt immer mehr verblasst.

Ich lächle weiter und ärgere mich darüber, dass ich nicht einen großen Schluck aus den Flachmännern nehmen kann, die sich Mikey und die Trauzeugen des Bräutigams in die Anzüge gesteckt haben. Kein Champagner oder Wein mit den Mädels. Zoe fand sich wohl lustig, als sie mir in der Limo eins der Apfelsaftpäckchen ihrer Kinder reichte.

Den ganzen Tag lächle ich und führe mit den anderen Brautjungfern Small Talk. Nicht, dass ich mit den zwei Skiprofis viel gemeinsam hätte, aber sie scheinen nett zu sein. Demi und Dax haben quasi Sex auf einer der Parkbänke. Keine Angst vor öffentlichen Liebesbekundungen. Auch Mia und Grady machen die ganze Zeit rum und küssen sich ununterbrochen. Sky und Beck sind so mit sich beschäftigt, dass sie nichts mehr mitbekommen, aber so soll es ja auch sein an ihrem großen Tag. Zoe und Vin sind die ganze Zeit bemüht, ihre Kinder im Zaum zu halten. Fast wäre Caiden kopfüber in den Brunnen gefallen, was einen kleinen Streit darüber auslöste, wer auf ihn aufpassen soll. Natürlich hat Vin verloren.

Mikey hängt die ganze Zeit am Handy, wahrscheinlich schreibt er mehreren Frauen gleichzeitig.

Zwischen den Aufnahmen setze ich mich immer wieder hin und denke nach. Es ist, als wollte mir das Karma mal wieder mitteilen: Siehst du, ich habe dir gesagt, du sollst dich nicht mit mir anlegen.

»Partyalarm!« Auf dem Weg zurück zur Limo wackelt Dax mit dem Hintern, als wäre er ein Chippendale.

Ich gebe mir Mühe, nicht die Augen zu verdrehen. Immer höflich und nett bleiben.

Inständig hoffe ich, Dean hält mich nur hin, damit mir klar wird, was für ein guter Fang er doch ist.

Nicht gerade damenhaft steige ich in die Limo und plumpse auf den Sitz am Fenster. Die Sonne scheint über den See, überall tummeln sich Familien, die den Frühsommer genießen.

»Woran denkst du gerade?« Mikey stößt mich mit der Schulter an und lässt den Blick aus dem Fenster schweifen.

»Wie sehr ich Chicago liebe.«

»Blödsinn. Zweifle nicht an ihm, Chels. Ich sehe doch, dass du die ganze Zeit auf dein Handy schaust. Hab ein wenig Vertrauen.«

Mit zusammengezogenen Augenbrauen sehe ich ihn an. »Wo zum Teufel steckt Mike Walsh? Hat jemand seinen Körper übernommen?«

Er zieht seinen Flachmann hervor, schraubt den Deckel ab und nimmt einen ordentlichen Schluck. »Ich bin eben ein heimlicher Romantiker.«

Sein Whiskyatem schlägt mir entgegen. »Was trinkst du da?« Neid schwingt in meiner Stimme mit.

»Harten Whisky. Mein Kumpel meinte, das wäre der beste, also habe ich bei Miska's ein paar Flaschen gekauft. Ich wünschte, du könntest mal probieren, aber du hast ja einen Braten in der Röhre.« Er grinst, um mir zu zeigen, dass er nur Spaß macht.

»Haha.« Angewidert sehe ich ihn an.

»Wärst du nicht schwanger, hättest du schon die halbe Flasche geleert.« Sein Blick wandert zu meiner Mutter.

»Wie auch immer.« Ich verschränke die Arme vor der Brust.

Mikeys Dauerlächeln verschwindet, und er lehnt sich weiter zu mir. Von seinem Alkoholatem wird mir ganz schlecht. »Du weißt, dass sie sich einkriegen wird. Spätestens wenn das Baby da ist. Babys bringen Familien zusammen, nicht auseinander.«

»Das reicht.« Ich schiebe ihn von mir, und er fällt gegen Vins Schulter. »Ein Beziehungsberater hat von Mikeys Körper Besitz ergriffen.«

Zoe starrt ihren Bruder lachend an, während sie versucht, für Caiden einen Käsestick aus der Packung zu holen. Wird mein Leben auch bald so aussehen? Ich kann es nur hoffen.

»Verdammte Sch... runter von mir.« Vin kriegt gerade noch die Kurve.

»Das war knapp, Daddy«, bemerkt Molly.

Ich muss lachen, denn sie ist viel zu klug für ihr Alter. Ich würde mich glücklich schätzen, wenn ich ein Kind bekommen würde, das so wäre wie Caiden oder Molly. Ich hoffe, ich schaffe es bis dahin.

Zum millionsten Mal berühre ich meinen Bauch, als könnte die kleine Bohne spüren, dass ich an sie oder ihn denke.

»Das heißt, du kriegst diesmal keinen Dollar.« Vin zeigt auf seine Tochter, die lächelt, als wäre er ein Superheld. Ich liebe diesen Gesichtsausdruck.

Zwanzig Minuten später erreichen wir endlich die Festlokalität. Ich muss so dringend pinkeln, dass ich schon dachte, ich müsse in ein Champagnerglas machen, als wir im Stau standen. »Wir sehen uns dann drin.« Ich steige aus, gehe rein und arbeite mich durch die Massen an zusätzlichen Gästen, die Tante Liz eingeladen hat.

Da die Hochzeitsfeiern in unserer Familie immer hier stattfinden, kenne ich mich zum Glück aus und schaffe es in Rekordzeit zur Toilette.

Ich ziehe mein Kleid hoch, den Slip runter und schließe die Augen. Vorsichtig öffne ich eins wieder, um zu überprüfen, ob mein Slip einen Blutfleck hat. Aber nichts. Ich atme laut aus, und meine Schultern entspannen sich.

Dankbar verrichte ich mein Geschäft. Falls es so ist wie letztes Mal, werde ich auch diesmal wieder Krämpfe bekommen und im Krankenhaus landen.

Nachdem ich meine Hände gewaschen und den Lippenstift aufgefrischt habe, kontrolliere ich erneut mein Handy.

Immer noch nichts.

Es sieht Dean überhaupt nicht ähnlich, dass er sich nicht bei mir meldet. Zumindest nicht dem neuen Dean.

Habe ich ihn wirklich so sehr verärgert?

Als ich die Toilette verlasse, stehen die Gäste immer noch mit ihren Cocktails herum, und die Türen zum Festsaal wurden noch nicht geöffnet.

Ich mogle mich an den Grüppchen vorbei, sage dem einen oder anderen kurz hallo, lasse mich von ein paar älteren Verwandten in den Arm nehmen, in die Wange kneifen und mir sagen, wie alt sie sich doch fühlen, wenn sie mich so erwachsen sehen.

Caiden und Molly begutachten die Platzkarten auf dem Tisch. »Tante Chelsea, siehst du uns irgendwo?«

Ich helfe ihnen, ihren Platz zu finden. »Ihr sitzt an Tisch neun.«

»Neun?«, fragt Caiden.

»Japp.«

Molly mustert die Karten erneut. »Alle Kinder sitzen an Tisch neun. Ich will nicht am Kindertisch sitzen.«

»Süße, du bist aber ein Kind.«

»Hey!«, ruft sie und nimmt eine der Karten. »Wie heißt Dean mit Nachnamen?«, fragt sie und starrt auf die Karte.

»Bennett.«

Mollys Augen werden groß, und sie zeigt die Karte Caiden, dem fast die Augen aus dem Kopf fallen.

»Was hat er angestellt, dass er am Kindertisch sitzen muss?«

Molly zuckt mit den Schultern.

Ich nehme ihr die Karte aus der Hand und sehe, dass die sieben eindeutig zu einer neun umgeschrieben wurde. Ich bin mir sicher, dass Zoe oder Sky irgendwas damit zu tun haben.

»Meinst du, er wird mit mir tanzen?«, fragt Molly.

Ich beginne, eine ihrer Locken zu richten, die sich durch den Wind am Brunnen gelöst hat, nehme die Haarnadel heraus und positioniere die Strähne neu. »Ich glaube nicht, dass er kommen wird.«

»Falsch«, sagt Caiden.

»Ich weiß, es ist enttäuschend, aber ihr werdet auch ohne Dean Spaß haben.«

»Da liegst du falsch, er ist hier«, sagt Caiden in einem Ton, als wäre ich eine Idiotin.

Meine Hände sind plötzlich wie steifgefroren, und mir fällt die Haarnadel aus dem Mund. Mir bleibt nichts anderes übrig, als Mollys Strähne weiter festzuhalten.

Dean steht im Eingang und lässt den Blick über die Menge schweifen. Zum Glück ist er so groß. Als sich unsere Blicke begegnen, lächelt er schüchtern.

Jemand stößt mich mit der Hüfte an und lehnt sich zu mir. »Los«, fordert Zoe mich auf und übernimmt Mollys Frisur.

Wir gehen aufeinander zu, ohne den Blickkontakt zu unterbrechen.

»Ich weiß, dass du mich vielleicht nicht hierhaben willst«, sagt er. »Aber ich konnte dich heute Abend nicht allein lassen.«

»Was?«

»Ich verstehe, dass du deinen Freiraum brauchst und wir eine Menge zu besprechen haben ...«

»Hast du meine Nachricht nicht bekommen?«, frage ich.

Verwirrt zieht er das Handy aus der Tasche. Als er durch seine verpassten Anrufe scrollt, beginnen seine Augen zu leuchten. »Keine Ahnung, wie ich deinen Anruf verpassen konnte.«

»Ist egal. Jetzt bist du ja hier.« Ich mache einen Schritt auf ihn zu, und er schließt mich ohne zu zögern in seine Arme. »Es tut mir leid. Das ist alles, was ich sagen wollte. Mir tut alles schrecklich leid. Du hattest recht, ich habe dich auf Abstand gehalten.«

»Nein, es liegt an mir. Ich kann nicht von dir erwarten, so schnell einen Gang hochzuschalten.« Er löst unsere Umarmung, ergreift meine Hand und führt mich nach draußen. Die Hitze ist so drückend, dass es sich anfühlt, als würde man in einen Ofen steigen.

»Wir müssen wirklich darüber nachdenken umzuziehen.« Er führt uns um die Ecke des Gebäudes, wo uns keiner sehen kann.

Er drängt mich mit dem Rücken gegen die Backsteinmauer. »Ich kann keine Nacht mehr ohne dich sein. Bitte zwing mich nicht dazu.« Sanft küsst er meine Stirn.

»Okay. Es war nicht richtig von mir, daran zu zweifeln, dass du um uns kämpfen wirst, wenn ich doch selbst nicht richtig gekämpft habe.« Ich halte sein Gesicht zwischen den Händen. »Aber jetzt bin ich voll und ganz dabei, Dean. Zu einhundert Prozent. Ganz egal, ob es mit ›Ich will‹ oder ›Ich will mich scheiden lassen‹ endet.«

»Den ›Ich-will-Teil‹ haben wir schon hinter uns.« Er grinst.

»Den Teil mit der Scheidung auch.«

Lachend kommt er näher, sodass sich unsere Oberkörper berühren. »Dann ist also alles wieder gut?«

»Japp.«

»Mann, wir sind so erwachsen geworden. Nicht mal zerbrochenes Geschirr.« Lachend erinnere ich mich daran, wie heftig wir uns gestritten hatten, als wir noch jung waren. Das ist der Vorteil, wenn man eine gemeinsame Vergangenheit hat. Man erkennt, dass man sich zum Guten gewandelt hat.

»Wir sollten besser hineingehen. Die Cocktail-Hour wird bald vorbei sein.«

»Wir müssen über das Baby sprechen, aber vorerst genügt mir ein Kuss.« Er lehnt sich nach vorn und küsst mich. Seine Zunge bewegt sich langsam und vorsichtig.

»Das nennst du einen Kuss?«, frage ich, als er aufhört.

»Oh, mein kleiner Freak ist zurück.« Er fasst mir in den Nacken und presst seinen Mund auf meinen. Endlich zeigt er mir, wie sehr er mich will. Unsere Zungen ringen miteinander, kämpfen um Dominanz.

Dann beendet er den Kuss, ergreift meine Hand und führt mich zum Eingang.

»Ich bin gespannt, was die Schwangerschaft mit deinen Hormonen anstellen wird«, sagt er.

Statt ihm auf die Brust zu schlagen lache ich, denn ich bin selbst schon ganz gespannt.

Kapitel 33

»Ursprünglich hättest du an Tisch sieben sitzen sollen.« Dean lässt den Blick vom Kindertisch zum Tisch schweifen, an dem Skylars und Becketts Freunde vom Skifahren sitzen. Leute, die wir aus dem Fernsehen kennen und die beachtliche Karrieren im Rampenlicht haben.

»Es überrascht mich, dass ich bei den coolen Kids sitzen darf.« Er küsst meine Wange. »Aber am liebsten würde ich neben dir sitzen.«

»Dean! Dean!« Molly kommt angerannt und zieht an seinem Anzugsärmel.

»Was geht ab, Molly?«, fragt Dean und hält ihr die Hand zu einem High Five hin.

Sie will einschlagen, doch Dean zieht schnell die Hand weg. »Ich hoffe, du hast noch was Besseres drauf«, bemerkt sie.

»Ähm, wurde ich gerade von einem kleinen Mädchen gedisst?« Perplex sieht er mich an.

»Ich bin nicht klein.« Die Attitüde hat sie definitiv von ihrer Mutter.

»Sorry, großes Mädchen.« Beschwichtigend hebt Dean die Hände.

»Komm jetzt.« Sie zieht an seiner Jacke.

»Wohin gehen wir?«, fragt er und tut, als würde er sich wehren.

»Auf deiner Karte steht Tisch neun«, erwidert Molly.

Dean greift nach mir und tut, als müsste ich ihn retten.

»Was soll ich den coolen Kids sagen?«, frage ich lachend.

»Sag ihnen, ich habe noch coolere Kids zum Abhängen gefunden.« Er zwinkert. »Reservier mir einen Tanz.«

Dann dreht er sich um und folgt Molly, rückt ihr den Stuhl zurecht und setzt sich neben sie. Ich beobachte, wie Molly ihn den anderen vorstellt und wie er die Kids der Reihe nach mit High Fives begrüßt.

»Ich bin mir immer noch nicht sicher, aber er wirkt tatsächlich anders.« Meine Mutter stellt sich neben mich.

»Nur nicht zu entschuldigend, Mutter.«

Neben mir steht die ältere Version meiner selbst. Sie wirkt elegant und mondän. Genau so will sie nach außen hin wirken. Das äußerliche Erscheinungsbild ist ihr viel wichtiger als das innere. Hätten wir eine engere Beziehung zueinander, hätte ich ihr erzählt, was der Arzt nach der Fehlgeburt gesagt hat. Vielleicht hätte sie mir bei der Recherche geholfen und wir hätten gemeinsam von erfolgreichen Schwangerschaften erfahren. Vielleicht hätte sie mir beibringen können, eine gute Mutter zu sein, statt mir zu zeigen, wie ich nicht sein will.

»Nun ja.« Sie zupft die Schulterpartie meines Kleids zurecht. »Immerhin kann ich meinen Freunden erzählen, dass der Freund meiner Tochter Anwalt ist.«

»Obwohl sie unehelich schwanger geworden ist?«

Plötzlich ist ihre Miene wie versteinert. »Ich gehe stark davon aus, dass es eine Hochzeit geben wird. Schließlich seid ihr auch ohne Baby losgerannt und habt geheiratet. Mein Enkelkind wird sicherlich nicht geboren werden, ohne dass ich weiß, wie es mit Nachnamen heißt.«

»Ich weiß nicht, Mom. Ich halte dich gern auf Trab.« Ich tätschle ihre Schulter. »Noch habe ich keinen Ring am Finger.« Ich hebe meine linke Hand.

»Chelsea«, knurrt sie warnend.

Ich reiße die Augen auf und entferne mich immer weiter von ihr. Niemals würde sie die Stimme erheben.

»Hab einen schönen Abend, Mom.« Ich nehme meinen Platz am Brauttisch ein.

»Siehst du, ich hatte recht.« Mikey rückt seinen Kragen zurecht und tut, als wäre er der Größte.

»Ja, er ist gekommen.«

»Habt ihr euch geküsst und wieder vertragen?«

Ich ramme ihm den Ellbogen zwischen die Rippen. »Ja.«

»Gut zu wissen.« In seiner Tasche vibriert das Handy.

»Was zum Teufel ist bei dir los, Mikey? Mit wem hast du so viel zu besprechen?«

»Was soll ich sagen? Ich bin eben beliebt.« Er zuckt mit den Schultern.

Ich verdrehe die Augen. »Ja, genau.«

Während des Essens und der Reden werfen Dean und ich uns immer wieder Blicke zu. Immer wenn wir uns dabei erwischen, wie der eine zum anderen hinüberspäht, lächeln wir uns an. An Tisch neun ist er das absolute Highlight. Die Kinder lachen wie verrückt, und die anderen Tische werfen ihnen missbilligende Blicke zu.

»Scheint, als hätte er nicht nur dich für sich gewonnen«, flüstert Mikey und steht auf. »Ich gehe zur Bar.«

»Ich wünschte, ich könnte dir Gesellschaft leisten.«

»In neun Monaten wieder.« Lachend verschwindet er in Richtung Bar, die sich außerhalb des Speisesaals befindet.

Dean steht auf, legt seine Serviette ab und gibt mir mit einer Kopfbewegung zu verstehen, dass ich ihm nach draußen folgen soll.

Da ich meine Pflichten als Brautjungfer erfüllt habe, verschwinde ich hinter Mikey durch die Tür. Noch mehr Leute sind auf dem Weg zur Toilette oder zur Bar und unterhalten sich.

Ich entdecke Dean, der sich mit Mikey und dessen Kumpels aus Kindheitstagen unterhält. Die Männer trinken harten Alkohol, bis auf Dean, der vermutlich ein Tonic Water in der Hand halt.

»Glaubt mir. Das Singleleben ist nicht so toll, wie man behauptet«, höre ich Dean sagen, bevor ich mich in den Kreis quetsche. »Ich habe ihnen gerade erklärt, dass sie keine Ahnung haben, was ihnen entgeht.« Er legt den Arm um mich und zieht mich zu sich. »Ich schätze, du springst für eine Weile auf meinen Zug auf? Tonic?«, fragt er und hält mir sein Glas hin.

»Ich glaube, ich nehme einfach ein Wasser.«

Dean stellt sich in die Schlange und bestellt mir an der Bar ein Wasser. Nur wenig später halte ich ein Glas in der Hand.

»Vielleicht sollte ich nach einer Zitronenscheibe fragen, damit die Leute nicht anfangen, Fragen zu stellen«, flüstere ich so leise, dass nur er es hören kann.

Er greift über den Tisch, schnappt sich eine Zitronenscheibe und wirft sie in mein Glas.

»Was würde ich nur ohne dich machen?«, frage ich und lege den Kopf an seine Brust. Nach allem, was gestern passiert ist, sehne ich mich danach, von ihm gehalten zu werden.

»Ach, du bist doch keine Prinzessin. Bevor du auf die Hilfe anderer warten würdest, würdest du dich selbst retten.«

Ich küsse seinen markanten Kiefer. »Du kennst mich so gut.«

Er grinst und drückt mir einen Kuss auf die Schläfe. »Entschuldigt, Jungs, aber ich muss jetzt mit meiner Freundin tanzen.«

Mikey und seine Kumpels unterhalten sich bereits darüber, in welche Bar sie später noch gehen und dass hier keine heißen Mädels anwesend sind.

»Oder Babymama«, erwidere ich.

Er legt die Hand auf meinen Bauch. »Du bist keine Babymama«, raunt er. »Ich weiß, dass ich dir noch sagen muss, wie sehr ich mich freue, aber heute Abend will ich, dass es nur um uns beide geht. Okay? Ich habe zwar eine Heidenangst, die Verantwortung für ein Lebewesen zu übernehmen, aber ich bin stolz, dich geschwängert zu haben.«

Ich drücke ihn weg, doch er packt mich noch fester.

»Ich mache nur Spaß.«

»Ja, denn ein Baby bedeutet nicht, dass ich für immer dir gehöre, Mister.«

»Glaub mir, das weiß ich.« Er lacht leise.

Wir gehen zurück in den Speisesaal. Gerade beginnt der Song »Sink In« von Amy Shark. Ohne auch nur eine Sekunde zu zögern manövriert uns Dean durch die Gäste hindurch zur Tanzfläche. Er hält mir die Hand hin, und als ich sie ergreife, zieht er mich zu sich.

Langsam wiegen sich unsere Körper hin und her. Seine Hand liegt auf meinem Steißbein und stellt sicher, dass ich so nah wie möglich bin. Mein Kopf sinkt auf seine Schulter, unsere ineinander verschränkten Hände befinden sich zwischen unseren Körpern.

Der Duft seines Parfums erinnert mich daran, wie ich ihn vor ein paar Monaten neu kennengelernt habe, und plötzlich umgibt mich ein Gefühl von Sicherheit. Während wir uns über die Tanzfläche bewegen, verlieren wir uns vollständig ineinander.

»Ich liebe dich«, flüstert er.

Ich hebe den Kopf und küsse seinen Hals. »Ich liebe dich auch.«

Als der Song zu Ende ist, würde ich am liebsten mit Dean abhauen. Ich liebe meine Cousine, aber ich habe keine Lust, noch auf den Brauttanz und den Anschnitt der Torte zu warten.

»Meine Damen und Herren, die Braut und der Bräutigam werden nun den Hochzeitstanz eröffnen«, verkündet der DJ, und die Tanzfläche leert sich.

Beckett und Skylar betreten die Fläche. Mit einer Drehbewegung fällt sie in seine Arme. Dean schlingt von hinten die Arme um meine Taille und streichelt meinen Bauch. Das hat er schon immer gemacht, aber ich frage mich, ob es jetzt mehr bedeutet. Hat er schon kapiert, dass in mir ein Baby heranwächst? Habe ich es überhaupt kapiert?

»Sie passen wirklich gut zusammen. Durch ihn ist sie ausgeglichener.«

Ich lache, und mein Kopf fällt nach hinten gegen seine Schulter. »Willst du damit sagen, sie ist verkrampft?«

»*Du* hast das gesagt, nicht ich.«

Den Rest des Abends tanzen wir und unterhalten uns mit den anderen. Molly und Caiden gesellen sich zu uns, und wir tanzen zu viert. Doch irgendwann bin ich so erschöpft, dass ich mich setzen muss und sie von meinem Platz aus beobachte.

Dean späht zu mir rüber. »Alles okay?«, formen seine Lippen, und ich nicke. Mit unseren Kindern wird er bestimmt genauso toll umgehen wie mit Molly und Caiden.

»Scheint, als wäre alles wieder in Ordnung.« Skylar setzt sich neben mich und stellt ihre Wasserflasche ab.

»Sieht ganz so aus.«

Sie legt ihre Hand auf meine. »Das freut mich. Er ist jetzt ein besserer Kerl als früher.«

»Ja, das ist er.«

»Vielleicht heiratet ihr dann als Nächstes?« Sie hebt die Augenbrauen.

»Erst mal nicht. Ich weigere mich zu heiraten, bevor das Baby geboren ist. Allein deshalb, weil ich damit meine Mutter ärgern kann.«

Sie kichert und nimmt einen Schluck von ihrem Wasser. »Ich bin da, falls du mich brauchst.«

»Wenn mit der Schwangerschaft alles gut geht, brauche ich dich im April.«

Sie rückt näher an mich heran. »Das wird es. Und wenn nicht, werde ich auch da sein. Denk positiv, okay? Im Training lernen wir, uns das bestmögliche Ergebnis vorzustellen. Und genau das musst du auch tun. Ich weiß, dass du dir Sorgen machst, und ich will dir nicht sagen, dass du es lassen sollst, aber diesmal wird es anders sein. Die Ärzte kennen die Umstände und werden dich unter strenger Beobachtung halten.«

Ich nicke und nehme einen Schluck aus ihrer Wasserflasche.

»Verseuche nicht mein Wasser!«, kreischt sie.

»Oh, Beckett wird dich im Nullkommanichts schwängern. Da bin ich mir sicher.«

Sie schweigt, und ich frage mich, wie ihre Familienplanung wohl aussieht.

»Das Timing muss stimmen.«

»Ich habe gehört, man muss gratulieren?« Beckett gesellt sich zu uns, beugt sie zu mir herunter und küsst meine Wange.

»Ja. Ich meinte eben zu Sky, dass sie so schnell wie möglich auf den Babyzug mit aufspringen muss.«

Beckett lächelt seine Ehefrau an und hebt die Augenbrauen.

Sie führen eine Unterhaltung, an der ich mich nicht beteilige. Ich weiß, dass sie genügend Zeit braucht, um schwanger zu werden, das Baby zu bekommen und wieder fit zu werden, wenn sie bei den nächsten Winter Classics antreten will. Da die Saison gerade zu Ende ist, wäre jetzt eigentlich der perfekte Zeitpunkt.

Wir unterhalten uns über dies und das. Immer mal wieder wandert mein Blick zur Tanzfläche.

Als sich die Feier dem Ende neigt, ergreift Dean meine Hand und führt mich hinaus auf den Parkplatz.

»Eigentlich wollte ich mit dem Motorrad kommen. Es ist eine herrliche Nacht für eine Spazierfahrt.«

»Ja, das stimmt.«

»Ich bin zwar ein guter Fahrer, aber ich wollte meine kostbare Fracht nicht gefährden. Deshalb nehmen wir lieber ein Taxi.«

Er öffnet mir die Hintertür des Taxis, das bereits vor dem Gebäude wartet, und ich steige ein.

»Zu wem fahren wir?« Mein Kopf sinkt auf seine Schulter.

»Mach die Augen zu. Ich kümmere mich um die Details.«

Vertrauensvoll schließe ich die Augen.

Kapitel 34

»Chelsea.« Ich werde von Deans sanfter Stimme geweckt.

Ich hebe den Kopf. Zum Glück war es kein Traum – er ist tatsächlich zur Hochzeit erschienen, und alles ist wieder gut. Ich sehe mich um.

»Ich dachte, wir fahren nach Hause?«

»Ich liebe es, wenn du dieses Wort benutzt.« Er öffnet seine Autotür und hält mir die Hand hin. Ich steige aus, und er führt mich dorthin, wo ich bereits Stunden zuvor war.

»Ich war erst vor ein paar Stunden hier. Nachts ist es noch viel schöner.«

Der Anblick der Lichter, die den Springbrunnen beleuchten, zusammen mit dem dunklen Nachthimmel und der Skyline im Hintergrund, ist atemberaubend.

»Tatsächlich?«

»Fotos.«

»Tolle Location. Vielleicht sollte unser Fotoshooting auch hier stattfinden.«

Ich verdrehe die Augen. »Ich glaube, wir haben zuerst wichtigere Dinge zu regeln. Außerdem mochte ich Elvis auf unseren Fotos.«

Er lacht leise. Zu so später Stunde sind nur noch wenige Paare unterwegs, die auf ihrem Weg zum Seeufer am Springbrunnen vorbeikommen.

»Warum sind wir hier?«, frage ich, unfähig, ein Gähnen zu unterdrücken.

»Ich wollte herkommen, weil ich hier zum ersten Mal das Gefühl hatte, dass es für uns eine Zukunft gibt. Hier hast du dich zum ersten Mal geöffnet und mir von deinem Leben erzählt.«

»Wie witzig. Genau das Gleiche habe ich heute Mittag auch gedacht.«

»Wirklich?« Ein Lächeln erhellt sein Gesicht, und seine dunklen Augen leuchten wie die Sterne über uns.

»Ja, an diesem Abend hat sich irgendwie alles verändert.«

Er führt mich zu einer Parkbank, doch statt sich zu mir zu setzen, fällt er vor mir auf die Knie.

»Was machst du da?«, frage ich panisch. »Du musst mich nicht heiraten. Ich habe kein Problem damit, ein uneheliches Kind zu bekommen. Ich brauche keine hundertprozentige Verbindlichkeit.«

»Wenn du bitte still sein könntest«, sagt er und zieht einen Ring aus seiner Jackentasche.

Meinen Ring. Den Ring, den er mir damals zur Verlobung geschenkt hat. Den Ring seiner Urgroßmutter.

»Ich will nicht, dass du dich zu irgendwas verpflichtet fühlst.« Ich schüttle den Kopf.

Er verdreht die Augen. »Du ruinierst die Stimmung.«

»Warte.« Ich hebe die Hand. »Bevor du fortfährst ... Sag mir, ob du das schon machen wolltest, bevor du von dem Baby erfahren hast.«

Laut stößt er den Atem aus und fährt sich durchs Haar.

»Chelsea, ich wollte dir den Ring ab dem Moment wieder anstecken, als du ihn abgelegt hast. Ich bin mir zuliebe trocken geworden, aber auch, um dir ein besserer Partner zu sein. Ich habe dich ausfindig gemacht und kostenlos für die Stiftung gearbeitet, nur um dir nah zu sein.« Er legt den Kopf schief. »Und um sicherzugehen, dass du mich nicht so leicht loswirst. Ich habe die letzten Monate damit zugebracht, mich in dein Leben zurückzukämpfen, und du denkst, ich würde mich dazu *verpflichtet* fühlen, dich zu heiraten?«

Meine Wangen beginnen zu glühen. »Nun ja, wenn man es so sieht ...«

»Darf ich jetzt fortfahren?«

»Ja.« Ich lächle und richte mich gerade auf, doch ich bin viel zu nervös, um stillzusitzen.

»Ich habe dich ab dem Moment geliebt, als ich dich zum ersten Mal gesehen habe. Es war, als wüsste mein Herz etwas, wofür mein Kopf noch nicht bereit war. Ich hätte an diesem Abend ein Dutzend von diesen Chickenwings gegessen, um mit dir auszugehen. Und wenn du Nein gesagt hättest, hätte ich trotzdem keine Ruhe gegeben. Ich war jung und dumm und ein vollkommener Idiot, dass ich dich habe gehen lassen. Aber ich habe daraus gelernt. Ich werde dich nie wieder gehen lassen. Ich verspreche dir, dich jeden Tag mehr zu lieben, auch wenn ich mir kaum vorstellen kann, dass das überhaupt möglich ist, wenn man bedenkt, wie sehr ich dich schon jetzt liebe. Ich verspreche dir, mich um dich zu kümmern, ganz egal, wie stur du auch bist. Aber vor allem verspreche ich dir, dass wir das hier gemeinsam durchziehen. Ein Tag nach dem anderen. Für den Rest unseres Lebens. Egal ob reich oder arm, krank oder gesund. Ganz egal, was passiert.« Er blickt auf meinen Bauch und hält mir hoffnungsvoll lächelnd erneut den Ring entgegen. »Würdest du bitte ein zweites und letztes Mal Mrs. Bennett werden?«

Ich halte ihm die linke Hand hin. »Nichts würde ich lieber tun, als noch mal deine Frau zu werden.«

Er steckt mir den Ring an den Finger, und ich stehe auf und schlinge die Arme um seinen Hals. Er drückt mich an sich und wirbelt mich herum. Als hätte er es geplant, schießt in diesem Moment eine Fontäne aus dem Brunnen. Dann begibt sich der Brunnen zur Nachtruhe, und die anderen Schaulustigen setzen ihren Weg fort.

Dean setzt mich ab, fällt erneut auf die Knie und legt die Hände auf meine Hüften. »Ich wollte sichergehen, dass zwischen uns alles wieder gut ist. Als Nächstes muss ich begreifen, dass ich Vater werde.« Er streichelt meinen Bauch. »Da drin ist wirklich ein Teil von uns?«

Ich nicke.

Er presst die Lippen auf meinen Bauch. »Dir verspreche ich auch etwas, kleiner Bennett. Ich verspreche dir, deine Mom im Zaum zu halten.«

Ich schlage ihm leicht auf den Hinterkopf.

Er lacht leise. »Ich verspreche dir, dich so heiß und innig zu lieben, dass du froh sein wirst, wenn du endlich achtzehn wirst. Aber mach dir keine Sorgen. Ich werde dafür sorgen, dass du dann bereit bist, deine Flügel auszubreiten und zu fliegen. Bitte hör nicht auf zu wachsen. Deine Mom und ich lieben dich schon jetzt so sehr.«

Ohne die Hände von meinem Bauch zu nehmen steht er auf. »Danke.«

»Dean, was, wenn ...«

Er schüttelt den Kopf und erstickt meine Worte mit einem Kuss. »Pscht ... Genieß einfach den Anfang unseres Happy Ends, Chelsea.«

Epilog

Zwei Wochen später

»Lass mich das noch mal zusammenfassen. Diese Frau hat dich einfach angerufen, gesagt, dass sie von deiner Wohltätigkeitsorganisation gehört hat und eine beträchtliche Summe Geld spenden will?« Ich lehne mich auf meinem Stuhl zurück. Plötzlich habe ich keine Lust mehr auf das Pastramisandwich, nach dem ich mich eben noch so verzehrt habe.

Hannah spießt ihren Salat auf die Gabel und zuckt mit den Schultern. »Ich kann für ihr Unternehmen keine Werbung machen. Sie vertreibt Sexspielzeug.«

Victoria sieht sich um, um sicherzugehen, dass keine Kinder anwesend sind. Daran hat Hannah ganz offensichtlich nicht gedacht, obwohl in dem kleinen Restaurant um die Mittagszeit Hochbetrieb herrscht.

»Tatsächlich? Wie heißt ihre Firma?«, frage ich.

»Hart irgendwas. Sie hat diesen Einhornvibrator erfunden.«

Meine Augen beginnen zu leuchten, und selbst Victoria scheint nun interessierter. »Wirklich? Und sie kennt RISE?«

»Du tust, als wärst du dreizehn und sie dein Jugendschwarm.« Hannah steckt sich die Gabel in den Mund.

»Bitte sag mir, dass du einen Vibrator hast.« Wenigstens habe ich genug Anstand, mich nach vorn zu lehnen und die Stimme zu senken.

»Ich habe einmal einen ausprobiert, aber hm.« Sie zuckt mit den Schultern.

»Hm?«, hakt Victoria nach. Ihr Mund steht sperrangelweit offen, als könnte sie es nicht glauben.

»Ich masturbiere eben auf die gute alte Art.«

»Du verpasst was, Han.« Ich lehne mich zurück. »Und dieses Einhornteil. Heilige Scheiße. Dean hat …«

Victoria blickt über meine Schulter und schüttelt den Kopf. Ich drehe mich um und sehe, dass in der Schlange eine Mutter mit Kind steht.

»Ich wollte damit nur sagen, dass es für Dean keinen Ersatz gibt, aber dieses Teil steht an zweiter Stelle.«

»Wirklich? Ein Vibrator?« Inzwischen flüstert Hannah ebenfalls. »Jetzt hast du mein Interesse geweckt.«

»Ich kaufe dir einen. Das hat mir wirklich geholfen, die Durststrecke vor Reed zu überstehen«, sagt Victoria.

Hannah wirkt nun tatsächlich interessiert. Ich kann nicht fassen, dass eine so unabhängige und starke Frau wie Hannah ihre Orgasmen nicht ernster nimmt. »Es ist ja nicht so, als hätte ich im Moment viele Optionen«, bemerkt sie.

»Hannah Crowley?« Eine dunkelhaarige Frau steckt den Kopf in unsere Runde und flüstert Hannahs Namen, als dürfte man ihn auf keinen Fall laut aussprechen.

Unsere Blicke richten sich auf die fremde Frau. Ihr Outfit besteht aus einem süßen Top und einer kurzen Hose, ihre Arme sind von unten bis oben tätowiert, und sie trägt eine freche Kurzhaarfrisur. An ihrem Arm hängen mindestens zehn Einkaufstüten.

»Lennon?« Hannah wischt sich den Mund, steht auf und hält ihr die Hand hin.

Sie schütteln sich die Hände. »Schuldig.«

Hannah deutet auf den freien Stuhl an unserem Tisch. »Bitte, setzen Sie sich doch. Möchten Sie ein Sandwich oder sonst irgendwas?«

»Nun ja, diese Gurken sehen ganz gut aus.« Lennon lacht, und wir blicken alle auf das Gurkenglas auf dem Tresen.

»Die sind köstlich«, bemerke ich.

Lachend zeigt sie auf mich. »Ich habe das Gefühl, wir haben viel gemeinsam.«

»Da Sie die Erfinderin des Einhornschwanzes sind, fasse ich es als Kompliment auf. Wie sind Sie auf den Namen gekommen?« Wie eine wissbegierige Musterschülerin lehne ich mich über den Tisch.

Sie lehnt sich zurück und schlägt die Beine übereinander. »Um ehrlich zu sein, kam ich durch meine Freundin Whit drauf, als sie angefangen hat, sich mit ihrem jetzigen Ehemann zu verabreden. Sie war betrunken und erzählte, er hätte einen magischen Schwanz. Ich finde es immer noch zum Kreischen. Daraus entwickelte sich dann ein Insider.«

»Und wie sind Sie dazu gekommen, Sexspielzeug zu entwerfen?«, frage ich. Ich hoffe, ich komme nicht rüber wie ein verrückter Fan, aber eigentlich bin ich genau das.

»Lass sie«, bittet Hannah. »Sorry, das sind Chelsea und Victoria. Sie arbeiten ebenfalls für RISE.«

Sie nickt und lächelt uns an. »Ihr erinnert mich an mich und meine Freundinnen.«

Wahrscheinlich wirke ich wie eine Gestörte, denn ich grinse über beide Ohren.

»Jedenfalls wollte ich euch sagen, wie sehr ich von der Foundation beeindruckt bin. Mein Mann ist Investmentbanker, und sein Kollege Drew hat mir von RISE erzählt. Ich habe keine Ahnung, wie er von euch erfahren hat, aber ich würde euch sehr gern unterstützen. Ich habe selbst eine Tochter, und ich versuche, ihr beizubringen, eine starke Frau zu sein. So sehr, dass mein Mann schon befürchtet, sie könnte ihren Zwillingsbruder unterbuttern.« Sie lacht. »Er hat einfach noch nicht seine eigene Stimme gefunden. Zum Glück hat er einen älteren Bruder. Wenn Brady mal für fünf Minuten aufhören könnte zu masturbieren, könnte er ihm zeigen, wo der Hase langläuft. Er ist vierzehn.«

Wir nicken verständnisvoll.

»Jedenfalls, hier ist der Scheck.« Sie kramt in ihrer Handtasche. »Ich würde gern eine Filiale in San Fran eröffnen. Statt über meinen Firmennamen würden wir es über den meines Mannes laufen lassen. Falls ihr dabei seid.«

»Sie wollen bereits expandieren?« Ich spähe zu Hannah, die sich voll und ganz auf Lennon konzentriert.

»Ich glaube, wir sollten uns noch eingehender darüber unterhalten. Wir sind immer noch dabei, richtig Fuß zu fassen.«

Lächelnd schiebt Lennon Hannah den Scheck zu. Ohne überhaupt einen Blick darauf zu werfen schiebt sie ihn weiter zu Victoria. Diese lässt ihn unauffällig in ihrer Handtasche verschwinden. Man könnte meinen, wir würden mit Drogen dealen.

»Großartig. Das freut mich«, sagt Lennon. Sie klingt vollkommen aufrichtig.

»Möchten Sie zu unserer Gala im September kommen?«, fragt Hannah. »Es ist sozusagen unsere Coming-out-Party.«

»Ich liebe Coming-out-Partys.« Sie zwinkert.

Inzwischen ist der Besucheransturm verebbt, und immer mehr Tische werden frei. Lennon begutachtet das Menü auf der Kreidetafel. »Mein Mann wird bald hier sein. Es wäre schön, wenn ihr ihn kennenlernen würdet.«

»Ich würde Sie gern zum Mittagessen einladen«, sagt Hannah. »Was hätten Sie gern?«

»Klingt vielleicht seltsam, aber ich habe das Gefühl, ich sollte eine Santora-Wurst essen.« Sie sieht uns an. »Ist der Familienbetrieb einer Freundin.«

Wir lächeln.

Dann steht sie auf. »Bin gleich wieder da.« Sie geht an den Tresen, um ihr Sandwich oder ihre Wurst oder was auch immer zu bestellen.

»Und? Was denkst du?«, flüstere ich.

Hannah zuckt mit den Schultern. »Ich weiß nicht. Ich kenne sie nicht, aber sie wirkt professionell.«

»Und reich. Wartet, bis ihr die Summe auf dem Scheck seht.«

Wir blicken Victoria mit gehobenen Augenbrauen an.

»Was denn? Schließlich bin ich die Buchhalterin, oder etwa nicht?

Ich habe ein paar Nullen gesehen, bevor ich ihn in die Tasche gesteckt habe.«

Wir lachen.

»Unsere Mission ist es, so viele Mädchen wie möglich zu erreichen. Wir sollten also ernsthaft darüber nachdenken.« Hannah lehnt sich zurück. »Hier sind drei Jungs, die deinen Einhornschwanz-Vibrator bestimmt alt aussehen lassen, Chelsea.«

Ich spähe zur Tür, und herein kommen Mauro, Cristian und Luca Bianco, allesamt in Shorts und T-Shirts. Verschwitzt, aber wahrscheinlich riechen sie immer noch zum Anbeißen.

Natürlich nicht wie Dean. Diesen Kerl kann keiner schlagen.

»Hey, Biancobrüder«, rufe ich.

Breit grinsend bleiben sie stehen.

»Chelsea, mir ist da was zu Ohren gekommen.« Lucas' Blick fällt auf meine linke Hand. »Es stimmt wohl, was? Dean wird tatsächlich eine ehrbare Frau aus dir machen?«

»Noch mal?«, fragt Cristian.

Mauro boxt ihm in den Bauch. »Tolle Neuigkeiten.« Er beugt sich zu mir herab und küsst meine Wange.

»Danke.«

Er richtet sich nicht sofort wieder auf. »Das andere Gerücht behalte ich für mich.« Mit einem Zwinkern gibt er mir zu verstehen, dass seine Brüder noch nichts davon wissen, dass in meinem Bauch ein Baby heranwächst. So weit, so gut. Klopfen wir mal auf Holz.

»Danke.«

»Luca!«, schreit ihre Mutter hinterm Tresen und zeigt auf ihren Sohn.

»Jetzt mal im Ernst, musst du denen immer deine richtige Nummer geben?« Cristian folgt seinem Bruder zum Tresen. Nachdem er seine Mutter umarmt hat, verschwindet er in der Küche, während Mrs. Bianco ihrem jüngsten Sohn zum millionsten Mal die Leviten liest, weil er nicht jedem Mädel die Nummer vom Deli geben soll.

»Du bist aber ein Sahneschnittchen.« Lennon begutachtet Mauro.

Er mustert sie einen Augenblick. »Ähm, danke?«

»Ja, das war ein Kompliment. Ich meine, meinem Mann kannst du nicht das Wasser reichen, aber in einem Liebesroman würdest du einen fantastischen Helden abgeben.« Sie zwinkert und nimmt wieder Platz.

»Verliebt sich der Held nicht immer Hals über Kopf in ein Mädchen?«, fragt Mauro.

»Japp«, erwidern Victoria, Lennon und ich wie aus einem Mund.

»Dann bin ich mir nicht so sicher, ob ich das will.« Er drückt meine Schulter. »Ich muss los zur Arbeit. Wollte mir nur schnell ein Sandwich holen. Noch einen schönen Tag, die Damen.« Er nickt.

»Dein Kerl?«, fragt Lennon. In diesem Moment entdecke ich Dean und Reed, die gerade die Straße überqueren und wohl ahnen, dass wir hier sind.

»Nein, das ist mein Kerl.« Mit einem Lächeln betritt Dean das Deli, während Reed unaufhörlich redet. Wahrscheinlich geht es um Baseball.

»Oh, so was mag ich«, sagt Lennon. Wir sehen sie an und warten auf eine nähere Erklärung. »Muskelprotze im Anzug. Aber eigentlich können Muskelprotze alles tragen.«

Dean küsst mich auf die Wange und streichelt, wie immer, über meinen Bauch.

Reed schnappt sich einen Stuhl, setzt sich neben Victoria und presst ihr einen sanften Kuss auf den Mund. »Wie war dein Tag bisher?«

»Wird immer besser«, erwidert sie.

Ich stelle Lennon den Männern vor, und sie schütteln ihr die Hand. »Ihr seid ja so verliebt.« Lennons Blick wandert umher. »Wo ist Ihr Kerl, Hannah?«

»Oh, ich brauche keinen Kerl.« Hannah winkt ab.

»Da stimme ich voll und ganz zu, aber ein warmer Körper kann ab und zu ganz schön sein. Dann sind Sie wohl als Nächste dran, schätze ich.«

»Nein, nie wieder«, antwortet Hannah.

»Ach, keine Sorge, das Beste kommt zum Schluss«, sagt Lennon und zwinkert erneut.

»Der Erste wird immer einzigartig bleiben«, wirft Victoria ein.

»Weiß doch jeder, dass der Mittlere der Beste ist. Beim Ersten übt man noch, und beim Dritten wirft man all seine Regeln über Bord. Der Zweite ist die goldene Mitte.« Ich lache.

Lennon und Hannah sehen sich an. »Nope, der Letzte ist der Beste.«

In diesem Moment betritt ein Typ das Deli. Groß, dunkles, welliges Haar, leuchtende haselnussbraune Augen, schicker Anzug. Umgehend macht er Lennon ausfindig. Obwohl sie ihn noch nicht entdeckt hat, lächelt er breit, kommt an unseren Tisch, beugt sich herab und küsst ihren Nacken.

Erschrocken schnellt sie herum. »Sei froh, dass ich dir nicht den Ellbogen in die Eier gerammt habe.«

Er lacht. »Ich hoffe, nach acht Jahren kannst du meine Lippen von denen eines anderen unterscheiden.«

»Oh, ich kenne deine Lippen, Mr. Banks.«

Sie küssen sich erneut. Es ist schön zu sehen, dass man nach so langer Zeit noch verliebt sein kann.

»Brady hat angerufen. Bianca benimmt sich wie der Oberboss und kommandiert Evan herum. Sie bezeichnet ihn als Laufburschen.«

Lennon kann sich ein Grinsen nicht verkneifen. »Ich habe dir gesagt, sie wird die jüngste Unternehmerin aller Zeiten werden.«

»Und ihr Bruder erledigt für sie die Drecksarbeit.«

Wir müssen alle lachen. »Die haben hier Santora-Wurst. Willst du eine?«, fragt sie ihren Mann, der sich vom Tisch nebenan einen freien Stuhl heranzieht. Da es langsam eng wird, ziehen Reed und Jasper einen weiteren Tisch heran. Die Jungs bestellen sich was zu essen. Nach der Mittagspause haben wir alle schmerzende Wangen, weil wir so viel mit Lennon und Jasper Banks gelacht haben.

• • •

Abends gehen wir ins Torrios. Ich habe ihnen gesagt, dass ich nicht lange bleiben werde, doch nachdem unsere Location für die Gala aus unerfindlichen Gründen einen Rückzieher gemacht hat, braucht Hannah ein wenig Gesellschaft und ein paar Vesper.

»Ich habe keine Ahnung, was wir jetzt machen sollen. Es ist Juli. Die Einladungskarten sind bereits gedruckt, was bedeutet, dass ich neue machen lassen muss, aber ich habe nicht mal eine Adresse. Mädels, wir müssen brainstormen.«

Nach dem netten Mittagessen ging es heute nur noch bergab.

»Uns wird schon etwas einfallen«, meint Victoria.

»Das hat gerade noch gefehlt«, sagt Hannah.

Ich blicke über die Schulter und sehe, wie der Silberfuchs arrogant grinsend den Laden betritt.

»Ignorier ihn.« Victoria drückt Hannahs Unterarm. Hannah führt das Glas an die Lippen, und der Silberfuchs setzt sich an den Tisch direkt hinter uns. Warum quält er sie so gern?

Sie verdreht die Augen. »Ich bin mir sicher, wir werden eine Lösung finden.« Sie spielt die Situation herunter.

»Wir werden einen neuen Veranstaltungsort finden. Mach dir keine Sorgen.« Ich nippe an meinem Wasser mit Zitrone, auf das ich schon jetzt keine Lust mehr habe.

Roarke steht auf, und ich beobachte, wie er an die Bar geht und geduldig auf einen Drink wartet.

Victoria und Hannah unterhalten sich darüber, ob man die Gala vielleicht verschieben und stattdessen eine Wintergala veranstalten sollte. Scheint, als würde sich Hannah allmählich mit der Idee anfreunden. Währenddessen behalte ich den Silberfuchs im Blick. Als er auf unseren Tisch zusteuert, verknoten sich meine Eingeweide.

»Ms. Crowley, ich habe zufällig mitbekommen, dass Sie auf der Suche nach einem Veranstaltungsort sind.« Er stellt seinen Drink ab und beäugt den freien Platz neben mir.

Ich rücke näher an Victoria heran. Hannah funkelt mich böse an.

»Danke«, sagt er mit tiefer Stimme.

»Gern«, erwidere ich, und wieder straft mich Hannah mit dem Todesblick.

»Kein Interesse.« Sie nippt an ihrem Drink.

»Was, wenn ich Ihnen nicht irgendeine Location klarmachen kann, sondern *die* Location?«

Da wir nicht von gestern sind, warten wir auf den Rest seines Angebots.

»Ich bin mir sicher, der Preis übersteigt unser Budget«, antwortet Hannah zuckersüß lächelnd.

Hannah ist so beeindruckend. So cool. So gefasst. Aber ich glaube, sie könnte in Roarke Baldwin ihr passendes Gegenstück gefunden haben.

»Oh, Ms. Crowley, da haben Sie wohl etwas falsch verstanden. Sie wissen genauso gut wie ich, dass die Kunst des Verhandelns relativ simpel ist. Ich gebe Ihnen etwas, das Sie wollen, und im Gegenzug bekomme ich etwas, das ich will.«

Sie dreht den Stiel ihres Glases zwischen den Fingern. »Und was wollen Sie, Mr. Baldwin?«

Victoria und ich blicken Roarke neugierig an.

»Sie.«

Ende

Was wird Hannah tun? Findet es heraus in *The One Real Man*.

Zum Schluss noch ein bisschen Einhorn-Geschwafel

Lasst mal sehen, was wir euch über *The One Right Man* erzählen können ...

Fangen wir mit Chelsea Walsh an. Ihre Figur sollte eigentlich dieselbe wie die der Chelsea Handler in *This Means War* sein, als wir sie in *Break the Ice* vorstellten. Daher der Name. In *Break the Ice* wollten wir, dass sie Beckett auf die Probe stellt und ihm die Hölle heißmacht, weil er sich einfach zurückgelehnt und sich so viel Zeit gelassen hat, seinen Gefühlen für Skylar nachzugeben. Sie gehört zu den Charakteren, die dem Helden oder der Heldin eine Kopfnuss verpassen, um sie aus ihrem Dornröschenschlaf zu wecken.

Aber wie es bei uns so häufig der Fall ist, hat sich auch diesmal einiges verändert. Auf halber Strecke haben wir uns dazu entschlossen, dass Chelsea eine unserer *Love-and-Order*-Heldinnen werden soll. Was bedeutete, dass sie schon mal verheiratet gewesen sein musste. Also haben wir in *Break the Ice* eine Blitzhochzeit arrangiert, uns die Hände abgewischt und die Sache für beendet erklärt. Zumindest dachten wir das. Zu diesem Zeitpunkt war noch nicht geplant, dass der Held ihr Ex-Mann werden würde! Oh oh!

Dean wuchs vom Bad Boy zum Anwalt für Steuerrecht und schließlich zu Chelseas Ex-Mann heran. Ursprünglich bekam Victoria am Ende von *The One Best Man* eine SMS von Chelsea, in der sie ihr beichtet, dass sie es wieder vermasselt und ihren Ex-Mann ein zweites Mal in Vegas geheiratet hat. Dort hätten sie nämlich beide zu Skylars Junggesellinnenabschied sein sollen, was perfekt gewesen wäre, denn dann hätten sie Lennon und Jasper im Spielkasino kennenlernen können (perfektes Szenario – wenn es doch bloß hingehauen hätte). Doch es gab Probleme mit der zeitlichen Abfolge, und manche Dinge, die wir in Hannahs Buch *The One Real Man* erzählen wollten, hätten so einfach nicht funktioniert. Kurzum: Chelseas und Deans Geschichte hat sich verändert – UND ZWAR SEHR!

Und für diejenigen, die sich fragen, wie Chelseas und Deans erste Ehe gelaufen ist. Wir haben uns bewusst gegen Rückblenden entschieden, weil wir wollten, dass die Geschichte im Hier und Jetzt spielt. Wie sie gewachsen sind, wie Chelsea endlich wieder ihr Herz öffnet und das Risiko eingeht, noch mal verletzt zu werden. ABER … das wäre doch perfektes Bonusmaterial, oder was meint ihr?

Das war's mit den Hintergrundinfos zu *The One Right Man.*

Nun eine Runde Applaus an das bereits bekannte Dream-Team plus ein paar Neuzugänge. Unser Dank gilt:
Letitia von RBA Designs.
Ellie von Love N Books.
Shawna von Behind the Writer.
Sarah Ferguson und Social Butterfly PR.
All den Blogger*innen, die immer wieder Platz für unsere neuen Bücher schaffen!
Heather und Angela fürs Lesen. Eines Tages werden wir es schaffen, den Zeitplan einzuhalten. LOL
All unseren Testleserinnen.
Und natürlich all unseren Einhörnern <3 Ohne euch könnten wir nicht weiterhin tun, was wir tun. Dieses Geschäft wird jeden Tag härter, aber wir machen weiter, weil wir euch auf unserer Seite haben, ihr uns anfeuert und andere dazu aufruft, unsere Bücher zu lesen. <3

Haltet Ausschau nach *The One Real Man*. Wie in der ganzen Reihe hat auch hier der Held Roarke Baldwin eine Menge wiedergutzumachen, wenn er Hannah Crowleys Herz erobern will! Es wird also spannend!

XO,
Piper & Rayne